傻夫有傻福

下

風文創 692

木蘭 著

目錄

第三十一章

秋月、秋畫在後花園尋不到閔窈，兩個小丫頭當時就嚇得魂飛魄散，馬上稟告藺氏帶人四處尋找。在後門小巷找到閔窈之後，秋月紅著眼圈吁了一口氣；秋畫膽子小，激動得當場就撲到閔窈懷裡大哭起來。

「沒事了，我不是好好的嗎？我就是想一個人出來散散心，看把妳們給嚇的……」

閔窈摟著兩個小丫頭一陣好哄，回家進了藺氏房中，藺氏也急得直說她。「這麼大個人了，還這樣不知輕重！出門連人都不帶，要是出了什麼事……」

說到這裡，藺氏不敢再往下想，拿手帕抹著眼淚道：「妳要是有個什麼，王爺那邊怎麼交代？妳讓阿娘以後可怎麼活！」

「哎呀母親，您才剛出月子，可不能哭啊！」閔窈趕緊上前抱住藺氏的脖子，貓在她懷裡撒嬌道：「我是看您剛才光顧著哄妹妹，我心裡吃醋，就故意躲起來嚇嚇您，沒想到一不小心跑得遠了，又想起咱家附近有賣糖畫的，就尋思順道給王爺買幾個。可是後來發現身上沒帶銀兩，剛要回來取銀子，就被秋月、秋畫找到了。」

「妳這個長不大的小丫頭！」藺氏聞言破涕為笑，伸手刮她的鼻子道：「妹妹還小，阿娘自然要多照看她點兒，妳做姊姊的人居然還吃她的醋，阿娘都替妳感到害臊呢！」

「我在阿娘這裡，永遠都是孩子啊！」

閔窈摟著藺氏耍無賴，母女倆其樂融融，惹得邊上伺候的侍女們都忍不住笑起來。

正喧鬧間，忽然門外侍女通報，說是沈姨娘來了。這沈姨娘先前是藺氏身邊的侍女紅纓，因她娘家姓沈，所以被抬為姨娘之後，府中上下都稱呼她為沈姨娘。

藺氏讓閔窈在邊上坐好，對外頭道：「讓她進來吧。」

侍女應了一聲，輕輕打開房門，一道亮麗的身影便嫋嫋婷婷地走進屋裡來。

沈姨娘在藺氏身邊做侍女時，閔窈就覺得她長得嬌憨耐看、膚如凝脂、眼若小鹿、口似櫻桃……如今做了父親的妾室，她身上更透著一股女子初熟的香甜韻味。不過，沈姨娘並沒有將她那誘人的韻味肆意張揚，相反的，閔窈甚至明顯感覺到她在刻意掩蓋身上的光芒。

沈姨娘今日穿了身纏枝紋的淡藍絹紗短襦，下繫石榴色描花百褶裙，她面上只施了些淡妝，使秀麗的五官看著並不十分奪目。頭上梳著不高不低的側髻，髻間簪著朵粉色薔薇，薔薇下是三支鏤空包翠玉的長銀簪子。

小巧的耳垂上各掛兩串米粒大小的白珍珠耳墜，脖子上只戴著一只細銀點珠項圈。她衣著、首飾極素淨，乍看不像是個姨娘，反倒像是個幹練勤快的管家娘子。

「紅纓拜見夫人、娘娘。」

藺氏笑道：「起來吧，早上才請過安，怎麼不在自己院子好好歇著，又過來了？」

「聽青環說夫人午睡剛起……」沈姨娘垂頭淺笑道：「奴婢左右無事，便想過來幫夫人梳洗，也順道陪夫人說說話。」

「難得妳有這份心。」藺氏看著沈姨娘，目光親切道：「紅纓，妳是我屋裡出來的人，如今做了姨娘，也該好生打扮打扮，怎能穿著這般素淨，還老像以前那樣過來伺候我。西院的要是知道妳這樣，定要在老爺跟前說我苛待妳呢！」

「夫人千萬別這麼說！您待奴婢和青環恩重如山，當年我倆在街頭賣身葬父，是您收留了我們！」沈姨娘面上一急，撲通一聲就跪到地上，她輕泣道：「紅纓生是夫人的人，死是夫人的鬼！奴婢與老爺……並非自願……求夫人不要趕紅纓走，紅纓只求能永遠像以前那樣伺候夫人左右！」

「沈姨娘快快起來！」

自己父親是個什麼樣，閔窈很清楚，紅纓與青環兩個對母親一向忠心，當初母親還沒出月子，父親先斬後奏地收了紅纓，想必母親也是很無奈的。

看著地上泣不成聲的紅纓，閔窈忙道：「沈姨娘快起來，妳這樣跪著，讓人看見了不好。」

藺氏也嘆口氣。「紅纓妳起來，我不是糊塗的人，這事若要怪誰，也怪不到妳頭上。」

邊上青環聽母女倆這麼說，趕緊上前將紅纓扶起來。紅纓起身，顫顫地抹淚道：「只要夫人信奴婢，就是讓奴婢此刻去死也值了。」

「今天可是三小姐的好日子，姨娘別盡說些不吉利的！」青環呸了一口道：「其實夫人早就知道妳的委屈，但這也是沒辦法的事。不過，有些事咱們不能都往壞處想，現在妳做了姨娘，與西院的平起平坐，夫人身邊也算是多了個得力的幫手啊。」

「對，妳說得對……」紅纓聞言，含淚看向藺氏道：「夫人放心，不論怎樣，奴婢都是您這邊的人。」

「好了好了，都站著做什麼，坐下吧。」藺氏面上動容道：「紅纓，妳與青環在我身邊多年，我一直把妳們兩個當姊妹看待，妳們的心思我清楚得很。只是近年來老爺的心越來越野，他做的事也越來越讓我失望，現在與其你爭我鬥地盼著他回頭，還不如安安心心地養孩子來得踏實……」

因著下午閔盛那一番「酒後癲狂」，閔窈覺得若晚飯時兩人再見面，未免有些尷尬。於是她與藺氏還有沈姨娘等人說了會兒話後，便藉著要去宮中接東方玹的由頭，帶著秋月、秋畫匆匆離了娘家。

東方玹今日從太醫局出來後格外黏人。

不知是一天沒見想她了，還是被幾個老太醫扎針扎怕了，總之這傢伙死死地抱了閔窈一路，修長的丹鳳眼笑得瞇成兩道彎彎的線，簡直比捕到獵物的白糖還要歡樂。

晚上閔窈要給他沐浴的時候，他更是乖得不行。到了浴堂後不僅自己主動把衣服脫個乾淨，還就這麼光溜溜地跳到閔窈跟前，甜甜糯糯道：「媳婦兒，咱們一起洗！」

「……洗……洗什麼……還是王爺先洗吧！」

閔窈鬧了個大紅臉，別過頭，七手八腳地把他推進浴池中一頓大力揉搓，這傢伙才總算安分了些。

洗完澡後，東方玹照例要求捏捏。

四月底的夜晚已經有些暖意瀰漫，窗外隱約傳來唧唧的蟲聲，寢房內重重荷色帷帳隨風微微晃動。

閔窈沐浴完畢，渾身雪白的肌膚更加嬌豔瑩潤。她穿了件半透的嫩綠色輕羅寢衣，跪坐在寬大的床榻中間，東方玹披頭散髮地歪在她大腿上，太陽穴被閔窈溫暖軟乎的小手輕輕地揉按，他眯著丹鳳眼愜意極了，弧度優美的嘴角止不住甜甜地揚起。

「媳婦兒給我捏了這麼久，一定很累了吧？」

正按得起勁，東方玹忽然從閔窈腿上支起身子，像是遊龍一般遊到她的身後，兩隻大手握住她渾圓的肩頭，十分貼心地在她耳邊道：「今晚換我給媳婦兒捏捏。」

閔窈心頭一暖，卻不敢真的讓他伺候自己，忙柔聲哄他道：「妾身知道王爺對我好，可是這於禮不合，還是讓妾身接著給你繼續捏捏吧！」

「不行！媳婦兒太辛苦了，我今晚一定要給妳捏！」

東方玹態度堅決，沒等閔窈回頭，兩隻大手便在她肩上有模有樣地揉按起來，閔窈擰他不過，見寢房中也沒侍女在，也只好由著他胡鬧一下。

「媳婦兒，舒服嗎？」

修長如玉的手指帶著滾燙的溫度在她光滑的頸肩處輕柔按捏，力度竟是次次恰到好處，當東方玹的手按到她頸椎日常痠痛處時，閔窈忽然感覺到一股酥麻的舒暢感如電流般在她身上猛地竄過……

「好舒服……王爺真厲害！嗯……王爺什麼時候學會捏捏的？」

「看媳婦兒給我捏的時候學會的，我聰明吧！」瞧著軟軟靠在自己懷中的媳婦兒，東方玹眼神一黯，低聲道：「媳婦兒，還有更舒服的呢。」

說完，他伸手在閔窈腦後的某處穴位上小心地輕輕一按。

閔窈只覺得渾身一麻，紅潤的小嘴發出一聲無意識的嚶嚀後，整個人便立即無力地癱在東方玹壯碩的懷中，沈沈地昏睡過去。

「媳婦兒？媳婦兒……」溫香軟玉在懷，東方玹眼中柔情暗湧。望著閔窈花瓣似的嫩唇，他只覺得渾身燥熱，忍不住俯下身，往她的紅潤小嘴狠狠地吻下去。

「唔……唔……」輾轉廝磨間，睡夢中的閔窈被他吻得直喘不過氣，下意識扭著腦袋躲開他炙熱的壓迫。

「……今晚就先饒了妳。」東方玹在閔窈額頭上又親了一下，極力平息腹下的躁動。他小心翼翼地把閔窈放在床榻上躺平，然後拿自己那條熊皮軟衾遮蓋住她胸前一片誘人的雪白。

「下次再和妳那盛哥哥拉拉扯扯，我可不能保證會不會提前吃了妳……」

骨節分明的手指在她柔軟的唇上撫了撫，東方玹斂起滿臉柔情，隨即足尖一點，幾個提氣之間，他已無聲地躍出窗外，頎長的身影很快便消失在洛京城茫茫的夜幕中。

閔窈一夜睡得香甜，第二天早上醒來的時候，她發現自己居然趴在東方玹的胸膛上，耳邊傳來他陣陣有力的心跳聲。

昨晚王爺給她捏捏，她竟然舒服得睡著了！真是丟人啊……

閔窈回想起昨晚，禁不住面上一臊，趕緊把腦袋從他寢衣大敞的溫熱胸口上挪開。

秋月聽到寢房內的動靜，在帷帳外輕聲問道：「娘娘，您起了嗎？」

「起了，妳和秋畫進來吧。」

拿開東方玹掛在她腰上的大手，閔窈眼角餘光瞥見他胸口處大片若隱若現的精壯肌理，她看得兩眼一熱，慌忙伸手拿被子替他全部蓋住，然後輕手輕腳地翻開軟衾，正要往床榻邊上爬去，身後兩隻大手突然如遊龍一般纏了上來。

東方玹把頭窩在閔窈背上，迷迷糊糊道：「媳婦兒別走，再睡會兒嘛……」

「王爺你再睡會兒，妾身去廚房讓廚娘做些你喜歡的早膳，等會兒還要去太醫局呢！」

「不要！我不要扎針！」

「乖啦乖啦，扎完針王爺會變得更聰明，變得更招人喜歡。」

「那我變聰明了，媳婦兒會更喜歡我嗎？」

「喜歡喜歡！聽話，先把手放開啊……」

閔窈耐著性子哄了小半個時辰，東方玹才肯撒手放她下床。見他閉上眼滿臉疲憊的樣子，閔窈還以為他是白日裡被那些太醫們給折磨的，有些心疼地替他掖了掖被角。她悄悄走到帷帳外，只見秋月、秋畫兩個正擠眉弄眼的，看樣子，兩個小丫頭已經躲在外邊笑她很久了。

「妳們兩個撿到寶啦？一大早樂成這樣。」為防止兩個小丫頭乘機取笑她，閔窈忙先發制人道：「還不快過來幫我梳洗？」

「是是是，奴婢們這就伺候娘娘梳洗！」

秋月、秋畫笑得合不攏嘴，一左一右架著閔窈樂顛顛地進了盥洗室。秋月幫著閔窈漱口淨面後，秋畫一邊替閔窈更衣，一邊喜孜孜道：「娘娘，奴婢兩個一大早就從街上得來一個好消息，包准您聽了立即眉開眼笑的，您想不想聽聽呀？」

「妳這小丫頭，還敢跟我賣起關子來了。」閔窈扭頭問道：「秋月，到底是什麼事？」

秋月笑咪咪道：「娘娘，奴婢們早上聽外頭的人說，那西域公主阿蓮娜不知是抽哪門子風，竟然在今早天還沒亮的時候就進宮與聖上辭行，說是想家了要回西域去，現在洛京城內對此事議論紛紛。有清晨進城賣菜的小販，親眼目睹那群西域人離了郊外行宮，浩浩蕩蕩地往西邊去了。」

「阿蓮娜前幾日不是還在城中到處亂放話，說要把王爺……」閔窈有些難以相信道：「現在真的走了？為什麼突然走了？」

要說阿蓮娜想家她是絕對不會相信的，想家的話，阿蓮娜也不會賴在洛京四、五個月都不回去啊！這不會全是雲十九的功勞吧？她昨日才吩咐雲十九去看住阿蓮娜，這個雲十九到底做了什麼？是威逼還是恐嚇，居然能讓傲慢難纏的阿蓮娜這麼快就乖乖走人？

「娘娘，真走了！」秋畫生怕被冷落，在閔窈邊上跳出來激動道：「咱們王府的侍衛剛才都去查探過了，行宮裡一個西域人都沒有，往後侍衛們也不用蹲在圍牆下防守了。」

閔窈回過神來，笑道：「這倒是。」

阿蓮娜突然走掉的消息讓她又是暢快又是疑惑，等梳妝後去廚房給東方玹備好早膳，閔窈立即召來祥雲十八衛的人問道：「雲十九呢？我有事要問他。」

跪在地上的兩個祥雲衛愁眉苦臉道：「稟王妃娘娘，十九他……他又臨時接了個任務，料想著好一陣子都歸不了隊……您有什麼事，讓小的幾個去做也是一樣的。」

又有任務？這個雲十九還真是忙，明明說是她的護衛，卻到處接別的任務，也不知他都在做些什麼，竟是神龍見首不見尾？等下次見了，一定得好好盤問他。

閔窈心中嘀咕了一句，轉頭見東方玹一邊打呵欠，一邊往她這邊走來，她嘴角甜甜一勾，忙起身迎上去。

第三十二章

阿蓮娜一走，閔窈覺得日子過得舒心許多。

正逢白糖在宮中配種成功，閔窈把懷了孕的白糖接回王府好生照料，平日除了送東方玹去太醫局，她回娘家的次數也少了許多。

沈姨娘柔順體貼，今年剛二十一歲，正是年輕的好時候，閔方康自從添了沈姨娘後，對柯姨娘冷淡不少。而後不知是對藺氏的愧疚還是沈姨娘從中說話，他隔三差五也會到藺氏房中宿上一宿。

閔窈還聽青環傳來消息，說是閔方康現在一去西院，柯姨娘就不斷哭訴下人怠慢她。因為她有孕在身，枕席之間不能讓他像以往那般盡興，是以忍著煩躁哄了柯姨娘幾回後，就再也不登西院的門了。

柯姨娘失了寵，孕中火氣越來越大，經常在西院與閔玉鶯拌嘴不說，有次甚至還親自動手打了閔玉鶯的侍女綠菊，搞得整個西院時不時就雞飛狗跳的。

得知柯姨娘漸漸開始亂了陣腳，而藺氏在府中的地位越來越穩固，閔窈心中總算安定不少。於是她轉而盡心盡力地伺候白糖五、六十天，一天都不敢懈怠，就盼著能親眼見到牠生下一窩軟乎乎的小狗崽來。

按獸醫說的，犬類的孕期一般是兩個月，可白糖不知怎的，拖著個大肚子，硬是挺到兩個月又過了五、六天，牠都沒有一點要生產的意思。

閔窈替牠萬分焦急，生怕牠腹中的崽子出了什麼問題，忙請獸醫過來看，沒想到獸醫看了半天，卻只留下一句——「母犬和犬崽無恙，恐是天氣炎熱倦怠所致。」

七月的洛京熱得像個大火爐，閔窈望著白糖吐舌頭，趴在地上不住地喘氣，那鼓起的腹部艱難地一起一伏，直看得她心疼不已。

趁著東方玹去太醫局針灸，閔窈便偷偷把白糖的窩安到寢房外間的角落。

寢房四處都放了冰，比外頭清涼不少。白糖似乎明白主人的擔憂，進屋後就乖順地縮到牠的窩裡趴著，等晚上東方玹回來時候牠也沒發出丁點兒聲響。

閔窈怕東方玹發現白糖要趕牠去外面，整個晚上都把東方玹牢牢拴在身旁，等哄他睡下後，閔窈也漸生睏意，牽著東方玹的手慢慢睡了過去。

夜半時分，清朗的夜空中依稀有幾顆星子閃爍。

修長的丹鳳眼在黑夜中狡黠地眨了眨，東方玹勾起嘴角，長手一撈，就輕車熟路地把身邊的人兒一把摟到自己懷裡。

「傻媳婦兒，竟然把狗給放進來。」

滿是寵溺地輕嘆一聲，俊美的面龐染上幾分迷亂。他瞇眼正要往心中嚮往已久的那處嫩白而去……不想寢房外間卻忽然傳來一陣低低的嗚咽聲。

「咿嗚！咿嗚！嗚嗚嗚……」

這壞狗，竟然敢破壞他的好事！本來看媳婦兒緊張牠，不想趕牠出去的！

東方玹兩眼冒火地下床，大步走到外間的狗窩前，忽然直愣愣地站在那裡。

白糖，牠居然生了?!

「媳婦兒！」東方玹飛快走回床榻邊，揉了揉臉，面上露出一個天真無邪的表情，然後壞心眼地拿手戳了戳閔窈身上那處讓他眼饞的嫩白，甜糯地說道：「媳婦兒、媳婦兒！白糖牠生小狗崽啦！」

「嗯……生了？」閔窈迷糊地睜開眼，絲毫沒有注意到東方玹那隻不規矩的大手，反應過來東方玹在說什麼，她整個人立時清醒過來。「白糖生了?!牠終於生了！」

眼看著媳婦兒在床上激動地歡笑幾聲，那神情簡直比她自己生了還要高興，東方玹愣愣地舉著手指站在原地，只見閔窈下一刻風似的奔出寢房，然後呼喚秋月和秋畫一同掌燈，照料白糖去了。

這……她都不問問自己是怎麼發現白糖生崽子的嗎？

「真是個傻媳婦兒……」

嘴裡低喃一聲，看著自己修長的手指，彷彿還能感覺到剛才那一瞬間，嫩滑絕妙的溫熱觸感。東方玹捏著自己的手指，如醉如癡地歪到床榻上，聽著閔窈在外頭隱約傳來的說話聲，姿容絕倫的臉龐上不由綻放出一個甜蜜的笑來。

白糖這一窩生了六隻小狗崽，全部隨了牠們的爹，都是棕色的。

生下崽子後的白糖母性大發，整日在窩裡給崽子們舔毛餵奶，除了閔窈，王府中其他人只要接近牠的狗窩半步，白糖就擺出一副凶狠模樣，齜牙咧嘴做咬人狀。

府上的人不敢靠近，閔窈倒是樂得親手伺候白糖的月子，每天都讓廚房做些燉肉小食給牠補著。

不得不說，有娘親在身邊照顧就是不一樣！

閔窈記得白糖剛被她撿回來時瘦瘦小小的可憐樣，她精心餵養很久才長了點肉，現在看白糖那六隻小崽子，被白糖護在身邊奶了個把月，一隻隻都圓滾滾，胖得不像話了。

等白糖出了月子，小狗崽們已經能在王府中滿地撒歡，白糖也就漸漸不怎麼管牠們了，繼續牠生產前的逍遙日子。

這下輪到閔窈發起愁來。六隻小狗崽全部養在王府肯定是不行的，光是養一隻白糖，東方玹都和她鬧了好幾回彆扭，要是再來六隻……

閔窈有些怕怕地想著，決定還是把小狗崽送走幾隻。

母親那邊已經養了一隻烏梅，她派人四處打探一圈，正好外祖母家缺一隻看家護院的，於是她便請舅母得空到府裡來挑一隻回去。

送走了一隻，還剩下五隻。

於是她進宮時也不忘到處問問，某日得知錢太后和蘭妃有些想養，閔窈心中一喜，隔天便把剩下的五隻小狗崽裝進一只大籃子，拉著東方玹一同給錢太后請安去了。

小倆口到了慶祥宮請過安，錢太后和蘭妃看著籃子裡亂滾亂爬、憨態可掬的小狗崽們，兩人都喜歡得緊。

「這小狗崽吃什麼長的，瞧著一身毛油光水亮的……」

閔窈見錢太后捧著一隻小狗崽愛不釋手，不禁笑道：「回皇祖母的話，窈兒其實也沒給牠們吃什麼，都是牠們的娘『白糖』給餵的母乳。」

錢太后聞言，與蘭妃道：「哀家就說吧，怪不得都長得這麼壯。」

蘭妃點頭道：「母性使然，母犬自然是把最好的都給了孩子。」

「窈兒，哀家之前聽妳提起過白糖，是妳去年養上的吧？」

閔窈道：「承蒙皇祖母還記得牠，正是窈兒去年在街上撿來養著的。」

她們三個女人在說話，東方玹就坐在邊上，一口一個地吃著粽子糖。

「唉，妳和玹兒成婚一年多了，連妳撿來的獒犬都下了崽子……」

錢太后哀怨的小眼神往東方玹和閔窈身上轉了又轉，憂傷無比地嘆道：「華城年初出嫁的，這會兒也懷了蕭駙馬的孩子，哀家盼著抱曾孫盼得真叫一個望眼欲穿哪！可偏偏妳和太子妃兩個，竟是一點動靜都沒有。都說太子妃身子不好，哀家瞧嫣兒是瘦得過分了些，可是窈兒妳……咳咳！咳咳咳咳！」

「皇祖母！您沒事吧？」

「皇祖母！」

「太后娘娘……」

見太后忽然一陣猛咳，閔窈和東方玹、蘭妃三人嚇得趕緊上前圍住她。閔窈輕輕給錢太后揉背，東方玹兩手握住錢太后的左手腕，瞬息之間，丹鳳眼中竟閃過一絲讓人難以察覺的難過。

「咳咳、咳……都是老毛病了，你們用不著大驚小怪的。」

邊上李尚宮見狀，不由紅了眼圈，對閔窈說道：「娘娘有所不知，這是太后年輕坐月子時受的風，以往每年都要犯上幾回，這兩年不知怎的，一年比一年厲害起來，太后娘娘近日吃了太醫局開的藥，卻都沒什麼效果……」

「就妳嘴碎！」錢太后瞪了李尚宮一眼，讓她下去備點心，轉而伸出左手拉著閔窈，目光哀愁道：「窈兒別擔心，哀家沒事。要說哀家活了大半輩子，什麼酸甜苦辣、風風雨雨都過來了，現在哀家在這世上唯有兩個心願尚未實現。第一個，就是能親眼看著玹兒的病痊癒；第二，能抱上妳和玹兒給哀家生的曾孫……咳咳咳，咳咳！」

「皇祖母……」閔窈一邊撫著錢太后的背，一邊望著錢太后，眼中酸澀道：「您的這兩個心願，一定會實現的！」

「咳咳……窈兒哄哀家了是吧？其實哀家自己也知道，這不過是哀家貪心罷了。」錢太后拿絹帕捣著嘴，順了順氣後苦笑道：「其實，只要實現兩個心願中的任何一個，哀家就算走了，也能放心地去了……」

閔窈聞言，落下淚來，東方玹卻在這時一把抓住錢太后的手，輕輕說道：「皇祖母，您要去哪裡？玹兒不願讓您走！」

「祖母的乖玹兒。」錢太后伸手把閔窈和東方玹的手放她手上交疊在一起，顫著嗓子道：「哀家昨日得到消息，茅神醫已經從扶桑歸國，現在正停留在南疆一處海港。他一路回洛京需要三個月，可哀家等不及了！窈兒，哀家希望妳能帶玹兒去找他。」

茅神醫從南疆往洛京走，閔窈帶著東方玹從洛京往他那邊趕，一路上保持書信通暢的話，兩方人馬至少能提前一個月會合。

「皇祖母放心，窈兒這就帶王爺去找他。」

錢太后話都說到這分上，閔窈對她又是心疼又是愧疚，當下便在錢太后面前抓住東方玹的手，篤定道：「您放心，窈兒一路上定會照料好王爺的！」

要是此去能帶回一個痊癒的王爺，太后的這個心病也就能除了。

答應了錢太后，閔窈帶著東方玹說走就走。第二天，秦王府的一隊車馬便隱了旗幟，在祥雲十八衛及一眾侍衛的護送下，踏上了南下的道路。

二十天後，江南一處異常整齊潔淨的翠綠小竹樓內。

「公子、公子！不好了！您的大師兄找上門來了！」

「什麼？不是讓你們傳假消息去洛京，這傢伙怎麼知道我在此處的?!」各樣藥材排列得井然有序的藥室內，身穿白衣的清俊男子，兩手溫柔地侍弄著身前一小碟薑黃色的冬蟲夏草，面上卻暴跳如雷。「誰要見他？讓他走讓他走！」

白衣男子跟前的小廝聞言，苦著臉道：「小的攔不住，他人就……」

話沒說完，一道頎長肆意的身影已經飛身而入，翩然地坐到白衣男子身旁的竹椅上。

「小師弟，好久不見啊！」修長的鳳目愜意地瞇起，東方玹兩條長腿不客氣地往桌上一伸，整個人登時歪在大竹椅裡，滿臉委屈地控訴白衣男子道：「有你這樣的師弟嗎？竟然昧著良心編了個所謂的『秘方』，讓太醫局那群老頭子拿針扎了你大師兄我整整三個月啊！」

「哼！扎你三個月怎麼了！」

茅輕塵強忍住拿藥碟子砸他的衝動，揮揮手，命伺藥小廝退下，他一雙銅鈴般的大眼立刻瞪著東方玹，憤憤道：「我的招牌早被你砸得稀巴爛！現在全天下還有誰不知道我茅輕塵醫術高超、藥到病除，卻偏偏在你秦王身上栽了個大跟頭！這些年不得不去海外異國尋找偏方，愣是死活『治不好』你呢?!」

「咳咳，師弟啊，名聲什麼的都是身外之物，你身為醫者，應當以懸壺濟世為己任，又何必如此介懷世人對你的看法呢？」

「不要叫我師弟！」看著東方玹一副吊兒郎當的樣子，茅輕塵只覺得自己氣血上湧，真恨不得立即上去咬死這個無賴又可惡的傢伙。

想他茅輕塵出身岐黃世家，自小與藥材、醫書為伴，是江南茅家百年一出的醫術奇才。他十五歲開始正式看診，十六歲獲同行贈「江南小神醫」的稱號，並於同年被大昭皇帝破格請入太醫局任太醫令。那時他可謂是少年得志，成就顯赫，羨煞一眾旁人的同時，還使他們茅家在江南醫界揚眉吐氣，躍升為一等一的中醫大家。

但是，就在茅輕塵嚴格按照從小制定的計劃，正要一步一步完美地實現自己一代神醫的雄偉抱負之際，他的大師兄東方玹卻忽然從半道裡蹦出來，以一種勇猛而無法拒絕的姿態，生生地拖住他的後腿！

哼，什麼大師兄，明明這傢伙比他小啊！

想到這兒，茅輕塵十分彆扭道：「東方玹，我比你大了整整八歲，你不要每次見了我就一口一個師弟！」

「那叫什麼？難道你讓我一個大男人叫你輕塵？小塵塵？」

「你！」茅輕塵聞言兩手捏拳，瞬間在原地炸毛。「油腔滑調，嬉皮笑臉！真不知師父當初怎麼就先看中了你？」

「嘖嘖，沒大沒小！你也知道當年師父先收我進的師門，這輩分擱在那兒，我也沒辦法呀！」東方玹鳳目彎彎，笑得跟隻老狐狸似的，不忘火上澆油道：「小師弟，別以為師父雲遊了你就能目無尊長。現在宗門裡是師兄我作主，你要是不乖，師兄可要找人打你屁股的喲！」

「東方玹！」

茅輕塵被他氣得兩眼冒火，真想馬上把他這欠揍的大師兄抓來暴打一頓！然而，當年師父將一身武功絕學傳給東方玹，他卻因為武功底子不好，只繼承師父的私傳醫書，要是兩人真打起來，吃虧的肯定是他自己啊！

第三十三章

「……說吧，這回急著找我是什麼事？」茅輕塵滿臉憋屈，望著東方玹，一臉無奈道：「你不會又想讓我當著天下人的面，再砸一次招牌吧？」

他原本是個追求完美的人，在醫術上精益求精，經手的病人，個個都要被他治癒到盡善盡美的地步才肯甘休。可是為了幫東方玹，他已經無數次把自己神醫的招牌踩在腳下。

打又打不過人家，又是同門師兄弟……算了，又不是第一次了！砸第一回和砸第一百零一回又有何區別？反正，他再也不是江湖上那個沒有敗績的完美神醫了……

茅輕塵面如死灰地想著過往，清俊的臉上露出一副破罐子破摔的神情。

「師弟，你別老把我往壞處想啊！我是你大師兄，難道我還會特意過來坑你不成？」

「你有什麼話就直說好了。」不會坑他？呵呵，這傢伙坑他坑得還少嗎？

「師弟啊，其實師兄一直知道你是個追求完美的大夫。」東方玹輕咳幾聲，斂了斂臉色，一本正經道：「這些年讓你的招牌蒙塵，我心中十分不忍。此次我攜妻前來，就是想藉你的手『恢復心智』，順便也把你神醫的招牌重新給立起來。」

「什麼？怎麼好好的你突然想要『恢復』?!」茅輕塵不敢相信會有這麼好的事落到他頭上，不禁脫口問道：「你不是和師父說過，早厭惡宮中的陰暗鬥爭，過幾年就找機會離開洛京，然後全身心打理宗門事務嗎？難不成，是你裝病的事被太子發現了，他要殺你？」

「我病不病，他都想殺我。」

東方玹低下頭，修長的丹鳳眼中染上幾絲悲痛之色。「我本來是打算過幾年來個意外，然後徹底離開大昭的……只是沒想到皇祖母去年硬給我娶親，原來是因為她老人家早知道自己時日無多。她於我有養育之恩，這十年來護我、疼我，現在她唯一的心願就是看著我恢復心智，然後給她生個曾孫……」

「太后的脈案我十年前看過，她體內積寒已久，又年事已高，這些年要不是你我暗中替她調養，她恐怕是熬不到你成年的。」茅輕塵有些擔憂地看著東方玹道：「該做的你都做了，接下來就看老天的意思了。不過，你為了完成她的心願，真的打算放棄多年的偽裝？我擔心你到時候可能就沒那麼容易離開洛京，而且太子那邊一定會對你痛下殺手。」

「我既下決心，就有全身而退的把握。」東方玹垂眼低沈道：「讓皇祖母欣慰地離去，也算是盡了我對她最後的孝心。」

「生死有命，你也別太難過。」茅輕塵見他情緒低落，也不由跟著在邊上嘆息數聲。

「你想讓我怎麼做？現在就去外面宣佈你被我治好了？」

「這麼快顯得太假。」東方玹從竹椅上緩緩起身，面上已恢復常色。想到外面正在等著自己的媳婦兒，他眉頭一展，有些壞壞地道：「師弟，你等會兒見了我媳婦兒，就跟她說我治不好了。」

「這樣說，你媳婦兒不會嚇到跑掉吧？」

「她可疼我了，不會跑掉的。」東方玹勾唇輕笑道：「師弟你不懂，我這叫先抑後揚，到時候等我『好』了，給她一個大驚喜，她一定高興得不行呢！」

「好，那就依你說的。」

茅輕塵一邊和他繼續東拉西扯，一邊忍不住在心中暗笑。

哈哈哈，東方玹啊東方玹，你就找死吧！以前裝病也就算了，現在還敢拿這個嚇唬你媳婦兒？哼哼，等她哪天「不小心」知道真相，看她是打死你還是繼續疼你？

閔窈帶著秋月、秋畫在竹樓的小廳坐了好半天，都沒見東方玹出來，不禁有些不安。問了送東方玹進去見神醫的幾個侍衛，都說茅神醫正在閉門為王爺診斷，讓她少安勿躁。

閔窈只好按捺著焦慮，心神不寧地喝了一口香茶，未料雲一和雲二突然閃身進來。

「娘娘！剛才小的幾個去附近竹林巡視，發現有人一路跟著咱們的馬車到了這裡！看對方的服飾和招數，好像是東宮的影衛……」

閔窈聞言心中一顫，問道：「你們是說，太子派人跟蹤我們？」

前幾個月東方玹在太醫局針灸的時候，閔窈就曾數次看見幾個小太監在太醫局附近鬼鬼祟祟的。太子對東方玹的一舉一動一直是異常關注，現在竟然還派了影衛跟蹤，這讓閔窈從中嗅到了十分危險的氣息。

「那些影衛現在何處？」

「回娘娘，小的幾個已經用調虎離山之計將他們引開，再加上這竹林中茅神醫設置的陣法，相信他們找不到這裡來。」

閔窈聽完微微鬆了口氣。就在這時，小廳外一陣人影晃動，她慌忙起身，只見一位白衣男子帶著東方玹，滿臉慚愧地向她走過來。

「娘娘，請恕茅某無能，王爺的病……實在是無從下手，恐怕他這一輩子都……唉！」

聽到天下第一的神醫茅輕塵給王爺再次診脈後竟這樣說，閔窈心中咯噔一下，只覺得整個胸口頓時隱隱作痛起來。

返回洛京的馬車裡，東方玹一邊吃糖，一邊暗中觀察閔窈的臉色。

見閔窈上馬車後一直不說話，他不由得張口，甜糯地問道：「媳婦兒，妳怎麼了？是不是神醫說我治不好，所以妳生我的氣、不喜歡我了？」

「王爺，妾身沒有生你的氣。」閔窈面上湧現出幾分柔情，起身將東方玹一把摟住，瞧著懷裡那張天真無邪的俊臉，她心中不由思緒萬千。

如今太子對王爺居心叵測，她沒有勢力強大的娘家做後盾，也沒有過人的謀略。她一個閨閣女子，就算重活一世，對宮中與朝堂上的事仍一無所知，該如何才能護得王爺周全呢？

如果可以，閔窈真想帶東方玹離開這裡，離那些危險的人和事遠遠的。可是現在太后身體一天不如一天……太后這麼疼王爺，他們若是就這麼走了，太后該多難過啊！

一想到錢太后，閔窈不由得就想到老人家那天拉著他們兩個說的心願。如今這第一個心願恐怕是無法實現了，至於這第二個……

想著，閔窈的臉登時慢慢地紅起來。

「媳婦兒，妳怎麼不說話了？」

「喔，妾身剛才在想事情呢。」

「……在想什麼事情？」不會是真的被茅輕塵不幸言中，想跑吧？

「妾身在想，如果妾身和王爺能離開洛京，尋一處世外桃源過咱們自己的小日子，那該有多好啊。」閔窈眼神溫柔地抱住東方玹的腦袋，有些羞澀地問道：「王爺，如果真有那麼一天，你願意與妾身一起走嗎？你可願意與妾身……與妾身一起誕下子嗣？」

「子嗣?!」

高大的身子在她懷中猛地一震，閔窈以為他聽不懂，紅著臉，結結巴巴在他耳邊低聲解釋道：「咳咳，不知道妾身這樣說你能不能明白，就是像白糖和牠的崽子們一樣……王爺願不願，讓妾身給你生個小王爺或是小郡主呢？」

懷中的人沈默半晌，正當閔窈以為他聽不懂自己在說什麼的時候，兩隻修長有力的大手忽然緊緊地環上她的小腰。

「王爺？……」

「我願意。」

關於為東方玹生育子嗣的事，其實閔窈今年年初就已準備好了。她喝了大半年的補藥，身子也暖了起來，每晚又經薛夫人孜孜不倦的「教誨」，可說是萬事俱備了。只是因著東方玹不諳世事的單純模樣，她實在過不去自己心裡那關。

不過，現在錢太后病重，太子那邊又對秦王府虎視眈眈，如果她這時能給東方玹誕下子嗣……一來，錢太后盼到了心心念念的曾孫，她老人家心情一好，說不定病情會有所好轉。二來，閔窈是存了點私心的。她尋思著只要錢太后身體安康，那麼太子想對付王爺時總有忌諱。或許她和王爺也可以在錢太后的庇護下安頓好一切，然後安全離開洛京，找到一處世外桃源共度餘生。

綜合以上，閔窈這次是下定決心要為東方玹生孩子了。

雖然東方玹說了他願意，可他的心智畢竟不成熟，也不知他是不是真的理解閔窈的意思？不過他既然表了態，閔窈覺得自己也算是徵得他的同意，心中的忐忑和不安也少了許多。

自從閔窈說了生崽子的事後，一路上東方玹變得比平日更加黏糊，等他們回到洛京，已經過了中秋佳節。

閔窈回王府把自己的心思和薛夫人一說，薛夫人高興得不得了，手忙腳亂地就命人立即開始準備起來。

這次回洛京，茅神醫也跟著他們來了，進宮時，茅輕塵又把東方玹拉去太醫局扎針。

閔窈與錢太后和蘭妃在慶祥宮說著一路上的見聞，正說到興起處，外頭李尚宮忽然喜孜孜地進來稟報，說秦王的病有起色了。

「太后、蘭妃娘娘、王妃娘娘！今日大喜啊！」李尚宮眉眼帶笑，興奮地開口道：「適才茅大人讓醫女過來傳話，說秦王先前按照他的秘方在太醫局針灸了三月，現下筋脈疏通了不少。他這會兒正與太醫局幾位老大人，忙著翻閱上古醫典為王爺換藥。茅大人說，只要幫王爺一氣兒衝破腦後的阻礙，那麼距離王爺恢復心智的那天也就不遠啦！」

「真……真的？」這麼說來，茅神醫之前說的都是些謙虛之詞了？

閔窈又驚又喜。那時茅輕塵說東方玹治不好，害得她一路上抱著東方玹，心口一陣陣的疼……

「先皇保佑！祖宗保佑啊！」

「真是太好了！茅神醫果然名不虛傳啊！」

錢太后激動得一把將閔窈摟在懷裡，老淚縱橫道：「哀家真是太高興了！窈兒，哀家沒想到真的會有這麼一天……哀家就說嘛，玹兒的病，也就這小茅能看好。窈兒，等玹兒好了，妳的苦日子也熬出頭了。」

「皇祖母說的哪裡話，」閔窈也喜極而泣，抱著錢太后道：「窈兒與王爺一起半點都不覺得苦。對了皇祖母，既然茅神醫醫術高明，不如也請他過來給您瞧瞧？」

蘭妃道：「窈兒說得對，太后吃了七、八服湯藥都不見效，也該換個大夫看看了。」

「好好好，換，馬上換小茅給哀家看……」

錢太后說完，忽然想起茅輕塵這會兒還在忙著給東方玹換藥，她趕緊把剛出了殿門口的李尚宮喚回來，含笑道：「瞧哀家一高興都糊塗了。哀家不要緊，還是讓小茅給玹兒先看，等他給玹兒換好了藥，再讓他到慶祥宮來吧！」

晚上閔窈帶著東方玹回了王府，也沒見他有什麼異常。

東方玹照樣吃糖、玩魯班鎖，沐浴完後跟閔窈撒嬌要捏捏。大概是白天在太醫局被折騰了足足好幾個時辰，閔窈捏著捏著，他便躺在閔窈腿上沈沈地睡著了。

望著東方玹俊美的睡顏，閔窈有些出神。是她心急了，茅神醫才剛換藥，哪有這麼快好？不過，這樣謫仙般的一個人，等他恢復心智，該是多麼完美絕倫……到那時候，他還會像以前那樣黏著自己嗎？

畢竟論容貌，她不是一等一的美，而家世，也完全配不上他的王爺之尊……洛京城裡那麼多貌美高貴的貴族閨秀，如果不是因為他的病，恐怕怎麼都輪不到她做他的王妃吧。

想到這些，閔窈心中不由湧出些酸澀。不過東方玹能好起來，她是真心感到高興的。

「如果王爺好了，也許就不一定願意讓妾身誕下你的子嗣了……所以，妾身還是先收回那句話。」閔窈輕柔地替東方玹蓋上一條薄薄的冰蠶絲衾，在他臉上偷親一下，然後背過身，滿是惆悵地合上眼。

秋天的夜微涼，寢房四壁上的夜明珠泛著茫茫的光，修長的丹鳳眼望了望床榻裡那曲線曼妙的背影，慢慢瞇起兩道狡黠的弧度來。

傻媳婦兒，居然臨陣脫逃……看本王怎麼收拾妳！

自換藥之後，東方玹每日在太醫局的針灸也取消了，都是茅輕塵親自到府上來配藥，給東方玹服藥外加按壓穴位。

閔窈見茅神醫每次給王爺按穴位按得滿頭大汗，她心中過意不去，經常備著點心、茶水在藥浴間外候著。

這日茅輕塵給東方玹診治完畢，剛剛擦完汗出來，就看到閔窈帶著一群侍女在外間備了滿桌子的點心熱情招呼他。「茅大人辛苦了，快過來用些點心歇一歇吧！」

茅輕塵道：「王妃娘娘客氣了，這都是臣分內的事。」

話雖如此，人卻毫不客氣地走到小桌前，一手抓了個金乳酥，一手拿了蟹黃包，坐在凳子上狼吞虎嚥地吃起來。

秋畫、秋月見他一副餓死鬼投胎的模樣，忍不住掩嘴偷笑起來。

閔窈回頭瞪了兩個小丫頭一眼，也到桌前坐下，有些緊張地問道：「茅大人連日給王爺診治了十天，王爺可是好些了？」
「王爺是好了一點，不過……」
閔窈聞言，忙問道：「不過什麼？大人但講無妨。」
「不過王爺身上氣機鬱滯多年，尋常的穴位刺激並不能立即見效。」
「那該如何是好？」
「辦法也是有的，就是需要娘娘的配合……」
閔窈道：「茅大人儘管說，只要我做得到，一定為王爺試試！」
「咳咳，娘娘待王爺果真是情真意切。」茅輕塵在心中將東方玹狠狠地唾棄了一萬遍，然後裝作吞吞吐吐的樣子，對閔窈很不好意思地道：「陰陽調和，乃人倫根本之道……臣聽說王爺與娘娘成婚至今尚未圓房，如果娘娘能……咳咳，那對王爺疏通全身是很有幫助的……」
「茅大人你是說，讓我和王爺……」圓房?!
「……呃，臣就是這麼一說，至於具體事宜……咳咳，相信娘娘自有定奪……啊哈哈，時候不早，臣先告退了。」
天哪！東方玹這臭小子，讓他做的這都是什麼事兒？
沒眼看羞得已經把頭都垂到胸口上的閔窈，茅輕塵像是被針扎屁股一樣火速起身，暗暗往藥浴間裡的某人飛去一個大大的白眼，然後撒開兩腿，飛快地撤了。

「娘娘、娘娘，您沒事吧？」

看閔窈在小桌前呆了半晌，秋畫上前小心地看了看，只見閔窈咬著牙，彷彿是下了很大的決心一般，嘆了口氣道：「秋畫，等會兒妳們去請一下薛夫人，我有事要找她。」

第三十四章

閔窈與薛夫人一起挑了個黃道吉日，到了那一晚，兩人都格外緊張。

彷彿是要送閔窈上戰場，薛夫人先是仔仔細細地囑咐了各種事，然後手把手地將畫冊上幾個基本步驟給閔窈一一溫習兩遍，最後又備了宮廷秘製的某些膏藥給閔窈帶上……

想來想去，似乎已經沒什麼遺落，卻又有很多地方忘了細講。

眼看著一更天就要過去，而東方玹早在寢房中等著了，薛夫人只好將閔窈快速洗了個乾淨，在她全身上下抹遍百花香露後，才鄭重說道：「王爺和娘娘都是初次，得委屈娘娘多出些力……雖然王爺心智如此，可是他身體康健，只要娘娘能引導出他的本能……」

閔窈含羞道：「嬤嬤不要擔心了，我、我知道的。」

薛夫人點點頭，目送閔窈戰戰兢兢地進了寢房，便與秋月、秋畫等人，將房中那三重輕紗帷帳緩緩放了下來。

三人在外間忐忑守候，過了一會兒，終於聽房內傳來一聲輕呼。

「媳婦兒！疼……」

「妾身也疼……王爺乖，再忍一會兒、一會兒就好了……」

寢房內的燈這時早滅了，夜明珠朦朧的白色光芒透過微微晃動的床帳，閔窈含淚吻住東方玹勾人的紅唇，忍著痛，艱澀地扭腰。

滿室旖旎的聲響很快漫到三重帷帳外，薛夫人吁了口氣，使了個眼色，帶著秋月和秋畫悄無聲息地退到寢房外間，順便貼心地將門給帶上。

薛夫人往前院去了，秋月和秋畫兩個渾身繃得筆直，守在門口等了一刻鐘，只聽她們娘娘在裡面說道：「好了，王爺，妾身帶您去沐浴吧……啊！王爺……」

秋畫小聲道：「娘娘說要沐浴了，咱們要不要進去搭把手？」

「笨！」秋月紅著臉點了下秋畫的腦門，做了個噤聲的手勢，用極低的聲音在秋畫耳邊道：「還沒好呢，妳聽……」

秋畫依言側耳，果然聽見寢房內緊接著又傳來一陣床榻搖動聲，這次比之前的動靜大了不少，還夾雜著她們娘娘那時輕時重、讓人聽得面紅耳赤的嗚咽低吟。

她不由得有些奇怪地想：咦？怎麼這次王爺倒沒聲響，也不喊疼了呢？

第二天清晨，略微刺眼的白光從小窗外隱隱透到水青色的紗帳上，房內那只銅鑄鏤空鴛鴦交頸紋的鎏金小香爐裡，龍涎香還未燃盡，此時正飄散著一縷裊裊的淡色青煙。

東方玹一早就醒了。他用手撐著俊臉，直勾勾地望著懷中昏睡的媳婦兒，彷彿看不夠似的看了一遍又一遍，直到某處再度熾熱起來……

修長如玉的大手忍不住捧著閔窈的臉，垂首將一個個細密的吻急切落在她粉色的唇畔，正當他眼神迷離、呼吸微亂之際，懷中的人兒忽然皺眉，一雙柔嫩的小手弱弱抵著他堅實的胸膛，潤澤的小嘴無意識地喃喃道：「好累……」

一滴滾燙的汗水從他額上流了下來，沿著刀削般硬朗的下顎，緩緩蒸發在寢衣領口下一片精壯硬實的肌理中。想起她昨晚承受不住自己的失控，一度昏厥過去，修長的丹鳳眼中頓時湧現出滿滿的心疼和愧疚。

東方玹伏在閔窈散發著清甜香味的髮間深深吸了一口氣。片刻之後，他抬頭親了親她光潔的額頭，用薄衾把她整個人裹住，才緊繃著渾身的隱忍，果斷下了床。

今日是太醫局為東方玹聯合診脈的日子。

眾大臣下了早朝，東方玹的馬車才剛剛駛進宮門，大臣們見狀，紛紛讓道行禮。

「妹夫，你聽說了嗎？昨晚那傻子和他媳婦圓房了。」東宮偏殿內，太子摟著嬌媚入骨的宋小郎君一邊喝著酒，一邊冷笑著問蕭文逸道：「這事你怎麼看？」

「殿下，他可是個傻子呀！」蕭文逸坐在側席，見太子與他敬酒，忙舉杯遙遙回敬，語帶嘲笑道：「傻子知道什麼，只怕他連地方都找不準，倒是可憐了他那嬌滴滴的媳婦兒。」

「哈哈哈哈……妹夫，你真是太壞了……」太子嗓音怪異地笑了幾聲，接著忽然黑臉道：「蠢材！你以為他真的傻嗎？他要是真傻，能在南下的路上甩了本宮的影衛？他要是真傻，能籠絡住姓茅的小子站在他那邊，攪著現在太醫局一點有用的消息都透不出來？他要是真傻，能這麼多年將太后那老虔婆哄得服服貼貼，把他當眼珠子一樣疼?!」

「……小人愚鈍，是小人眼皮子淺！」見太子忽然發怒，蕭文逸嚇得趕緊扔了手中的金樽，離席跪到地上，不住磕頭道：「殿下英明！殿下洞察秋毫、未雨綢繆，是小人無知，還望殿下息怒！殿下息怒！」

太子見狀，鼻子裡冷哼一聲，他邊上的宋小郎君卻是瞄了跪在兩人面前的蕭文逸一眼，他勾唇一笑，柔若無骨地纏在太子身上妖嬈笑道：「殿下，好好的發什麼火嘛……鈺安被你一嚇，心跳都快了好幾下呢！」

「是嗎？本宮不信，要摸摸看才知道你這小妖精是不是在撒謊？」

「哎呀，殿下！……人家蕭大人還在呢！」

蕭文逸在底下聞言，趕緊擦了把冷汗，識趣地說道：「殿下，小臣忽然想起御史臺那邊還有些事務尚未處理，小臣這就先下去了……」

「慢著。」

回身見太子從宋小郎君凌亂的衣襟上抬頭望向他，蕭文逸不敢多看，忙垂下眼，恭敬地問道：「殿下有何吩咐？」

「太醫局那邊好好盯著！本宮不管你用什麼方法，十日之內，本宮要確切知道秦王的病到了哪一步！」

他沒聽錯吧？打探了幾個月都沒消息，居然讓他十日內查出來?!這太子真他娘的……

儘管心中腹誹不已，蕭文逸面上卻不敢再惹太子不高興，這會兒又急著脫身，他只好苦臉應付道：「是，小臣知道了。」

「嗯，退下吧。記得空閒時別老往勾欄小館裡跑，你是華城的駙馬，她現在肚子裡懷著的可是你們蕭家的種。若她再因為這些事找本宮哭訴，本宮一定打斷你的腿，明白了嗎？」

「明、明白了。」

蕭文逸抖著兩腿，徐徐退出了偏殿，他胸懷憤懣，一路上將太子和華城公主在心裡暗暗罵了個底朝天。

哼！什麼太子、什麼皇家公主？一個個刁鑽刻薄，都不把他蕭文逸當人看！秦王是個傻子他也要查？秦王傻了十來年，要人沒人、要權沒權，真想不明白太子怎麼就這麼忌諱？

難道是因為秦王是先皇后嫡子的身分？畢竟先皇后在的時候，太子的生母還是個貴妃，所以太子是對自己當年做過庶子的事耿耿於懷？

可是他現在已經是一人之下、萬人之上的太子，堂堂大昭的儲君了啊，何必跟一個傻子過不去？想來呆王成婚一年多才圓房，也不知是不行還是不會？倒是可惜了一身細皮嫩肉的秦王妃，還有她那對讓人見之銷魂的白玉小兔……

「可惜，真是可惜！」

蕭文逸目露邪光地嘆了數聲，出了宮門，只見自家五、六個小廝快速迎上來。一個在他跟前最得臉的小廝一邊殷勤伺候他上馬，一邊猥瑣問道：「大人，您在可惜什麼呀？」

「說了你也不懂！我是在可惜閔家那千嬌百媚的小娘兒們，居然便宜了個傻子！」

「喲，可巧！小的知道您說的是秦王妃嘛，這事今天一大早在洛京城裡都傳開了。嘖嘖，大人您是沒聽到，坊間說得多香豔喲，都說是王妃把秦王給……」

「給怎麼了？快說快說！嘖嘖，看不出來，這小娘兒們早先一副正經樣……」

那小廝本是貼身跟著蕭文逸出入各種煙花酒肆，早就與蕭文逸是一路貨色。主僕兩個交頭接耳，正狼血沸騰之時，忽然聽到身後傳來一陣怒斥聲。

「朝堂禁地，還請自重，不要污言穢語，壞人名聲！」

小廝一聽忙住嘴，蕭文逸火大地回頭，只見一身青色官服的閔盛正站在主僕兩人身後，滿面通紅地怒視著他們。

「喲，我當是誰呢？原來不過是閔家養的一條狗。」

「蕭文逸！大家同朝為官，你說話不要太過分！」

「怎麼著，難道你還想打我不成？我可是當朝駙馬，聖上親封的開國郡公，你一個鄉下來的泥腿子，也配跟我平起平坐？真是笑話！」蕭文逸用輕蔑的眼神打量閔盛幾眼，甩頭與小廝騎上高頭大馬，囂張道：「真是掃興，我們走！」

話音一落，郡公府的幾匹駿馬立即奔騰而起。

小廝騎馬急急在蕭文逸身側問道：「大人是回府，還是……」

「誰要回府，嫌大人我不夠憋屈嗎？呵呵，剛才聽你說那小娘兒們，都把我的火給勾上來了！你快叫人抬一頂小轎去把鶯兒接來，就說我在老地方等著她。」

「好咧！」小廝嘿嘿一笑，知道又有封口的賞銀拿了，他忙掉轉馬頭，飛快地往另一處方向跑去。

馬匹揚起的陣陣塵埃後面，閔盛兩手緊捏著瘦弱的拳頭，面上一陣青、一陣紅地站在原地。

今日一進宮就聽人議論紛紛，難道窈兒，她真的……

回憶起方才蕭文逸和他貼身小廝的說的那些下流話，閔盛心中氣極，卻又充滿自卑與失落。就算窈兒與秦王一直不圓房，她也不願與自己走……一個寄人籬下的養子，又能改變得了什麼呢？

「公子？公子？」待身後的小書僮怯怯喚了數聲，閔盛才黯然地回過神來。

「公子，您請上馬車，咱們該回府了。」

「嗯。」閔盛麻木地上了馬車，腦子裡滿是那些風言風語還有閔窈的一顰一笑，他越想越感到胸中鬱結，猛地打開馬車門道：「先別回府，去康樂坊！」

康樂坊?!那可是城內煙花酒家聚集之地，公子他從不去那種地方的啊！

「公子，您真的要去？」小書僮還以為自己聽錯了。

「多嘴！讓你去，你掉頭去就是了！」

面上露出幾分自暴自棄的神情，閔盛揚手，將馬車門重重地關上。

閔窈一覺睡得昏沈，等她幽幽醒來的時候，小窗外的日頭已經昇得老高了。

糟了！今天是王爺去太醫局診脈的日子！

「秋月、秋畫！妳們怎麼都不叫我……哎呀！」幾乎一個激靈從床上蹦起來，閔窈赤著兩腳一落地，未料腳下一顫，整個人登時無力地摔倒在床下的羊毛地毯上。

「哎呀！娘娘！」

「娘娘您沒摔著吧?!」

兩個小丫頭進屋嚇了一跳，忙過去將她七手八腳地扶起來。

閔窈只覺得腰腹間滿是痠疼，皺眉問道：「現在是什麼時辰了？」

「這會兒是巳時一刻，午膳要過一會兒才好，娘娘現下餓不餓？」

「我不餓，王爺呢？」

秋月攙著閔窈，面上飛紅道：「王爺一早就被茅大人接進宮診脈去了……嗯，是薛夫人說娘娘昨夜勞累過度，叫奴婢們不要打擾娘娘休息的，奴婢們才沒叫您起身。」

「咳咳，是嗎？」

看著兩個小丫頭面帶羞色不敢抬眼看她，閔窈臉上一燙，忽然想起秋月、秋畫是一直在給她守夜的！昨晚東方玹本能發作起來簡直像頭野獸，抱著她又啃又咬……她暈頭轉向、招架不住之際發出的那些羞死人的聲音，她們兩個肯定都聽到了。

想到這兒，閔窈又羞又窘，真想馬上找條地縫躲進去。

「妳們去盥洗室給我備些熱水吧。」

「是！」秋畫應了一聲，忽然愣愣道：「咦？昨晚王爺不是已經……」

「秋畫，走走走，咱們給娘娘備水去！」

秋月眼疾手快地把秋畫扯了下去，兩個小丫頭妳推我、我推妳地出了門，閔窈隱約聽到秋月埋怨秋畫道：「就妳嘴快，這是也好說出來的？咱娘娘臉皮一向薄……要是……」人越走越遠，漸漸地聽不到她們的聲音了。

昨晚她暈過去之後就什麼都不知道了，秋月這會兒到底是想隱瞞她什麼呢？疑惑間，昨晚東方玹折騰她時沒羞沒臊的樣子猛然在腦海中湧現出來，閔窈面上一熱，羞澀地伸手摀住自己的臉。

到了盥洗室後，不經意瞄到自己寢衣領口下大片的點點紫紅，閔窈驚得立即把秋月、秋畫趕出去，自己在裡頭遮遮掩掩地脫了寢衣，顫著發軟的腿，爬進水氣蒸騰的浴桶裡。

浴桶裡的水溫熱得恰到好處，閔窈用手撥了撥水面上粉紅的花瓣，小心翼翼地檢查一下自己的身體——乾乾淨淨，好像已經洗了一遍似的……

秋月、秋畫剛才那樣，昨晚……不會是他給她洗的吧？如果是王爺的話……那是不是說明王爺身上的筋脈得到疏通，現在已經恢復心智了呢？

第三十五章

閔窈出來的時候，發現秋月、秋畫忽然變得正經不少。

以往兩個小丫頭仗著寵，閔窈和東方玹有什麼親密舉動，她倆都要逮著閔窈，沒大沒小地嘀咕一番，沒想到現在她和東方玹圓了房，這兩個嘴碎的小人兒卻安靜得跟兩隻鵪鶉似的，半句都不敢取笑她，這倒是讓閔窈有些不習慣。

「娘娘，這是李尚宮一早從宮裡送來的。」

秋月用托盤端著一碗熱氣騰騰的棕黑藥汁放到閔窈面前的几案上，笑吟吟道：「奴婢聽薛夫人說，藥是太后命周老太醫專門給您重新配的，是益氣暖宮，強筋助孕的補藥。娘娘每日需在用膳前服用，一日三次。」

閔窈點點頭，端起白玉製成的藥碗仰頭飲下，沒嚐出什麼苦味，倒是覺得有些酸酸甜甜的。

太后一大早給她換藥，看來薛夫人已經把昨晚的事稟報了太后。

喝完藥歇了一會兒，秋月才把午膳給閔窈送到寢房來。身上還到處痠痛著，她沒什麼胃口，草草用了幾口午膳後，薛夫人那邊派人傳話，說是讓閔窈務必好好休息，今日不用去前頭看帳本了。

閔窈知道是薛夫人體貼，便也承了她的情，梳洗一番去床榻處歇下。

秋日的午後雲淡風輕，閔窈睡了一個多時辰醒來後，精神也好了不少。

她起身剛想叫秋月、秋畫，卻忽然聽寢房外傳來一陣熟悉的笑聲。

閔窈心中一喜，忙披了件薄紗大袖衫跑到寢房外間，只見藺氏抱著閔窕，正與青環還有秋月、秋畫幾人在那兒小聲地說笑。

「母親！您怎麼來了？」

「怎麼，阿娘想窈兒了，來看女兒還要通報嗎？」

「母親，您知道女兒不是這個意思！」

閔窈嗔怪地瞅了藺氏一眼，忙讓秋月、秋畫替自己梳妝更衣。母親今日突然前來，剛才望著她又笑得曖昧，不用說，肯定是因為知道了圓房的事。

就一夜的工夫，這事怎麼好像所有人都知道了呢？

閔窈納悶地換上一身家常的鵝黃色薄綢綴紗對襟大袖裙，用三支半尺長的細黃玉簪綰了如雲般的烏髮，然後才滿面嬌羞地跪坐到藺氏身旁。

藺氏見她面泛桃花、慵懶嬌媚，心中欣慰極了，拉著她笑道：「阿娘的窈兒總算長大了。對了，妳的元帕呢？」

閔窈含羞道：「被薛夫人收起來了……母親，您也真是，怎麼能因為這事跑來看我，要是被人知道了，女兒以後怎麼出去見人啊！」

「有什麼不好見人的？王爺是妳夫君，妳和他歡好，那是天經地義……」

「哎呀！母親！」當著一屋子人的面，閔窈臊得不行。雖然知道蘭氏一向說話直接大膽，卻沒想到她會如此直接。

「好了好了，瞧把妳羞的，母女間有什麼不能說的？再說了，青環和秋月、秋畫她們又不是外人。」蘭氏訕訕說了幾句，見閔窈還是臉紅得厲害，她只好話鋒一轉，說起閔家後宅的事來。「阿娘這次出來是想散散心。紅纓月初剛懷了身孕，西院的就挺著個大肚子，成天去她院子裡找碴。她們兩個如今都是雙身子的人，一邊一個拉著阿娘給她們評理，阿娘真是說哪個都說不得。這一個月被她們吵得腦仁都疼了，妳父親又是個甩手掌櫃，阿娘心裡煩，索性就藉著來看妳的由頭，帶妳妹妹和青環出來走走。」

閔窈聽完驚訝道：「柯姨娘上次害母親不成，現在居然有臉讓您給她主持公道？」

「這事在妳父親那兒早翻過去了……她現在快要臨盆，妳父親就盼著她能生個大胖小子給閔家傳宗接代呢！」蘭氏幽幽嘆了口氣。「阿娘要是扯著這事不放，妳父親又該說阿娘小氣了。不過紅纓年輕氣盛，在後院半點不讓她，一張利嘴跟刀子似的，倒是常常把柯姨娘氣得喊著要上吊呢。」

「哈，這麼說來，這沈姨娘倒是間接給母親出了一口氣嘍？」閔窈拍手笑道：「真是老天有眼！柯姨娘欺負母親厚道，卻不想上天會派了個沈姨娘來磨她！」

「瞧妳這小嘴，紅纓也是不得已的。她與青環在我身邊多年，阿娘是一直把她們當姊妹看待，若不是妳父親……」蘭氏說到這兒，忽然看著青環笑起來。「其實今天阿娘來找妳，還有一件事商量——青環下個月就要做新婦了。新郎是咱府上的劉管事，踏實能幹，人長得還挺周正，阿娘要讓她風風光光地出嫁，所以辦嫁妝的事，窈兒妳可得來幫幫阿娘。」

「真的？那可真是大喜，我自然是要幫母親籌備的。」閔窈彎眼笑道：「秋月，快去拿庫房鑰匙來，咱們去好好挑幾副頭面，給妳們青環姊姊添妝。」

青環頓時鬧了個大紅臉，忙行禮謝了閔窈。一屋子女人很快有說有笑地幫青環挑首飾去了。

晚上東方玹回來的時候，閔窈偷偷在他邊上左看右看，也沒發覺他有痊癒的跡象，仍舊是滿臉孩子氣的模樣。

到了就寢時，東方玹也如以往那樣，滾到閔窈懷裡跟隻大貓似的，又是撒嬌又是蹭蹭。鑑於他昨晚可怕的表現，閔窈心有餘悸地避開他的親近。自從兩人裸裎相見後，閔窈覺得他現在的每個觸碰似乎都帶著別樣的意味，再沒過去那種純潔無害的感覺了。

彷彿看出閔窈心中的害怕，東方玹起身親了親她的頭髮，抱著她，十分懂事地說道：「昨晚是我不好，把媳婦兒弄疼了……媳婦兒別怕，我很乖的。在妳好之前，我保證不欺負妳了。」

「王爺別說了，秋月和秋畫還在外面呢……」

「嗯。」東方玹甜糯地在她耳邊應了一聲，強硬地將滿臉通紅的閔窈摁到自己溫暖壯實的胸膛上，這才喜孜孜地就寢。

他說到做到，此後一連十幾天，果然乖乖地不越雷池半步。

閔窈恢復精神後，就陪藺氏去給青環到處辦嫁妝。這天母女倆帶著一眾侍女從洛京城內最大的珠寶鋪子出來，因為轎子停在鋪子門口，閔窈也就沒有戴冪羅。

她正挽著藺氏上轎子，忽然聽街上有人喊了聲「三嫂」。閔窈聽聲音有些熟悉，轉過頭，竟看見華城挺著個大肚子，面帶驚喜地朝她走過來。

藺氏在轎中得知華城公主來了，也忙出來與公主見禮。

「華城妹妹，真沒想到會在街上碰見妳。」

華城今日穿著一身華麗的錦繡織金開襟淡紫色宮裝，高高的髮髻上垂了數十道明黃色的金穗流蘇，妝容鮮豔，滿身透出逼人的貴氣。她此時一手撐著四、五個月大的肚子，一手卻拿著條拇指粗細的青褐色九節蟒鱗鞭。

閔窈看著她那鞭子，有些困惑道：「妹妹這是要去做什麼？」

「哈哈，我孕中無事，到處逛逛。」華城訕笑道：「三嫂和閔夫人來這邊看首飾啊？」

藺氏笑道：「正是，公主要不要一起去看看，人多熱鬧。」

華城面色一滯，有些不自然地抿著嘴道：「哎呀，我忽然想起府上還有急事……三嫂、閔夫人，咱們還是下回一起去吧！」

「既然妹妹有事，那我和母親也不耽誤妳，先告辭了。」閔窈厭惡蕭文逸，連帶著也不想和華城過多親密，聽到華城沒空，當下就與華城客氣地道別，與蘭氏分別上了軟轎。

「哈哈，三嫂與夫人慢走……」

侍閔窈和蘭氏的轎子漸漸遠去後，華城臉上的笑容瞬間轉變成怒容，手上的長鞭啪地甩到身邊幾個侍從身上，火冒三丈道：「駙馬呢？你們幾個不是親眼看到他騎馬來了這條街，怎麼轉眼人就跟丟了？真是一群廢物！」

「公主！小的們的確見駙馬到了這街上呀！」侍從臉上被抽出幾道鮮紅的血口子，卻是不敢伸手捂住，跪在地上戰戰兢兢道：「小的見他騎馬一直往東，就馬上回來稟告您了！」

「都起來！往東面去搜！」

蕭文逸這殺千刀的，竟敢騙她說御史臺今日有要務處理。要是今天被她抓到他在外頭有相好的，看她不剝了他的皮！

華城殺氣騰騰地與眾侍從奔到街的盡頭，只見眼前盡是國興寺禪院綿延不斷的莊嚴圍牆，她氣得又抽了侍從幾鞭子，咬牙轉身道：「我就說你們跟丟了，還敢狡辯！什麼都別說了，一個個都給我回府領打去！」

「公主息怒！公主饒命啊……」

「哼！當本公主這麼好糊弄呢！」

華城怒氣填胸地甩袖上了馬車，卻不知在她身後僅隔著幾道牆的地方，她的駙馬蕭文逸抱著嫵媚入骨的閔玉鶯，正做著不知羞恥的勾當。

等華城公主帶著侍從們走了片刻，國興寺圍牆後某處偏僻的禪房內，一對顛鸞倒鳳的男女也滾在狹窄的禪床上，偃旗息鼓了。

「你個殺千刀的！火燒火燎把人家叫來，這才不到半刻鐘你就……」

閔玉鶯坐在床邊，粉面微慍地繫著繡鴛鴦紋的小紅肚兜，兩隻媚生生的大眼裡明顯帶著不滿。「以前可不這樣的，說！這陣子是不是被你那嬌公主給榨乾了？」

「我的好鶯兒！瞧妳說的，這不是好不容易見妳一回給激動的嗎？又加上前陣子給太子做事出了點差錯，昨天早上在東宮跪了一上午，腿到現在還抖著呢，妳就不心疼心疼我嗎？要是不滿意，等我吃了藥，咱們可以接著來……」

「哪個要你吃藥了！」閔玉鶯一扭腰，噘嘴嗔怪道：「還是算了吧，強扭的瓜不甜……我知道我比不上人家公主天姿國色，如今竟要你吃藥才行！好了，我得走了，要是被人發現就不好了。」

「走什麼？才剛來！再說，誰能想到咱們會在寺院的禪房呀？我們蕭家當初可是給這裡捐了不少錢，那管禪房的小僧又收了我許多好處，沒人會來打擾我們的。公主他娘的就是頭母老虎，我每次與她同房簡直像在賣身。還是與鶯兒妳最好，我與妳一起最盡興了……」

「哼，少來，油嘴滑舌！」

「鶯兒，來嘛……」蕭文逸拖住閔玉鶯水蛇般的柳腰，兩隻狼爪上下一通胡來，頓時惹得閔玉鶯一陣嬌喘，忍不住回身勾著他脖子。

「冤家……快點……」

「就來！」見美人眉目含春，蕭文逸趕緊撿起地上的衣物左翻右翻，卻是怎麼也找不到那瓶能助他一臂之力的小藥瓶。

真是急死個人！

他翻了一刻鐘後，終於在無奈中放棄，望著床上翹首以待的美人，不禁有心無力道：「唉，情急中把藥落在府裡，看來今日是真的不行了……鶯兒啊，要是妳那對小桃子有妳長姊的一半……」

「呸！你四處尋花問柳，虧空了身子，竟敢怪我小？你這混蛋！還在我面前惦記起閔窈來了？人家可是高高在上的秦王妃，有本事現在就找人家去啊！別忘了，她可是從一開始就瞧不上你！」

「嘖嘖，小浪蹄子！醋勁兒這麼大！」

「沒名沒分的，我吃得起哪門子醋呀……我、我還不是心裡想你、念你，擔心你嗎？嗚嗚，你這沒良心的……」

閔玉鶯伏在禪床灰撲撲的棉被上哭得梨花帶雨，拿水汪汪的大眼橫他道：「現在我和阿娘在閔家整日被人欺負，嗚嗚嗚……你這殺千刀的要是再這麼晾著我，姑奶奶可不奉陪了啊！」

「……哎呀，上次我不是派人抬轎子去妳家後門了嗎？是妳自己那時候不願做小啊！」

一聽他說上次的事，閔玉鶯氣得起身，跑過去直用粉拳捶他胸口。「你還有臉說！上次要不是你沒擔當，我能躲到鄉下落胎嗎?!可憐我的第一個孩子，就這麼……嗚嗚嗚！你個殺千刀的，都怪你！」

「好好好，怪我，都怪我行了吧！」蕭文逸被她數落得有些不耐煩，不過終究是捨不得美人兒那年輕嬌美的皮相和一身柔媚功夫。他按下心火，拿出生平最大的耐心，抱著美人哄道：「好鶯兒，妳也知道公主孕中脾氣大，皇帝是她爹，太子是她哥，那是好惹的嗎？妳別心急，這事容我再想想辦法。我發誓，無論如何，一定會讓妳風光進門的。」

就華城那狗脾氣能容他納妾？除非太陽從西邊出來！其實這樣幽會不是挺好？女人就是麻煩，老惦記著名分什麼的……眼下還是先把她哄著，他隔三差五還能嘗嘗鮮，走一步算一步了。

「你說的都是真心話？公主真的會讓我進門？」

「鶯兒，我對妳一片真心。如果不是真心喜歡妳，我堂堂開國郡公，要什麼女人沒有，用得著這樣偷偷摸摸的嗎？」

「哼，就會甜言蜜語！姑且再信你一回吧！」閔玉鶯面上轉憂為喜，立刻將人一把推倒在禪床上。對著嘴兒，風情萬種地餵蕭文逸喝了半壺酒後，她魅惑地舔了舔嘴角，媚眼如絲道：「逸，我把最珍貴的一切都給了你，你若是負我……小心我發起狠來，會讓你斷子絕孫的喔！」

「真是最毒婦人心哪！」美人兒眼中閃出的一絲惡毒讓蕭文逸後背冷不防發涼，不過下一刻，閔玉鶯溫潤的小嘴讓他很快又飄飄然起來。「哦！妳這勾人的小妖精……還是妳有辦法……」

毒就毒吧！一個手無縛雞之力的小女人，到時候她還能殺了自己不成？

蕭文逸扔了酒壺，腦子一熱，便不管不顧地朝腰下那具細白的身子撲過去。

第三十六章

閔窈陪著藺氏四處奔波了近一個月。

到了青環出嫁那天，閔府上下一片喜氣洋洋。藺氏一口氣給青環置辦了三十二抬嫁妝，又贈了洛京西市一間臨街的店面和兩個丫頭與她陪嫁，惹得閔家一眾大小侍女羨慕不已。

青環的夫婿劉管事是閔家前院得力的年輕管事之一，今年二十三，比青環大三歲。

劉管事家的人見準媳婦在閔家女主人面前得臉，又有秦王妃給她添妝，豐厚的陪嫁甚至比一般官家的庶小姐還體面，他們哪裡還敢怠慢？只覺得兒子是攀到了貴人，裡裡外外對青環捧得不行，就差沒找塊牌子寫上青環的大名，放在家裡好生供奉起來。

青環出府時，不捨地拉著藺氏的手直哭。「奴婢嫁了人，以後就不能時刻陪在夫人左右了……」

閔窈見了這情景，不由想起她出嫁那天，母親也是這樣又喜又哭。

雖然青環是母親身邊的侍女，但自閔窈出嫁後，母親與青環在後宅相依為命、共同進退……兩人情深意切，今日藺氏不像是嫁侍女，反倒是在嫁妹妹似的。

「青環快別惹夫人哭了，妳出嫁了，不還有我在後院陪著夫人嗎？」沈姨娘眼色伶俐地上前一手攙住藺氏，一手拿帕子給青環小心地擦淚。「妝花了可就不好看啦！」

蘭氏轉頭，忙扶著沈姨娘道：「紅纓，妳胎象還不穩，可不能這樣亂跑亂跳。」

「謝夫人關懷，妾有分寸的。」

昔日的主僕三人再次聚到一處，場面充滿溫情。

柯姨娘在角落裡見了，挺著個大肚子不住冷笑，卻不期然被閔窈回頭輕飄飄地看了一眼，她登時面上一僵，躲躲閃閃地扭頭假裝在看別處。

閔玉鶯今日沒來，聽說又是藉著給柯姨娘燒香保胎的由頭去了國興寺。

閔窈自是清楚她去做什麼的。只要威脅不到母親蘭氏，閔窈也就睜一隻眼、閉一隻眼，不想管她和蕭文逸的骯髒事，免得到時候沾來一手騷，怎麼都洗不乾淨。

「窈兒妳與王爺夫妻和睦，青環又有了好歸宿，阿娘真是寬心不少。」

一行人送青環上了花轎，蘭氏拉著閔窈回到後宅堂屋，有些惆悵道：「如今咱們後宅就玉鶯一個沒有著落。說來這孩子也怪，阿娘給她張羅了幾戶好人家，她竟看都不看就全部一口回絕了。她就比妳小一歲，今年都十六了，正是出嫁的好時候。窈兒妳說，她心裡是不是有人了？會不會是盛兒？如果是盛兒的話，那麼上回咱們攪了他倆的婚事……」

「唉，母親您就別胡思亂想了。」閔玉鶯怎麼可能會喜歡閔盛呢？

見蒙在鼓裡的蘭氏還對閔玉鶯格外關懷，閔窈忍不住皺眉道：「母親，她的婚事人家柯姨娘自己會管，您呀，現在只管看好我妹妹小窕兒，還有您自己就成了。玉鶯又不是您生的，何苦操這份多餘的心呢！」

蘭氏聞言驚訝道：「妳這孩子，怎麼這樣說！玉鶯雖然不是阿娘親生的，卻也是記在阿娘名下的女兒……妳今天說話語氣有些不尋常，妳老實告訴阿娘，是不是因為柯姨娘與母親的事，妳和玉鶯鬧彆扭了？」

「我沒有與她鬧彆扭，但我要告訴您的是，以後我也不會同她交好。」

蘭氏怔怔道：「這……好好的怎麼了？」

「阿娘，先前顧忌您懷著妹妹，有些事怕您擔憂，我一直瞞著您。其實……」為了蘭氏不再傻傻地被閔玉鶯繼續蒙蔽，閔窈索性附到蘭氏耳邊，把自己知道的事情一股腦兒告訴了她。

「天哪！這、這是真的?!」

蘭氏聽完驚呼一聲，見閔窈鄭重點頭，她手上一鬆，原本拿著的白瓷茶碗哐噹一聲，滾落到腳下的席子上，淡綠色的茶水瞬間淌過那層薄薄的席面，浸透到席下冰冷的地板上。

閔窈知道這些事對蘭氏來說太突然，便打算先回王府，好讓蘭氏冷靜下來自己琢磨清楚。

回到王府大門處下了馬車，閔窈腳步輕快地上了門口的臺階，不想與行色匆匆的茅輕塵面對面碰上了。

「茅大人！」閔窈驚喜道：「這些天我早出晚歸都沒碰上您，今日可巧。您這是急著要去哪兒？等會兒有沒有工夫和我說下王爺的病情？」

茅輕塵怔了怔，忙將閔窈領到王府偏僻處，面露僵笑道：「可巧可巧！小臣也正有話對娘娘說。咳咳！是這樣的，經過娘娘的努力，王爺的筋脈通暢了許多，不過距離痊癒麼……還差、還差那麼一點點……」

「啊？差一點點？」差一點點是差多少？她那晚已經那麼努力，要是再來幾回，閔窈真怕自己會吃不消。

活了兩世，她這還是頭一遭。雖然之前跟著薛夫人看了許多畫冊、書籍，做足了準備，但是紙上得來終覺淺，臨上陣的時候，她發現許多和書上不一樣的地方已經是慌了；再加上東方玹那晚簡直變了一個人，彷彿隨時要把她生吞入腹……

閔窈現在還有些後怕，又想到母親說以後生孩子會更痛，她隱在大袖下的兩隻手不禁微微顫抖起來。

「娘娘？娘娘？您沒事吧？」見師嫂被大師兄的餿主意給嚇得白了小臉，茅輕塵心中愧疚，真後悔做了幫凶。「您臉色有些蒼白啊，是哪裡不舒服嗎？要不要小臣給您診下脈？」

閔窈回過神來，故作鎮定道：「我沒事，茅大人方才說的我都明白了。」

「咳咳，既是如此，那麼小臣也就放心了。王爺內有娘娘相助，外有小臣的針灸藥石，相信他多年的頑疾不久就可以痊癒。小臣現下要回太醫局製藥，就先告退了。」

「大人慢走。」

別過茅輕塵，閔窈有些憂心忡忡，而東方玹此時還在藥浴間蒸著。

閔窈與秋月、秋畫回寢房坐了一會兒，命人把從娘家捎來的喜餅小食全部分賞下去，只留下自己最喜歡吃的山藥棗泥糕，裝了一小碟擺到寢房中的小几案上，打算等東方玹晚點回來給他吃。

安置完這些瑣事後，閔窈又記起書房裡還積了好多帳本沒看。她起身正想往書房而去，沒想到邊上的秋月灼著臉扯了扯她的袖子，指著她方才坐過的蒲團小聲道：「娘娘……您的癸水好像來了……」

閔窈一驚，忙往那米色的蒲團上望去，果然見幾點猩紅如梅花般開在蒲團上，她不由愣道：「怎麼會這樣？我先前竟一點感覺都沒有！」

「娘娘還是快更衣歇下吧！每次您來這個，人都要難過幾日，奴婢這就給您煮糖水去。」

自從喝補藥調養後，閔窈的信期準了不少。然而這個月不知怎的，居然提前了五、六日！而且這次比以往洶湧許多，她一下午就換了三次月事帶子。

秋月幫閔窈更衣的時候也察覺她的異樣，忙讓秋畫去把薛夫人給請過來。等薛夫人到時，閔窈已經喝了兩盞糖水，她穿著米白色的交襟素紗寢衣，手中抱著個小暖爐摀在腹部，正與秋月說話。

「娘娘覺得下腹如何？可是痛得厲害？」

閔窈道：「這回倒是不痛，就是有些脹，信期提前……也比以前多了。」

薛夫人看閔窈氣色不錯，探了探閔窈的手，沒有探到冷意。

薛夫人吁了口氣，對秋月、秋畫笑道：「兩位姑娘不必擔心，娘娘初為人婦，玉體自是和以前有所不同。以奴家多年的經驗看來，娘娘現在並沒有什麼不妥，只是癸水驟多，恐虛了氣血。妳們等會兒去奴家屋裡拿一壺桂圓杞棗茶給娘娘服用，此茶滋血補氣，卻須留意不能讓娘娘多飲，每日最多兩盞，免得信期綿延。」

秋月聞言，忙讓秋畫留下照看閔窈，她自己跟著薛夫人的侍女，往薛夫人那屋拿桂圓杞棗茶去了。

坐了一會兒，已經快到晚膳時間，薛夫人見閔窈有些累，不想起身，忙主動攬了照顧東方玹的活兒，讓閔窈在屋裡好生歇著。

閔窈有些不好意思道：「這次比以往多……我怕與王爺同寢會有差錯，今晚我打算到偏房處歇下，王爺那邊就有勞夫人了。」

「還是娘娘考慮得周全。這幾日您就放心養著，王爺那邊有奴家呢！」

來癸水就不用同房，閔窈喝著又甜又醇的杞棗茶，心中下意識地鬆了一口氣。可晚上東方玹沐浴也不用她去了，沒人纏著她要捏捏、要抱抱，閔窈忽然覺得心裡有些空落落的。

唉，大概她就是傳說中的勞碌命吧？好不容易閒著，卻整個人都有些不自在。

夜越來越深，閔窈躺在陌生的床上，腦子卻是越來越清醒。湯婆子在腳下漸漸冷卻，她現在一碰到涼的就難受，當下就把腳收了上來，整個人在厚重的兩層軟衾下縮成一團。

秋月、秋畫已經在耳房發出均勻的呼吸聲，閔窈不忍心讓她們半夜起來給湯婆子換熱水，只好自己伸手揉了揉冰冷的腳丫子，揉了好一會兒，卻仍是無濟於事。

越冷越難以入睡。這時，閔窈不由分外想念東方玹那火爐一般的身子來。

偏房與寢房只有一牆之隔，一更的時候閔窈就聽見熟悉的腳步聲走了進去，然後就一直沒了動靜。他大概，現在已經睡著了吧？

唉，這個沒良心的傢伙！整天圍著她媳婦兒長、媳婦兒短甜膩得很，沒想到她不在，他也能倒頭就睡，問都不跟人問一下，平日真是白疼他了！

閔窈氣哼哼地翻了個身，捂著腳丫子，一陣心酸。

罷了罷了，當初嫁他的時候就知道他小孩子心性，總不能指望一個小孩子像正常男人那樣疼愛她，畢竟魚與熊掌不可兼得啊！可是他有時候又不像個小孩子……要是他好了會怎麼樣呢？還會整天黏著自己嗎？

寂靜的夜裡，外頭篤篤的敲梆聲提醒她，已經是三更了。

閔窈知道自己不睡不行了，要不然明天起來精神一定不好。她強迫自己閉上眼，在床上又換了個睡姿，下腹似乎不那麼酸脹了。

可是過了一會兒，心裡還是不受控制地想東想西。

她想，只要再咬牙努力一把，或許東方玹的病就會痊癒。還想到李尚宮前些日子說太后咳嗽得少了；又想到前天去宮裡請安碰到太子時，他看著東方玹那隱含敵意的眼神……轉而念及到母親和妹妹，憂心父親如此這般，閔家以後會如何？若是柯姨娘真生了個兒子，母親會不會又被柯姨娘欺負？

白日裡青環大喜，閔窈在娘家幫母親奔波了大半天已是倦怠，加上來了癸水，本來身子就累極，可是她越是想，腦子越是不肯讓她入睡。

強迫自己放空腦袋，調整呼吸，也不知折騰了多久，正在迷迷糊糊之際，腳上忽然一暖。閔窈感覺到她那兩隻冰冷的腳丫子被人輕柔地握住，然後腳底很快地貼上一處壯實火熱的平坦地方。

這力道，還有這暖爐般的溫度，難道是……

閔窈一個激靈，慌亂地睜開眼，只見偏房沈暗的光線下，床尾的軟衾高高地鼓起了一座小山似的大團。

她不由微微瞇起杏眼。

腳丫子漸漸暖起來，大團在軟衾下悄悄前行，瞬息之間，一張魅惑眾生的俊顏從她的軟衾裡偷摸鑽了出來。

果然是這傢伙！

以為閔窈已經睡著，大手在黑暗中肆無忌憚地捧住閔窈的臉，溫熱的唇隨即朝著閔窈鋪天蓋地般急切地落下來。

「唔……王爺！你別……你是怎麼進來的?!」

弧度優美的唇被閔窈的小手將將推開，東方玹鳳目一彎，舔了舔閔窈的手指，滿是委屈道：「媳婦兒為何在這裡？唉，我一個人害怕得睡不著……媳婦兒，妳是不是打算不要我了……」

他一連串幽怨的反問，倒是把閔窈問得一愣。

黑夜中亮晶晶的一對鳳眼此時似乎滿含水霧，閔窈心疼得胸口一抽，忙伸手將這「小可憐」摟進懷中，柔聲哄道：「妾身怎麼會不要王爺呢？王爺這麼乖，妾身喜歡還來不及呢！是妾身不好，到偏房睡也沒和你說一聲……對了，用晚膳的時候薛嬤嬤沒和王爺講嗎？」

東方玹在閔窈懷裡蹭了蹭，兩條大長腿在軟衾下攏住她的小腳丫，默默地給她取暖。

「嬤嬤說，媳婦兒肚子疼，今晚要去別處睡。」房內光亮朦朧，他俊美臉蛋上紅唇抿成一條直線，修長的丹鳳眼低垂著，隱隱顫抖著小扇子似的睫毛，彷彿受了天大委屈般在閔窈懷中怯怯道：「……可是嬤嬤沒說媳婦兒去哪兒睡了，還讓我不要找。我怎麼可以不找呢？不抱著媳婦兒，我心裡害怕，睡不著……」

「這都怪妾身考慮不周，所以王爺剛才一直在找妾身嗎？」

「嗯，我看到大家都睡了，於是一個人在府裡找了好久……」哼哼，他才不會告訴媳婦兒，自己其實是在偏房屋梁上蹲了大半宿呢！

第三十七章

「王爺……」

閔窈之前就在想他，現在聽到他不睡覺，傻乎乎地在外面找她，心中登時一陣愧疚和甜蜜並存，忙憐惜地摸了摸他的腦袋，紅著眼圈道：「以後不可以這麼晚不就寢，對身體不好的，王爺知道了嗎？」

「知道了！」東方玹甜糯地應了一聲，在她懷裡支起腦袋問道：「媳婦兒覺得腳丫子還冷嗎？」

說完，還用自己的大腳親暱地蹭了下她的小腳丫。

融融的暖意從腳底傳到心頭，閔窈微微動容道：「有王爺這個大火爐暖著，妾身全身都不冷了。」

「嘿嘿，那媳婦兒不獎賞一下我嗎？」

「哦？王爺想要什麼獎賞？」

一說到獎賞，閔窈就不由自主想起放在寢房裡的那碟子棗泥糕，她正想問東方玹晚上吃過棗泥糕沒有？不料，近在咫尺的那人已經把俊臉湊到她唇邊，眨巴著黑亮的眼，天真無邪道：「我想要媳婦兒親親……」

這傢伙！如此羞人的話他竟說得那樣自然，還滿臉純潔無害的樣子。他是不是最近又看了什麼不該看的東西了?!

「媳婦兒……」耳邊響起低醇誘人的撒嬌聲，閔窈抬頭被他炙熱的目光燙得面上一熱，頓時手腳僵硬地別開腦袋，連嗓子都有些打起顫來。「不行……妾身身子不適，還是、還是下回……好嗎？」

到嘴邊的羔羊哪有讓她逃脫的道理？

東方玹挑眉，展開長手長腳，瞬間像頭護食的大獸般，將閔窈牢牢禁錮在他寬闊的懷中，嘟著嘴，不依不饒道：「就親一下！要是不親，我今晚就不睡了。媳婦兒……」

看著他孩子般耍賴的霸道樣，閔窈哭笑不得。思及他將來康復後恐怕對自己未必有今晚這般親暱，她思緒複雜地捧住東方玹的臉，鼓起了勇氣，輕輕在他弧度優美的唇畔上啄了一口。

「好了。」

閔窈親完，不由紅著臉往耳房的方向快速掃了一眼，側耳聽秋月、秋畫的呼吸聲還與之前無異，她稍稍放下心，卻不想下一刻，東方玹的一隻大手已經擒住她小巧的下巴，不容抗拒地將她的臉轉過來。

「剛才沒親準，我教妳。」

「王爺！你……你怎麼能說話不算數！」

低低的焦急抗議聲很快被他納入口中，東方玹瞇起眼，一手按住閔窈的右手腕，唇下與她輾轉廝磨，修長的兩指卻狀似無意地搭上閔窈手腕那處狂跳不已的脈搏。

嗯……果真是信期提前，氣血好像比之前虛了不少，難道是因為他上回太過莽撞所致？

等到他呼吸微亂地抬起頭時，閔窈已經在他懷中手腳發軟地喘不過氣來，他趕緊渡了一口真氣過去，然後伸手在閔窈的後背上替她輕柔地順了順。「媳婦兒？媳婦兒？」

閔窈暈乎了半晌才緩過神來，登時羞得拿後背對著他，氣呼呼道：「……你不乖！你……你又想欺負妾身……妾身不理你了！」

「媳婦兒別生氣嘛！我哪裡不乖了？」

「你別過來！」

「不要嘛！」壯實的胸膛很不要臉地往她後背貼上去，東方玹兩手環住閔窈略微掙扎的身子，卻是老實了許多。「好了好了，我親夠了，咱們就寢吧！」

這傢伙，又說不害臊的話了……

感覺他沒再亂動，閔窈緊繃的身子稍稍緩和下來。因著特殊時期，她發現自己分外貪戀他身上源源不斷的暖意。軟衾下溫暖如春，心中安定了許多，睏意也很快席捲了她。

這晚之後，東方玹便賴在偏房不肯走了。閔窈磨他不過，只好在眾人含笑曖昧的眼神中與他一起搬回寢房。

知道閔窈身子不適，東方玹懂事不少，每晚都充當貼心大火爐，乖乖給媳婦兒暖著。煎熬了數日，等閔窈信期過後不久，薛夫人便忙不迭地給兩人安排了好幾個「黃道吉日」。

薛夫人挑的日子都根據周老太醫的診斷，是閔窈每個月最容易受孕的那幾日。

到了這月的第一個黃道吉日的晚上，閔窈抱著懷上子嗣和給東方玹「疏通經脈」的雙重大任，抖著手，放下寢房內的重重帷帳。

秋月、秋畫早被她支開了，寢房內甜香漫漫，見閔窈又慢騰騰地放著床榻上粉桃色的錦繡百子帳，東方玹歪在床內甜糯又沙啞地喊了一聲。「媳婦兒……」

閔窈含羞應了一聲。比起第一次時的慌亂，她覺得自己現下已經鎮定不少，緊了緊身上輕盈的淡紅色薄紗開襟寢衣，彎著雪白細膩的身子爬上去。

百子帳內的溫度很快變得炙熱起來。

這一回沒有滅燈，閔窈看得仔細了些，當小呆王凶巴巴地蹦出來的時候，她驚得下意識往後就是一躲。閔窈立時覺得自己慫了，崛起的小呆王殺氣騰騰，比書上那些畫的要高壯太多太多，她簡直不敢相信自己初次是如何做到的？怪不得那麼疼……

「王爺，要不咱們今晚就別……別……唔！」

眼看著媳婦兒哆哆嗦嗦地打起了退堂鼓，東方玹鳳目一沈，決定不能讓她養成臨陣脫逃的壞習慣，於是他坐直身子，一把就撈回了逃兵，然後狠狠吻了下去。

「王爺……王爺……」

閔窈被他親得腦子一熱，也覺得膽怯是不對的，她想著，反正都到了這一步，伸頭一刀，縮頭也是一刀；又想躲得了初一，也躲不了十五。咬了咬唇，索性閉了眼，狠下心緩緩坐到東方玹腿上。

「傻媳婦兒……」

沒有上回撕裂般的痛楚，東方玹也柔和克制了許多，閔窈顫顫地抱住他，在他無限的溫柔下，逐漸化成一灘火熱的水……

快到三更的時候，東方玹才閃著雙饜足的鳳目，抱著媳婦兒神清氣爽地往浴堂走去。深秋的夜微寒，寢房外守候的侍女們都被遣開了。

閔窈這回暈是沒暈，她心裡頭清醒著，不過人卻是已經累得連眼皮都撐不開了。嬌軟的身子被他用一件白狐裘大氅裹得嚴嚴實實，只露出一張豔若桃李般的小臉，半合著一對水汪汪的杏眼，縮在他寬闊的胸口上。他的心跳聲在耳邊一下一下強壯有力地跳著，閔窈聽得心頭鹿撞，忽然覺得孩子一般的東方玹，好像、似乎也是可以讓她依靠的……

接下來的日子裡，薛夫人見王爺對王妃更加甜膩了不少，她欣喜不已，忙向錢太后稟告兩人的進展，慶祥宮很快賜了秦王府諸多賞賜，其中大部分都是給閔窈暖宮助孕的珍貴補品。

正當閔窈滿心期待她和東方玹的孩子早日到來之際，閔家那邊忽然傳來消息，說柯姨娘生了，她這次一舉得男，生下了閔方康的第一個兒子。

閔方康官場亨達，又中年得子，幾乎要高興瘋了。雖然是個不足月的庶子，他也顧不得什麼嫡庶尊卑，竟在府上大操大辦地搞了宴席，隆重地慶祝了十幾日，直把柯姨娘母子當寶一樣供起來。

柯姨娘再度以壓倒性的優勢得寵，聽青環說，現在連沈姨娘也不敢在後宅挑釁她了，只一心忍氣吞聲地保自己的胎。

雖然其他的青環沒有說，但閔窈知道藺氏的心裡一定不好過。於是在得到消息的第二天早上，閔窈送東方玹去了藥浴間後，便梳妝打扮一番，帶著秋畫、秋月坐上馬車，準備去娘家看看母親。

不想，馬車在路上走了一半，秋月突然發現閔窈每日必吃的雪蛤養榮丸忘了帶出來。於是她稟了閔窈，忙喊阿大掉轉車頭，往秦王府的的方向快速折了回去。

馬車沒一會兒就回到秦王府，閔窈也不願意坐在馬車裡等著，索性和秋月、秋畫一起下了馬車。

進了大門，遠遠就看到幾個祥雲十八衛的侍衛在前院的空地上練功。

為首的雲一見閔窈回來，面色微變，慌忙跑上前來問道：「娘娘怎麼突然回來了？可是路上遇到了什麼事？要不要小的幾個幫忙？」

閔窈笑道：「沒什麼事，就是忘了帶藥，我自己和丫頭們去後院取就好。雲一，你們繼續練功吧，不用管我。」

「原來是忘了帶藥……區區小事，怎麼能勞娘娘大駕來回走呢？小的可以用輕功馬上幫您取回來。」

「不用了、不用了，走幾步也沒什麼。」

「不不不！還是讓小的給您去取吧！」

「雲一，你去忙你的吧，我自己去就行了……」

「娘娘，您還是讓小的去吧！」

見雲一在過道上攔著閔窈不讓過，秋畫有些不滿道：「雲一大哥，怎麼我們娘娘去自己寢房你竟百般阻攔。娘娘，不會是寢房那邊進賊了吧？」

「秋畫姑娘可別亂說！」雲一聞言，慌忙朝閔窈拱手道：「小的哪是阻攔娘娘？小的真的只是想幫娘娘的忙啊……」

秋畫不信地哼了一聲，被秋月使個眼色，一把拉去了邊上。

「雲統領不要誤會，這小丫頭被我寵慣了，嘴裡說話沒個輕重，還請你見諒。」

雲一低頭道：「娘娘千萬別這樣說，小的實在受不起，秋畫姑娘也是護您心切，小的明白的。」

「你沒有誤會就好，雲統領請留步，秋月、秋畫，我們走。」

「……哎！娘娘！娘娘……」

聽著雲一在後頭不安地又喚了幾聲，閔窈心中疑惑更深，假裝沒聽見他的呼喊，帶著兩個小丫頭快步進了後宅，想要一探究竟。
一路上僕從井然有序，並沒有什麼異樣之處，顯然不是如秋畫猜想的那樣遭了賊。
閔窈先去了藥浴間，見茅輕塵還在裡頭好好地守著，聽他說東方玹正在裡間蒸浴，她心中鬆了一口氣，這才帶著人往寢房的方向慢慢走去。
一行人走到王府後花園附近，忽然見一道銀白色的影子飄然從裡頭衝出來，差點和閔窈撞了個滿懷。
「啊呀！」秋月、秋畫見狀驚叫一聲，忙拖著閔窈往後倒去。
天旋地轉間，一雙有力的大手及時握住閔窈的小腰，低沈的聲音在她上方柔柔飄下來。
「娘娘，您沒事吧？」
這低沈的嗓音，這頎長的身材，這瀟灑不羈的動作，還有那熟悉的銀絲面具——不是雲十九又是誰？
「我沒事，你……你放開我。」
面具後黑曜石般的瞳孔緊縮一下，兩隻大手迅速離了她的腰，待閔窈站穩後，雲十九立即垂頭拱手道：「方才情況緊急，十九冒犯之處，還請娘娘恕罪。」
閔窈感覺方才腰身被他碰過的地方一陣發燙，很像昨夜東方玹握著她時的感覺。她又羞又臊，心中彆扭極了，一時之間不知道是該謝他還是罵他好？
秋月、秋畫兩個還是第一次見雲十九，見閔窈面上的表情對他似乎是熟識的，秋畫忙挽著閔窈小聲問道：「娘娘，他是誰呀？怎麼戴著個面具在王府裡行走，奴婢們之前都沒見過他。」

「哦，他叫雲十九，是祥雲十八衛的替補侍衛，專門負責保護我的。」

閔窈說到這兒，忽然想起自從上次讓他去辦阿蓮娜的事之後，他就一直沒出現過；前幾個月她與王爺南下尋茅神醫，一路被東宮的影衛追逐，他也沒出現過。有幾次她問起他的下落，雲一、雲二都是支支吾吾的說他有任務在身。

「雲十九，你跟我進來，我有話要問你。」

雲十九怔了怔，見閔窈滿臉怒容，不由低下頭，慢騰騰地跟著閔窈和兩個小丫頭進了後宅正堂。

閔窈坐在上首，狠狠地拍了一下手邊的几案。「雲十九！你可知罪?!」

「不知小的犯了何事，竟惹娘娘如此生氣？」

說罷，雲十九還大大咧咧地往正堂中間一站，很欠揍地道：「如果是因為剛才不小心冒犯了娘娘玉體，小的已經請過罪，娘娘要是沒其他事的話，小的有要事在身，就先告退了。」

「大膽！」秋月、秋畫齊聲怒道：「你這是和娘娘說話的態度嗎？」

銀絲面具微微晃了晃，雲十九似乎在面具後輕笑了一下。「兩位姑娘說得對，是十九莽撞，習武之人不拘小節慣了，請娘娘莫要見怪，小的先……」

「又要先告退了？」見雲十九毫無悔意，一派我行我素的樣子，閔窈登時火大了。

「雲十九！有你這麼做護衛的嗎？四、五個月不見人影，還神出鬼沒、怠忽職守！你還想不想正式加入祥雲十八衛了？」

「這個……小的還真沒想過，其實像現在這般自由自在也是挺好的。」

「放肆！還敢頂嘴！」閔窈被他頂撞，氣得哆哆嗦嗦地從椅子上立起身來。「我還從沒見過像你這樣毫無紀律、言行無狀的侍衛！你老實交代，上次阿蓮娜突然離開洛京，是不是你做的？」

雲十九淡淡道：「娘娘忘了，是您親自吩咐小的去做的呀。」

「我只是讓你去看著她，沒讓你趕人家走。」

「一個要和娘娘搶王爺的女人，趕走不是正好一了百了？」

「……罷了罷了，反正她都走了。先不說這個，從那之後，雲一他們說你出任務了？你不是我的護衛嗎，還要出什麼任務？你到底是為誰做事的？今天不說清楚，你休想走！」

閔窈越想越覺得不妙，這個雲十九武功高強，又來去無蹤，他這樣的人要是被人收買、存了對王爺不軌的心思，那對秦王府來說必定是巨大的威脅。

「機密任務，小的無可奉告，還望娘娘體恤。」

雲十九說完就要往門口處溜，閔窈這時哪裡肯放他走，忙大喝一聲道：「站住！雲十九，今天不把話說清楚，信不信我讓雲一他們把你抓起來嚴刑拷打?!」

第三十八章

「嘖嘖，娘娘好狠的心哪！」雲十九在門口回過身，囂張道：「可惜祥雲十八衛裡頭沒有一個能打得過小的。娘娘還是放寬心，讓小的走吧！」

「你！」

閔窈氣結。她從來沒有見過這樣飛揚跋扈的侍衛，不禁怒道：「雲十九，你不要以為你武功高強就能在王府裡目中無人！既然你說雲一他們打不過你……你身手這麼了得，又不肯對主人服從，你是覺得屈才了是吧？我們秦王府廟小，容不下你這尊大佛——你從今天起就不用來王府當差了，還是另謀高就去吧！」

他如此自由散漫、任意妄為，恐怕是欺負王爺心智幼稚、無法主事。這樣的人，閔窈想想也覺得沒必要留著了。

「……娘娘，您、您這是要趕小的走？」雲十九顫顫地愣在邊門，見閔窈朝他沒好氣地點頭，他立即變了態度，可憐兮兮道：「不，娘娘，您不能趕小的走！小的家裡上有老祖母，下有一個傻媳婦兒，都指望小的養著……娘娘、娘娘！求您給小的留一條生路啊！小的不能失去這份差事啊！」

高大的身子倚在門邊一抽一抽的，看上去滑稽又可憐，隔著一層厚厚的面具，不知道裡面那張臉此刻是否涕淚滿面……
看不出來，他這樣不可靠的人也能娶到媳婦兒？還是個傻的？對了，他上回說過他自己面容醜陋，想必能娶到媳婦兒已經很不容易，何況還有一個老祖母？老人家有他這樣不務正業的孫子也真是……
閔窈不由動了惻隱之心，面上卻仍凶巴巴道：「你身上的擔子居然這麼重，那你為何不好好當差，成日裡在王府不見人影？」
雲十九縮在門邊囁嚅道：「小的就是出門跑跑腿，想多賺點辛苦銀子養家……之前不敢說，是怕娘娘您怪罪。」
那你早說不就結了！害得她剛才大動肝火……
閔窈瞥了雲十九一眼，又看了看秋月、秋畫，兩個小丫頭對她輕輕搖搖頭。
唉！防人之心不可無，這雲十九先前還那麼囂張，一聽說要趕他走就冒出這番說詞來，也不知是真是假？
閔窈坐到椅子上輕咳一聲，道：「雲十九，你現在可知錯了？」
「小的知錯了，以後保管隨叫隨到！娘娘以後若是想找小的做事，只需要站在原地大喊三聲『雲十九』，小的一定馬上現身於娘娘面前。」
嗯，認錯態度還算不錯。
閔窈淡定道：「好，念你知錯能改，我今日且饒你一回。只要你對王爺和我忠心耿耿，我自然不會虧待你的，以後那什麼跑腿的事就別偷偷摸摸去做了，你一身的武藝，沒必要糟踐自己。」

雲十九低著頭，兩肩不住顫抖，似乎感動得不行。「小的……小的謝……謝娘娘！」

等秋月去寢房把雪蛤養榮丸找到，閔窈整了整衣裙起身，對雲十九道：「我今日要回娘家，你也跟著一起來吧！」

「啊？」

見雲十九呆在原地一動不動，閔窈皺眉道：「怎麼，才剛說要謝我，現在讓你做事，你又不樂意了？」

雲十九忙道：「小的不敢！娘娘儘管吩咐便是！」

「那趕緊跟上吧！秋月，給他一個斗笠，咱們先去西市趕集。」

雖然雲十九嘴上已經認錯，可是想起他之前不著調的各種行為，還有剛才他仗著自己武藝高強，不把祥雲十八衛放在眼裡的那股狂傲勁兒，閔窈決定挫挫他的銳氣，把他帶到西市做一回苦力。

正好今天是趕集的日子，閔窈與兩個小丫頭戴了遮面的冪羅，雲十九罩著個斗笠跟隨，一行人在熱鬧的集市上歡快地穿梭。

閔窈在街頭買了藺氏愛吃的香米；去果脯店秤了二十斤紅棗、十斤葡萄乾、十斤杏仁、十斤蜜餞；往麵粉店搬了五十斤精細麵粉、二十斤糯米粉、十斤上好白糖；又在糖畫鋪子上給東方玹挑了一大盒山水糖畫、各色冰糖葫蘆……

當然，這些大包小包最後都壓在雲十九身上。

雲十九很沈默，雲十九很無奈，雲十九扛著百來斤的大包小包不皺一下眉頭，反而還精力旺盛地躲在面具後頭，一路彎嘴偷偷地笑。

說起來，這還是他第一次和她一起逛市集呢……

見閔窈買了一堆疊得小山那麼高的東西，幾乎都要把雲十九高壯的身軀給埋沒其中了，秋晝不由湊到閔窈耳邊小聲問道：「娘娘，夫人在府中又不缺吃的，您買這麼多麵粉、白糖、紅棗什麼的做什麼？」

「小丫頭，難道妳忘了咱家後廚大師傅做棗泥糕是一絕嗎？」

閔窈邊走邊往後看了雲十九一眼，確定他老老實實扛東西後，嘴邊不禁綻出一個淡淡的微笑來。「上次我帶了棗泥糕回王府，王爺也很喜歡吃，我就想啊，索性這次回去就讓大師傅多做一些，好帶回來讓王府裡每個人都嚐一嚐。」

「嘻嘻，瞧娘娘說得多好聽，怕是因為王爺喜歡，所以想多帶些給王爺吃才對吧！」

「……壞丫頭，妳又取笑我！」閔窈被說中心事，面頰頓時飛紅，不過幸好此時她大半個身子都被一頂素紗冪籬罩著，所以儘管街上人來人往，也沒人能看見她的羞態。

「喲，羞羞臉，羞羞臉！」秋晝又嬉笑幾聲，見閔窈羞惱地伸手來捉自己，忙像條泥鰍一般溜到前頭人群中去了。

「秋畫真是越來越沒規矩了。」

秋月在邊上無奈地笑了笑，忙拉著閔窈道：「娘娘小心！街上人多，您且讓她鬧著，等晚上回了府，奴婢定幫您一起收拾她。」

「好！」閔窈笑道：「還是秋月妳最貼心，等會兒棗泥糕做好了，我許妳吃第一口！」

「哎呀，那奴婢就先謝過娘娘啦！」秋月扶著閔窈喜笑顏開，側頭回憶道：「奴婢記得，娘娘小時候最喜歡吃城郊那家周記糕點鋪做的水晶棗泥糕啦！那會兒我和秋畫剛到娘娘身邊，兩個人經常哭著想家，娘娘您為了哄我們，每次都把好不容易買來的水晶棗泥糕分成三份，與奴婢們一起吃呢！」

閔窈重生於自己的十六歲，乍聽秋月講起自己十六歲之前的事，不禁有種恍如隔了好幾世的遙遠感。她在模糊的記憶深處尋了尋，依稀回味起周記水晶棗泥糕中，那股淡淡的桂花香來。

閔窈歪著腦袋努力回憶道：「周記的水晶棗泥糕……紅糖似乎放得很足，甜香濃郁，一半是透明的桂花糕，一半是棗泥糕對吧？」

「對對對！」秋月聽了她描述，立刻激動起來。「沒想到娘娘也還記得！只可惜，自從老爺帶著大家搬進洛京城的府邸後，咱們就再也沒機會一起吃他們家的水晶棗泥糕了……」

閔窈聞言，不禁想起小時候那段無憂無慮的美好時光。

那時候祖父、祖母還在，父親和母親感情還很和睦，沒有柯姨娘，也沒有閔玉鶯，當時她是家中唯一的孩子，每天需要做的就是帶著秋月、秋畫繞著祖宅四處玩耍，每逢趕集的時候，便纏著母親去周記買點心……

「這麼說來，我也差不多十年沒吃到周記的水晶棗泥糕了呢！」

如果加上前世，那就是十六年了。

「娘娘，不如咱們什麼時候一起出城去周記？」

「這主意不錯，不過現在正是給王爺治病的緊要關頭，母親那裡又需要我顧著……還是過段時間再說吧！」

秋月了然地點點頭，扶著閔窈往前頭走去，卻不知兩人這段對話，隨風飄進了身後一對靈敏無比的耳朵裡。

一個時辰後，秦王府的馬車載著閔窈大包小包的掃蕩成果，緩緩停在閔家的大門口。雖然還未到午宴時間，可是閔家門口已經人來人往，隱隱開始熱鬧起來。

「窈兒回來了！」人逢喜事精神爽，閔方康信步剛走到門口，就看見閔窈剛下了馬車，他嘿嘿一笑，立即激動地喊奶娘將他那還沒滿月的庶子抱出來。「窈兒！窈兒！妳怎麼到現在才來？妳快瞧瞧，這是妳弟弟啊！」

閔方康顛顛奔到馬車邊上，舉起一個貓兒大小、皺巴巴的瘦黃嬰兒在閔窈面前晃了晃，還沒等她細看，閔方康便伸長脖子，往她身後空空如也的車廂裡直瞄。

「咦，王爺呢？我的王爺女婿怎麼沒和妳一起來？本來還想讓王爺抱抱妳弟弟，好沾點貴氣呢……」

「茅神醫最近一直在給王爺治舊疾，他現在每天有三個時辰都泡在藥浴池裡，沒工夫跟我回娘家。」

「哦，這樣啊……」閔方康臉上露出滿滿的失望，低頭逗了下寶貝兒子，他眼角餘光忽然瞥到馬車後的高壯男人。「咦，這不是——」

「什麼？」

閔窈順著她父親驚奇的目光看去，只見雲十九頭上仍舊戴著斗笠，在馬車旁非常認命地扛上一身百來斤的東西，然後穩穩朝她這邊走來。「娘娘，這些東西您想讓小的安置在何處？」

「你跟著秋月，讓她帶你去廚房吧。」

「是。」雲十九低沈地應了一聲，跟著秋月大步流星地往閔府中走去。

閔方康抱著兒子在原地愣愣道：「……這人長得又高又壯的，為父還以為是王爺呢！不過走近一看又不像了，這麼能扛包，一看就是個賣苦力的下等粗人呀！」

大概是有了兒子一時得意忘形，閔方康竟把多年來溫和體面的表面工夫拋之腦後，直接在大庭廣眾下鄙視勞苦大眾，露出一副勢利的嘴臉來。

「咳咳，父親，他是王府裡的侍衛，今日女兒東西多，所以讓人家過來幫忙的。」

閔窈是有些替父親感到丟人，還好雲十九早已經進府去，沒聽到那些傷人的字眼。

「原來是王府的侍衛啊！哎呀，為父剛才真是失禮了！」

如果是王爺身邊的親衛，萬一有些來頭，平白得罪了人家可不好。

閔方康面色一變，忙湊近閔窈，想問問雲十九的官階，閔窈卻已經避開他往府裡走了。

「哎，窈兒！妳還沒抱過妳弟弟呢！」

閔窈聽他在後頭喊了這句，越發沒好氣地加快腳步，帶著秋畫一口氣走向二門。

進了後宅，只見西院附近人來人往，走動的都是些送禮、看月子的本家女眷。

而通往藺氏正堂處的那條路卻是人影清冷，閔窈忍不住皺起眉頭，正要抬腿往正堂走去，卻見閔玉鶯穿著一身桃紅色窄袖描金百褶裙，忽閃著一雙掩不住得意的大眼，一搖一擺地向她走過來。

「喲，姊姊回來了呀！」閔玉鶯皮笑肉不笑地給閔窈行禮，嬌滴滴道：「聽說姊姊最近正盼著給秦王懷子嗣，所以鮮少回來，可是姨娘剛給父親生了兒子，姊姊就回來娘家……莫非是想來沾沾我們姨娘的喜氣嗎？」

「幾月不見，妹妹說笑話的本事見長了不少，可見國興寺那些的香都沒白上了。」

閔玉鶯一聽閔窈說「國興寺」三個字，瞬間嚇得面色一變，顫著雙水汪大眼道：「姊姊……姊姊在說什麼呢？鶯兒委實聽不太懂……」

「妳最好聽得懂！」閔窈看了看閔玉鶯慘白的小臉，抿嘴冷笑道：「妹妹以後沒事就少來正堂打擾母親，乖乖待在妳該待著的地方。想必妳也知道，華城公主的脾氣一向是不怎麼好的。」

「姊姊……」

聽閔窈說的這幾句話，竟是對她和蕭文逸「轉戰」國興寺的事也瞭若指掌！

閔玉鶯心顫地慌了神，強撐著與閔窈虛與委蛇幾句後，就帶著綠菊逃命似的返去西院。看她對閔窈又恨又怕的樣子，說不定得去國興寺找蕭駙馬多要幾顆定心丸才能再度鎮定下來了。

閔窈挑了挑眉，冷臉帶秋畫繼續往正堂處走去。

連一向藏頭縮尾的閔玉鶯都敢到她跟前試探著叫囂了，可見父親如今有多捧著柯姨娘。

閔窈滿心擔憂地進了正屋一看，沒想到藺氏此時卻跟個沒事人一樣，正一臉樂呵地在屋裡與青環、沈姨娘三人邊繡花邊嘮嗑家常。

見女兒來了，藺氏眉眼一舒，拉著閔窈笑道：「等過了這陣子熱鬧，阿娘想帶妳妹妹去外祖家住一陣。妳妹妹現在剛長牙，老人家可稀罕極了，常差人來抱呢！」

「真的？」

閔窈聽了又驚又喜，忙去床上逗小閔窕道：「乖窕兒，趕緊笑一個讓姊姊看看！姊姊這裡有糖喔……」

白白胖胖的小閔窕才六個多月大，此時被她逗得咯咯笑了幾聲，稚嫩的小嘴中一顆小乳牙頓時若隱若現。

看到藺氏沒有她預料中的難過，閔窈不那麼擔憂了，卻更加心疼起母親來。這大概就是所謂的哀莫大於心死了吧。

閔窈替母親感到難過，連回到王府用晚膳時都不經意一直擰著眉頭。直到後來給東方玹沐浴完，兩人一起回到寢房看見几案上那十盒周記水晶棗泥糕時，閔窈臉上終於泛開一個大大的笑容。

「呀！水晶棗泥糕！這是誰放在這兒的？」

秋月笑著回她道：「是雲十九送的。」

「哎呀，他家裡擔子那麼重，怎能讓他破費呢？」

閔窈想起雲十九和她約定的現身方式，忙拿了些銀兩跑到寢房外小院的空地上，放開嗓子大喊道：「雲十九！雲十九！雲……哎呀！王爺！夜裡外頭冷，你怎麼穿著件寢衣就出來了？」

「雲十九是哪個野男人?!」

瞪大了眼，東方玹猛地將閔窈抱起來，嘟嘴在她面上狠狠親了一口，酸溜溜道：「媳婦兒，我在這兒呢！妳不許想著別的男人，妳的眼睛只許看我一個！」

「王爺你在說什麼呀！快放妾身下來……邊上還有人……」

「哼！我不管！」

這一夜，東方玹格外霸道，直把閔窈欺負得幾度攀上雲端，最後弱弱地癱在他懷裡求饒，他才勉強甘休……

第三十九章

轉眼快到冬至，天氣一天比一天冷起來。

不知道是不是天冷的緣故，閔窈覺得自己最近身上開始發起懶來，變得有些嗜睡，往往是午膳後往榻上一躺，她就能昏沈地睡個一下午。

有幾次甚至睡過了晚膳時間，還是秋月她們把晚膳端回寢房給她的。這樣睡了吃、吃了睡，原本稍顯圓潤的身子就越發往豐腴的方向發展了。

「唉，看來以後不能再這麼肆意任性了。」在浴池裡摸著自己那明顯肥了一圈的腰，閔窈愁眉苦臉道：「秋月，以後妳和秋畫兩個一定要盯緊我，儘量給我吃些素菜吧！還有那個雲十九，下次他再送糕點來，妳們可不能再往我寢房裡放了。」

「好好好，知道您怕王爺吃醋，奴婢們不是每次都沒讓他進來嗎？」

「秋畫！又貧嘴。」

「嘻嘻，奴婢不敢……」

閔窈勾起嘴角，玩心大起地捧起一捧花瓣水往浴池邊的秋畫身上甩去，秋畫見狀尖叫一聲，忙往剛進來的秋月身後躲。

「秋畫，妳就別鬧娘娘了。王爺跟著茅大人閉了一個月的關，明日就要回王府……」秋月面上曖昧一笑，拉著秋畫壞壞低聲道：「娘娘這陣子容易累，咱們今晚就讓娘娘好好養精蓄銳，妳也知道王爺……小別勝新婚嘛！」

「……秋月！妳們兩個再胡說……再胡說我就把妳們都拉下水來！」

「哎呀，娘娘不要！奴婢們好怕怕呀！」

兩個小丫頭見閔窈又羞又臊地往浴池邊來抓她們，立刻嬉笑著逃了出去。

閔窈到池邊撲了個空，卻也不惱，她本來就是想嚇嚇這兩個膽大包天的小丫頭。

靠在浴池邊略微冰涼的漢白玉石壁上，她閉著眼想起東方玹那張妖孽般的臉，心底不由生出絲絲甜蜜來。一個月了，不知道這傢伙過得怎麼樣，伴著他多年的腦疾是否有進展了呢？

等她沐浴完畢後，兩個小丫頭才縮頭縮腦地進來給她抹香露、更衣。

「哇，娘娘這裡好像又變大了一些……哎喲，娘娘！痛痛痛！」

秋畫額頭上被閔窈賞了一個「爆栗子」，痛呼幾聲之後又是一副嬉皮笑臉的模樣。

閔窈見了哭笑不得，佯怒道：「我是治不了妳了，明天我就和薛夫人說說，讓她給妳們各找個英俊的小郎君嫁了，看妳們到時候還敢不敢取笑我？」

「哇，不要！奴婢不要嫁人！娘娘，奴婢知道錯了，再也不敢了！」

秋畫一聽，忙拽著閔窈胳膊不住討饒。

「怕什麼呀？男大當婚，女大當嫁，妳們今年十四，馬上過完年，就是十五了。」閔窈故意板起臉道：「咱們大昭女子到了十五歲，正是出嫁的好年紀。唉，是我平日太慣著妳們了，特別是秋畫妳，整日就會調皮搗蛋，我其實早就在打算了，等妳們嫁了人，肯定就和青環一樣穩重體貼……」

兩個小丫頭聽她說得好像真的一樣，一時齊齊脹紅了臉。

「不不不，娘娘，秋畫不要嫁人啦！」

「娘娘，要嫁人也是秋畫先嫁，奴婢可比她穩重多了！」

「秋月，妳個壞丫頭……妳妳妳說什麼?!」

閔窈笑咪咪道：「嚷嚷什麼？秋月性子是比妳安靜嘛！」

「娘娘——娘娘——」

秋畫拉著閔窈撒起嬌來，秋月卻上前把她撥到一邊，正色道：「好了好了，娘娘和咱們說笑的，看把妳給嚇的。」

她避開秋畫，轉頭道：「娘娘晚上早點歇息吧，明日您不僅要張羅迎接王爺的事，還要去您外祖藺家一趟，勸夫人回府過冬至呢！」

閔窈皺眉點頭道：「正是，妳不提，我都差點忘了……」

自柯姨娘生下庶子後，閔家後院沒有一日是安寧的。

藺氏被柯姨娘和沈姨娘吵得心中煩悶，索性就帶小女兒和青環回娘家藺府，一住就是大半月。眼看快到了冬至也沒有回去的意思，閔方康面上過不去，著人去請了幾次還是沒能把藺氏請回來。

萬般無奈之下，閔方康就把主意打到閔窈身上，託大女兒幫忙去勸藺氏回府。這個忙閔窈本是不願幫的，可是她想到母親一直不歸府的話，那閔家後宅豈不是就成了柯姨娘的天下？

一想到這點，閔窈就替藺氏著急。於是第二天早上，她與薛夫人一起處理完王府內務事宜後，就梳洗打扮一番，帶著秋月、秋畫坐上馬車，讓阿大駕車往外祖家匆匆趕去。

到了藺家，沈氏親自引她去了後宅藺氏所住的東廂房。

閔窈剛到東廂房附近，就聽見藺氏那屋的窗子裡傳出沈姨娘清脆的笑聲，她不由略微疑惑地問沈氏。「舅母，怎麼沈姨娘也來了？」

「這位一大早就來了，比娘娘早個把時辰的工夫。」沈氏面上有些尷尬道：「不過……她和她的侍女帶了很多包袱，說是要過來和二姑一起住……」

閔窈聞言，不由皺了皺眉頭。「這怎麼行？」

沈姨娘雖然以前是母親的貼身侍女，可她現在畢竟是父親的姨娘，又懷著父親的孩子，哪有姨娘跟著主母，住在主母娘家的道理？

「老夫人面上沒說什麼，可是心裡恐怕是不太喜歡的。」沈氏是個老實不會說話的，當下支支吾吾地看著閔窈，面露難色道：「娘娘……您看……這個……」

閔窈知道她的難處，忙伸手撫了撫沈氏的手，篤定道：「舅母放心，我曉得該怎麼做的。」

沈氏感激地看了閔窈一眼，吁口氣帶著閔窈進了廂房。

「母親，您和沈姨娘在說什麼呢，一大早就笑成這樣？」

進了屋，秋月趕緊幫閔窈解下身上的月白團花牡丹紋錦緞織金披風。

閔窈內裡穿著一套朧月菱紗開襟大袖衫，輕盈水滑的裙襬逶迤，隨著她的款款走動，高聳的望仙髻上，左右兩支振翅欲飛的鳳舞鏤空鑲寶金步搖，銜著亂晃的金花流蘇，泛出一片奪目華貴的珠色流光。

「窈兒怎麼來了？」

藺氏見了她面上一喜，邊上沈姨娘忙起身讓座，行禮後笑道：「娘娘今日氣色真好，妾方才正和夫人說起娘娘呢，沒想到您就來了。」

「哦？母親和姨娘在說我什麼？我倒是想聽聽。」

閔窈很自然地坐到沈姨娘讓出來的上座，藺氏招呼沈姨娘和青環在側座坐下，回頭拉著閔窈仔細端詳道：「嗯，阿娘的窈兒最近豐滿了不少……可是有好消息了？」

「母親，您在說什麼呢！王爺最近都不在，我這是成日無事吃胖了。」

「哈哈，阿娘在外祖家也胖了一些。」藺氏沒心沒肺地笑道：「紅纓剛才還在猜阿娘是不是又有了？阿娘剛生了妳妹妹，又是這把年紀，要是再有那可怎麼得了？臊都臊死人了，阿娘可不希望再有了。要有，也希望是窈兒妳那邊有好消息。」

「夫人，這話可不能這麼說。」沈姨娘在邊上朝蘭氏擠擠眼，笑嘻嘻道：「西院的生產了，妾又在保胎，老爺這幾月可都是在夫人處歇著；方才您說自己總是嗜睡，有時候早起還略微反胃，難道不像是有孕的徵兆嗎？」

「這……」蘭氏被她一提醒，回想自己前幾次懷孕的症狀，片刻後她斂了斂面色，忙對青環道：「青環，妳快去請府醫過來！」

青環臉色一緊，立即起身往外奔去。

沒一會兒，一位滿頭大汗的中年男子就被青環帶進來。

「嗯，脈象有力，似有滑珠……」隔著一層青色的紗帳，府醫搭著紮在蘭氏手腕上引出去的紅線，嘴裡喃喃了片刻，忽然睜眼笑道：「恭喜夫人，您這是喜脈啊！」

「啊?!這上半年才剛生，怎麼會……」蘭氏瞠目結舌，萬分不敢相信道：「大夫，你可把仔細了？要不要再把一遍？」

「夫人，您這確實是喜脈啊！」那府醫聽蘭氏在裡頭質疑他的診斷，登時起身激動道：「您要是不信，儘管找其他大夫再診就是。小人從醫幾十年，雖然比不上太醫局那些太醫的醫術高明，但是從沒錯診過喜脈啊！」

「哎呀，大夫莫要誤會，我家夫人那不是質疑您的醫術。」

沈姨娘見那府醫倒是個有脾氣的，忙出聲替蘭氏打圓場道：「大夫有所不知，我家夫人年初春天才生的二小姐，如今雖快到冬至，卻也才隔了大半年的工夫，夫人只是沒想到這麼快就再懷上，有些不敢相信罷了。既然您人都來了，俗話說一事不煩二主，就勞您再費些功夫替我家夫人再確診一下，也好安她的心不是？」

她一番話說得客客氣氣，府醫沒話可說，嘆了口氣道：「好吧，那小人就替夫人確診一遍。」

青環聞言，忙把蘭氏手上的紅線緊了緊，捏著紅線另一頭遞到帷帳外。細細的紅線在半空中顫了顫，屋裡幾個女人屏氣凝神，幾個呼吸之後，只聽府醫在帷帳外朗聲道：「是喜脈，錯不了！起碼有兩個月了！」

「什麼……兩個月了？這陣子我心裡煩悶，倒是沒注意……哎……」

蘭氏回憶起兩個月前那幾晚，閔方康的確是和她同房睡的，她面上立即一片脹紅，想到自己奔四的年紀還孕事頻頻，羞得頓時都不敢再看大女兒閔窈的眼睛了。

「是喜脈啊！真是恭喜夫人！恭喜夫人！」

「夫人大喜！」

閔窈也笑嘻嘻道：「母親這回要給我添個弟弟，還是再來個妹妹呢？」

「窈兒，連妳也笑阿娘……」

看蘭氏滿臉通紅地低下頭，閔窈開心地上去抱住她道：「女兒哪敢取笑您呢！女兒如今不能天天在您身邊陪伴，您多生幾個弟弟妹妹養著，家裡也熱鬧不是？」

「瞧瞧妳這張小嘴！」

蘭氏無奈地扯了扯嘴角。孩子她自然是喜歡的，可是她畢竟年紀擺在那兒。在大昭，尋常婦人三、四十歲已經能抱上孫子，她年初剛生了一個已經有些累，現在年尾又懷上一個，難免擔心自己會吃不消。

對於蘭氏的擔憂，府醫安慰她道：「雖然連續生育會有損元氣，但夫人自幼習武，體質康健，再加上您這胎胎象十分穩固強健，輕易去不得，小人建議夫人還是留下為上。懷胎期間若是怕虛了身子，就多用些滋補保胎之物，必能保母子安康無恙。」

「對對對，大夫說得沒錯！夫人您就別擔心這擔心那了，現下好好養胎才是正經事。」沈姨娘在一邊笑得合不攏嘴，看上去比蘭氏還要高興，她轉頭就派人去向閔方康那邊報喜。

「既是如此，也許就是天意，生就生吧！」

蘭氏撫了撫自己的小腹，看著邊上正剝蜜桔給她吃的閔窈，忽然兩眼一亮，叫住那領了賞準備離去的府醫道：「等等！大夫，這邊還有一個沒看！」

府醫和閔窈均是吃了一驚，沈姨娘轉了轉眼珠子，馬上就反應過來，笑吟吟地幫蘭氏喊那府醫道：「大夫！大夫！我們一時高興就忘了，您只看了夫人，我們大小姐還沒看呢！」

「哎呀母親，上個月茅大人才給女兒看過，您就別拿女兒開心了⋯⋯」

「上個月是上個月，萬一這個月有了呢？」蘭氏不由分說，笑咪咪地就把紅線綁到閔窈瑩白的右手腕上，讓青環牽了出去。

「母親！」王爺這個月人都不在，她上哪兒懷孩子去？

蘭氏卻不依不饒地按著閔窈的身子不讓她亂動，一臉正色道：「聽話，乖，有沒有不是妳說了算，讓大夫診診就知道了……」

她話音未落，帷帳外的府醫樂呵呵的聲音已經響起來。「喲！看來夫人今天雙喜臨門，大小姐這也是喜脈！」

「真的?!」蘭氏欣喜地站起身來，要不是青環在邊上拉著，她差點就要上去掀開那道隔擋的帷帳了。「大夫！她真的有了？您確定？」

府醫對蘭氏的質疑已經習慣，在外頭又點了點紅線，洋洋自得道：「千真萬確！小人敢拿幾十年的招牌擔保，大小姐這胎剛好一個月多幾天。她體質虛寒帶濕，脈不好診，一般初出茅廬的大夫可不一定能診得出來。小人就不同了，不是自誇，小人行醫多年，在婦科上可是……」

他牛還沒吹完，就被蘭氏在裡頭豪氣沖天的一迭連聲「賞！重重有賞！」給深深憋了回去。

「小人謝夫人賞！」

這府醫長年在官家行走，早知道蘭家外孫女就是當今秦王妃。方才裡頭的人沒有明說，他也就沒點破，只說了些需要注意的事項，然後就帶上豐厚的賞銀，喜孜孜地回家去了。

等那府醫走了好一會兒，閔窈的腦子裡還是一片空白，她直愣著摸自己粗了一圈的小腹道：「原來……原來竟不是我長胖了？」

她癸水一向來得不準，這個月晚了多久她也沒在意，沒想到卻是有了？

「大夫都說了，哪能有假！」藺氏歡樂地拉著女兒道：「窈兒，真是太好了！妳和王爺就要有孩子啦！」

第四十章

閔窈送藺氏回了閔家，自己一到王府後，就讓薛夫人火速把周老太醫召來診脈。結果竟和那府醫說的一般無二，她腹中果然有了東方玹的孩子，已經一個多月了。

薛夫人樂得簡直要跳起來，她腦中的第一個想法就是要派人去告訴太后，然而轉念一思量，又覺得這喜事還是讓王爺和王妃親自和太后說比較好。

「娘娘要多休息，千萬不能累著自己。王爺和茅大人晚上才回來，府中的事您別擔心，一切都有奴家在前頭照看呢！」

薛夫人小心翼翼地扶閔窈回了寢房，把她安置在床榻上，回頭囑咐秋月、秋畫道：「娘娘現在身子更加金貴，兩位姑娘凡事要小心，時刻都得以娘娘的安危為第一要務。」

兩個小丫頭齊齊應了一聲。薛夫人還有些不放心，拉著她們到外頭絮絮叨叨地囑咐起各種事情來。

閔窈躺在床上，身上蓋著東方玹的熊皮毯子，他身上特有的那股龍涎香味道隱隱縈繞在她的鼻間。她兩手輕輕地放在自己的小腹，心中既歡喜又緊張，帶了一點即將為人母的激動，又泛著一點晚上不知如何與東方玹說的羞澀。

熊皮毯子柔柔地裹在她身上，彷彿他溫暖柔和的懷抱……

閔窈眨巴眨巴眼，感覺自己又睏了。

睡夢中，右手腕似乎被什麼纏住了。閔窈幽幽睜開眼，只見東方玹正坐在床邊握著她的手，一雙修長的鳳目怔怔地盯著她。

「……王爺？你不是晚上才回來嗎？」

閔窈往窗外看了一眼，這會兒外頭的太陽才剛偏西，金紅色的餘暉斜斜打進小窗，彷彿給他們的寢房內鍍上一層薄薄的黃金。

「王爺，那個……妾身、妾身有了……」

「我知道。」

小孩子似的人，他真的明白自己在說什麼嗎？

閔窈怕東方玹沒搞清楚，咬咬唇，拉著他的大手隔著熊皮毯，輕輕摁到自己的小腹上，紅著臉道：「妾身腹中現在有了王爺的骨肉，等過九個月後，咱們的孩子就會出世……嗯……就像上回白糖生崽子那樣，王爺明白嗎？」

「明白！媳婦兒肚子裡現在有我的崽子了！」

「王爺真聰明！不過不是崽子，是孩子。」

「……不是妳自己說和白糖生崽子一樣的嗎？」

「咳咳，那只是打個比方啦！」

閔窈拉著東方玹糾正了一晚上，他才不情不願地改口說了幾聲孩子。

沒想到第二天進宮見錢太后時，這傢伙不知忘了還是怎麼著，居然拉著閔窈跑到錢太后跟前，指著她的肚子樂呵呵道：「皇祖母快看，媳婦兒她有崽子了！」

錢太后聞言心花怒放，對閔窈更加寶貝得不行，登時就連拉帶摟地把人弄到自己身邊最近的位置坐下。

「好好好！好好好！」錢太后抓著閔窈的手一口氣道了六個好，笑得簡直合不攏嘴。她轉身，頭一次對孫子虎起臉，沈聲警告他道：「窈兒現在是雙身子的人，需要萬般小心！你以後可不准在王府任性地鬧她。若是你不乖惹了你媳婦兒不高興，祖母可是要重重懲罰你的！」

「皇祖母放心，玹兒會很乖的。」東方玹一點都不怕她，抿嘴露出甜甜的笑容，挪過去抱住錢太后的胳膊，糯糯撒嬌道：「皇祖母不能因為媳婦兒有了崽子就偏心，不疼玹兒了。」

「哎喲喲，瞧瞧，都要做父親的人了，還要和媳婦兒爭寵，皇祖母都替你感到害臊呢！」錢太后嘴上嫌棄，兩手卻是一邊一個摟著孫子和孫媳婦兒，欣慰的笑意直達眼底。

「先前王爺跟著茅大人離京一個月，太后娘娘是吃也吃不好，睡也睡不香，成天擔心王爺。現在好了，茅大人此番帶王爺閉關歸來，聽說已經有了九成治癒王爺的把握。窈兒這會兒又懷上王爺的子嗣——真是好事連連哪！」

只要外甥女為秦王誕下子嗣，萬一秦王治不好，那她以後在秦王府也有了安身立命的保障。

蘭妃打心底替閔窈感到高興，錢太后也看出來了。自從錢太后收留蘭妃在慶祥宮住下，婆媳倆朝夕相對，一個飽經風霜，看透世事；一個滿腹赤誠，進退有據，竟是十分投緣。因為這一緣分，錢太后又對蘭妃的將來生出了些許牽掛。

「老天眷顧，讓哀家能在有生之年看到孫媳婦兒有孕。」錢太后有些憂心地望著蘭妃道：「玹兒的病也有了眉目，現在哀家放不下心的就是妳了。文萱，妳性格太過耿直，容易得罪人，要是往後哀家不在了……」

蘭妃面色動容道：「妾身知道太后娘娘疼愛妾身，還請太后娘娘保重鳳體，妾身願常伴您左右，盡一點微薄的孝心。」

「既然知道哀家疼妳，就要主動改改妳那性子，好讓哀家寬心哪！」

「是，妾身會改的。」蘭妃沒什麼底氣地低下頭。

錢太后看她那樣子，就知道蘭妃是哄自己安心的，當下不由無奈地嘆了一口氣。

殿中有片刻的安靜，過了一會兒，李尚宮端著湯藥走進來。

因著今日得了閔窈的喜訊心情好，錢太后拿過藥碗很痛快地就喝下了。她漱完口之後，東方玹立即掏出他的八卦多寶盒，從裡頭挑了一顆晶瑩剔透的梨膏糖塞到她嘴裡。

錢太后含著糖，心頭一暖，忍不住打趣孫子道：「玹兒氣量大了不少，以前祖母和你要糖吃，你可捨不得了，今日怎麼這般爽快，主動給祖母吃糖呢？」

東方玹甜糯道：「藥汁一看就很苦，皇祖母吃糖可以甜甜嘴嘛！」

「你這孩子……」錢太后笑得眼睛都瞇成一條縫。「那以後你媳婦兒腹中的小娃娃要吃糖，你是給還是不給呀？」

「這個麼……」

看著東方玹臉上露出為難的神情，殿中的大小女人都禁不住想要發笑。只見他低頭不捨地摸了摸八卦多寶盒，彷彿是下了很大的決心，滿臉「悲壯」地將多寶盒一把塞到閔窈手中。「媳婦兒拿去吃吧！妳吃了糖，崽子在妳肚子裡也能吃到了。」

「哎呀！這要做父親的人就是一樣，看玹兒多疼他媳婦兒和孩子。」

錢太后瞬間有種「吾家呆孫終長大」的自豪感，含笑對東方玹道：「自你和小茅閉關後，你父皇每次來慶祥宮請安都要過問一番，現在剛過了辰時，他應該在乾極宮批閱奏章呢！玹兒，你快帶窈兒去你父皇那兒，也把這好消息帶去讓他高興高興。」

聽錢太后這語氣，好像恨不得立刻告訴全天下的人她孫媳婦兒懷孕似的。

閔窈面上微紅，畢竟皇帝公公不是女的，而東方玹又像個孩子，若是等會兒到了皇帝那兒，要她一個兒媳婦去和公公說自己懷孕的事……想來是挺尷尬的。

再者，若是在那兒碰上了太子……

想到這兒，閔窈的手不禁暗暗撫向自己尚未隆起的小腹。太子對她家王爺本就不懷好心，要是知道自己肚裡有了東方玹的血脈，太子會不會對她腹中的孩子動什麼歪心思呢？
「……玹兒不想去！」正擔憂間，閔窈聽東方玹與錢太后耍賴道：「父皇那兒一點都不好玩，玹兒和媳婦兒今天就陪祖母玩，哪裡都不去好不好？」
閔窈正想幫個腔，沒想到錢太后對這事的態度卻是堅決得很。
只聽錢太后耐著性子哄東方玹道：「玹兒聽話！你媳婦兒這胎可是你們兄弟一輩裡的頭一份，其中意義可非同尋常。你父皇平日那麼疼你、緊張你，玹兒要是親口告訴他這個好消息，他必定龍顏大悅，指不定還會賞許多好吃的、好玩的給你和窈兒呢！」
「可是玹兒不喜歡父皇，只想和媳婦兒一起待在皇祖母身邊……」
「不許胡說！你父皇平日是威嚴了些，但他心裡可記掛你們呢！這事就聽哀家的，你們必須去！」
錢太后看看嘟著嘴的孫子，又看了看低頭不語的閔窈，想了想，對蘭妃說道：「文萱，妳陪他們過去吧！萬一玹兒不聽話，窈兒又是個臉嫩的……等會兒有妳在邊上照看，哀家也放心許多。」
蘭妃聞言臉色微變，然而見太后眼中飽含深意地看著自己，她不忍辜負太后的一番好意，只得點頭將差事應下來。
等東方玹夫婦隨蘭妃出了正殿後，錢太后終於支撐不住，猛地掏出袖中的一方絹帕捂住嘴，大咳起來，雪白的絹帕很快被一團猩紅浸透……

本來報喜這種事，通常派個伶俐的宮人或是小太監去就可以了。

錢太后偏要東方玹和閔窈親自跑一趟乾極宮去見皇帝，目的就是想讓父子倆多親近親近。還有蘭妃，自從出了冷宮就一直和皇帝彆扭著，錢太后這次讓她陪同，也存了幾分緩和兩人關係的意思在裡頭。

蘭妃自然明白老人家的意思，她心中很感激太后為她著想。可是她出身武家，自小性情剛強，再加上當年被皇帝無情打入冷宮時烙在身心的傷痛，還有心中那道難以跨過的坎……

三人到了皇帝所在的光明殿時，蘭妃這個陪同而來的人，反倒是最不自在的一個。

「玹兒，怎麼今日想起帶你媳婦兒來看父皇了？」難得三兒子主動來找他，皇帝放下御筆，面上一喜，起身看到東方玹與閔窈身旁跟著的蘭妃，他臉上的喜色不免瞬間淡了三分。

三人給皇帝行過禮後，閔窈看太子不在，心中暫時吁了一口氣。

卻見東方玹照舊對皇帝擺了一張冷淡臉，掏出魯班鎖，啪啦啪啦地拆起來。閔窈知道這事不能指望他開口了，只好垂著眼，支支吾吾道：「父皇，兒媳和王爺一同過來，就是想告訴您……兒媳……兒媳……」

「恭喜皇上，秦王妃懷了秦王的骨肉，太醫說已經有一個多月了。」看不下去外甥女的支吾，蘭妃索性插了句嘴，用毫無波瀾的語氣向皇帝宣告好消息。

「真的？朕就要做祖父了?!」

「是的，父皇……」

閔窈脹紅臉，剛點點頭同意，就被東方玹輕輕地帶進寬闊溫暖的懷中。「媳婦兒，父皇知道了，咱們走吧！」

「王爺……父皇，兒媳和王爺這就告退……」她話剛說完，腳下一騰空，就被不耐煩的東方玹抱在懷裡，大步流星地出了光明殿。「王爺，快放妾身下來！」

「……不放！」

「你！」

閔窈又驚又羞，卻知道他發起倔來誰都沒辦法，只好無奈地圈住他的脖子，一面顧著肚裡的孩子，一面聽身後皇帝急急的聲音越來越遠。

「玹兒！哎，這小子……來人，快跟上看著些，秦王妃懷著身孕呢！這小子沒輕沒重的……」

殿中的一群小太監得了吩咐，忙飛快地跟出去。

藺妃見狀，在殿下福了福身，淡然道：「妾身也向陛下告退。」

「慢著。」皇帝喝了口茶，又恢復先前威嚴的帝王神色，一雙不怒自威的虎目在藺氏緊緻曼妙的腰身上掃了掃，勾唇冷笑道：「這麼些年了……妳終於肯主動來見朕，可是知道錯了？」

「妾身沒有錯，錯的是陛下。」藺妃抬起眼，黑白分明的眸子毫無畏懼地對上皇帝的眼睛。「不管過了多少年，陛下再問妾身，妾身還是會如此回答。」

「大膽藺文萱！不要以為這兩年有太后護著妳，朕就不能把妳怎麼樣！朕與先皇后的事，豈是妳能隨便議論的？」

「就算再受一回刑，再被陛下關一次冷宮，妾身都要說實話。陛下若沒有別的事，妾身還要回慶祥宮給太后準備午膳，這就告退了。」

望著那剛直不屈的背影，皇帝惱羞成怒，轉身暴跳如雷地掃落御案上所有的奏章和筆墨。

關於先皇后的事在皇帝面前永遠是個禁忌，宮中所有人，包括太后，都不敢在皇帝面前隨意提起，只有這個不怕死的藺妃，竟敢一而再、再而三地踩上他那條幾近崩潰的底線……

在心裡壓抑多年的怒火一旦重新燃起，無論怎麼撲都撲不滅。

直到晚膳時，皇帝的怒意還未消。正逢司寢女官捧著各宮花名冊前來詢問這月下旬的侍寢名單，他隨手一翻，發現花名冊尾頁不起眼處寫著藺妃的名字。

皇帝冷笑數聲，當下便充滿報復性地拿朱筆全部圈了藺妃……

第四十一章

蘭妃復寵的消息很快從宮裡傳出來，權貴們一片譁然。

城內風頭變幻一向快，不到半個月的時間，蘭府來往的賓客立即就比以前多了十倍。姊姊蘭妃再起，女兒又懷著皇家血脈，蘭氏在閔家的腰板也挺得比往日更加直了一些。

閔方康這一陣也收斂不少。他不僅常到蘭氏屋裡關懷體貼妻子，那日蘭氏也就是隨口說了句想看女兒，閔方康便連夜讓人準備好馬車和禮品，第二日早上就殷勤地陪著蘭氏一起去秦王府看閔窈。

他這種明顯討好蘭氏的行為自然惹得西院十分不滿，氣得柯姨娘母女常在暗地裡咒天怨地的，不過卻也沒什麼辦法阻止他。

而自從知道閔窈有了身孕後，皇帝和錢太后的賞賜隔三差五就往秦王府送；府院內值守的人數更是增加三倍，把閔窈小院外包圍得跟個鐵桶一般嚴實。

薛夫人主動包攬了王府的內務，需要動力勞神的事更不敢讓閔窈沾，她每天早上起來的第一件事就是根據周老太醫的指示，去廚房給閔窈準備滋補的藥膳。

各種閔窈能接觸到的器具一律換成銀製的，就怕她接觸到什麼不乾淨的，或是含毒的東西傷到了身體。

閔方康和藺氏進了王府後看到這麼大陣仗，夫妻兩個不由暗暗驚奇，心道皇室對他們女兒懷孕一事竟然如此重視。

一路欣賞著王府美輪美奐的亭臺樓閣，快到王府後宅廳堂的時候，閔窈聽說自己父母來了，不顧薛夫人的阻攔，硬是帶著秋月、秋晝親自到門口將兩人迎進來。

臘月裡空氣冰寒，藺氏一看到閔窈就心疼道：「窈兒，妳怎麼出來了？瞧這臉都紅了，要小心凍壞身子啊！」

閔方康也在邊上跟著責怪道：「多大的人了還這麼不懂事，要是感染風寒，豈不是要我外孫跟著妳受罪！」

藺氏扭頭瞪他一眼。「呸呸呸！盡說些不吉利的話！」

「咳咳……我、我這不是擔心外孫，一時嘴快……」

「父親怎麼今日想到和母親一起來了？」閔窈挽著藺氏進屋，笑咪咪道：「您一口一個外孫地叫，怎麼就知道女兒肚裡的是個男孩呢？」

「那必須是外孫啊！」閔方康坐下後振振有詞道：「女兒啊！妳嫁進王府快兩年肚子沒動靜，這讓為父先前都不好意思來府上見王爺女婿。現在妳好不容易懷上王爺的孩子，為父面上總算有了些光彩。若是不能一舉得男，妳以後在王府還能有好日子過嗎？」

他這話讓藺氏和閔窈覺得有些刺耳。

藺氏喝著茶沒理他，閔窈抿嘴淺笑道：「父親多慮了，其實窈兒覺得生女兒也不錯，不是都說女兒比兒子暖心嗎？」

「唉！䓖兒此言差矣……」閔方康見閔䓖居然有如此不上進的想法，他急了，正要撩起袖子說教一番。

沒想到藺氏這時端著茶杯在他邊上輕咳幾聲，不鹹不淡地問道：「女兒哪句話說錯了？看老爺這激動的樣子，似乎對生了兩個女兒的妾身很不滿哪？」

「哎，我哪有?!哈哈哈，夫人妳千萬別誤會了，我沒有不滿，我也是……我也是想女兒好嘛……」

因著閔方康在場，藺氏和閔䓖母女倆也不好說什麼體己話，三人在廳堂喝著熱茶，扯了扯家常瑣事，一下午就這麼過去了。

自她懷孕以後，東方玹越發懂事，沐浴、更衣都學會了自己動手。

晚上就寢前，閔䓖在床榻裡邊捂著肚子，想著白天她父親說的話，心裡還有些小彆扭。

「媳婦兒。」

正皺眉間，身後一堵火熱的肉牆溫柔地貼上來，閔䓖轉過身，整個人就被東方玹迅速摟進懷裡。

「王爺……」

「媳婦兒，暖不暖？」

「暖。」

厚重的熊皮綿衾下，他身上那股沐浴後特有的龍涎香清爽又好聞，閔窈忍不住往他懷裡鑽了鑽，一隻手護著肚子，另一隻手摟上他勁瘦的腰身。

她這個不經意的動作讓他眼神一炙，此刻溫軟的身子全在他掌控之下，東方玹哪會委屈自己，毫不猶豫地就低頭銜住她紅潤的小嘴。

「唔……王爺，不可以……會傷到孩子的。」

「我知道。」就過過嘴癮都不行嗎？

「那你快放開妾身。」

「不行，得抱著。」

「那王爺得發誓，如果再動手動腳……你就是小狗！」為了守住抱抱的底線，東方玹沈默了一小會兒，終是無奈地苦著臉道：「好，我發誓，如果再動手動腳就是……嗯，我就是小狗。」

聽到寢房內飄出來的逗樂對話，耳房裡的秋畫笑得差點摔下床去，幸好秋月眼疾手快抓住了她，兩個小丫頭頓時在床上無聲地笑作一團。

百子帳內，見東方玹乖巧老實了許多，閔窈欣慰地在他臉上親了一口，親完後還很不厚道地警告他。「不許動。」

「好好好，我不動。」

「……王爺，要是妾身生了女兒，你會不會不高興？王爺喜歡兒子還是女兒呢？」

「我不喜歡兒子，也不喜歡女兒。」

「啊？」

正當閔窈驚訝之際，東方玹緩緩低下頭，用自己的額頭親暱地抵著閔窈的，然後臉貼臉地朝她魅惑一笑，甜糯道：「我只喜歡妳，傻媳婦兒。」

兩世為人，閔窈還是第一次體會到將為人母那種忐忑的幸福感。藺氏的身孕也只比她早一個月，所以也不方便經常過來看她。

在秦王府眾人小心翼翼保護下過完一個舒服的新年後，正月初一的早上，閔窈就挺著還不怎麼顯懷的肚子，帶東方玹進宮給長輩們拜年。

清晨的冷風中還夾雜著些潔白的小雪珠子，除夕夜下了一整晚的雪，把整個洛京裹成了一片茫茫的雪域。

閔窈盛裝打扮一番，穿著青色重錦大禮服的身子被一件火狐披風嚴密地裹著，因為聽周老太醫說，水粉口脂之類的抹多了對胎兒不好，秋月就只給她上了個淡妝。

瑩潤的小圓臉因為孕吐消瘦不少，閔窈難得見到自己尖下巴的時候，只覺得一雙杏眼也看上去大了許多。

早上秋月只在她臉上塗了一層雪膚膏，兩道眉輕輕掃了一下，用長銀簪子點了米粒大小的殷紅口脂給她抿開。

因為補藥一直沒停過，閔窈的氣血比以前旺盛，嘴唇都是紅紅的，是以那點口脂塗上去之後，簡直與她不塗時沒什麼兩樣。

小夫妻倆到了慶祥宮，只見皇帝和皇后、太子夫婦和幾個皇子、公主，都已經在正殿中陪著錢太后坐著了。

閔窈沒想到她和東方玹竟是最後來的，因為人沒到齊，錢太后不許開宴。讓長輩們和兄弟、妹妹們等了一早上，閔窈心中十分惶恐，忙拉著東方玹給錢太后、皇帝等人請安拜年，順便也告一下兩人遲到的罪。

「窈兒不必驚慌，妳懷有身孕不方便，父皇和皇祖母又怎麼會怪你們呢？」皇帝在上首笑咪咪道：「快入座、快入座！」

錢太后也道：「就是！妳和玹兒兩個住在宮外，進出也不省事，哀家心疼妳還來不及，窈兒這孩子就是太老實了。李尚宮，快，去扶秦王妃入席。」

「謝陛下和皇祖母關懷。」

閔窈屈身行了個禮，東方玹一雙大手在她身後牢牢地托著她，等李尚宮過來之後，才改由拉著閔窈的手，滿眼笑意地隨著媳婦兒一塊入席去。

「哈哈，瞧玹兒高興的！兒媳婦懷了孩子，這小子近日也成熟不少，朕心甚慰啊！」

秦王夫婦的座位一直是在太子夫婦下首的，閔窈被人扶著跪坐到席位的几案後坐下，就聽見皇帝公公又在上頭關注她家王爺了。

東方玹以往很少在眾人面前露出笑臉。

今天因為帶著閔窈出來心情好，一時沒留神笑了一個，就被他父皇稀罕得不行，直在上頭拉著人不停地回味著。「朕記得玹兒小時候可愛笑了。愛妃，妳那時候也抱過他許多回，妳說說，玹兒小時候笑起來是不是特別甜？」

閔窈聽皇帝公公的嗓音難得不再威嚴，反而帶著一絲極少在晚輩面前透出的親熱，她不由抬起眼悄悄往上頭望去，只見自己的姨母蘭妃正一臉冷淡地坐在皇帝公公的身側。

今日皇室開年的團圓宴擺在慶祥宮的正殿，來的都是皇室嫡系成員，整個殿中不下三百人。錢太后坐在最中間的主位，皇帝和皇后分別坐在太后的左右。

令人眼前一亮的是，年底重新復寵的蘭妃，居然坐在皇帝那一側最近的下首席位上，惹得殿中一眾妃嬪、命婦眼中的羨慕之光，幾乎要把她給就地閃瞎了。

蘭妃在宮中飽嘗冷暖多年，自然知道她現在的位置是不好坐的。

可是上頭那人這陣子卻是魔障了一般，死皮賴臉地貼著折磨她不說，還一有機會就非常高調地突出她「寵妃」的形象，搞得各宮妃嬪這一個月來經常明裡暗裡給她小鞋穿。

要不是她有一身武藝，以及太后庇佑，恐怕早被那群嫉妒成狂的女人給生吞活剝了。

沒想到堂堂一國之君報復起人來這麼陰險狡詐。蘭妃面上淡然，跪在几案下的兩條腿卻暗暗往外挪動，試圖離上頭那個小氣難纏的男人遠一點。

唉，當年真是瞎了眼，怎麼就愛上了這種男人？要是她當初沒進宮，或許能像外甥女一樣找個可愛體貼的男人，甜甜蜜蜜地過小日子呢……

「愛妃，妳想去哪兒？」見蘭妃偷偷往外挪動身子，皇帝馬上放下筷子，伸出手將人一把拉到自己的席位裡。

「陛……陛下?!」半個身子都被他拖進御席裡，縱然蘭妃是武家出身，也被他明顯不合規矩的行為給震撼到了。「妾身身分低微，不敢在御前造次，還請陛下放手，讓妾身回到自己的位置上去吧？」

「朕說妳坐得，妳就坐得！來，愛妃，吃菜！」

皇帝驚人的舉動讓殿中一眾皇族瞠目結舌，閔窈也杏眼大睜，心中嘖嘖稱奇道：沒想到姨母如今這般受皇帝公公的寵愛。

當看到皇帝公公又親自給姨母挾菜時，錢太后笑著說了皇帝一句，邊上的皇后倒是面色如常，全程只當沒看見一般。

閔窈低下頭給東方玹挾了幾筷子菜，有些隱隱感覺不對。

皇帝公公喜歡姨母嗎？如果真的這麼喜歡她，為什麼之前要把姨母打入冷宮？姨母出來後好長時間，公公都對她不聞不問，怎麼最近突然就寵上了？

再一深思，公公看上去寵姨母寵得不得了，實際卻連姨母的住處和品級都沒有變過半點。姨母的性格是比母親還要耿直的，就比如現在，她喜怒哀樂全擺在臉上，萬一以後宮中妃嬪因為嫉妒要害她，也不知道姨母能不能接得住招啊……

片刻之間，腦子裡胡亂想了一大堆，閔窈心底一冷，擔憂得連拿筷子的手都有些抖起來。就在她手中的銀筷子搖搖欲墜之際，一隻骨節分明的大手眨眼間就將她的小手整個包裹起來，手心、手背都被他掌心乾燥而火熱的溫度緊密地熨燙著。

「媳婦兒想吃哪個菜？我給妳挾。」

甜糯的聲音在她耳邊響起。他要給自己挾菜？沒想到真的會有這麼一天啊！

閔窈激動地轉頭看東方玹，冷不防撞上他堅實的胸口，挺翹的小鼻梁頓時一陣悶痛。

「啊！」

「媳婦兒？媳婦兒？」

「哎呀秦王妃！……」

「快來人哪！不好啦！秦王妃流鼻血啦——」

腦袋裡嗡嗡作響，只覺得整個鼻子又痛又酸，有熱熱的液體從裡頭流出，很快糊了她一臉。閔窈知道，這回自己出糗可是出大了。

耳邊滿是殿中妃嬪女眷們驚恐的尖叫，和宮人圍著她焦急的呼喚。「王妃娘娘！王妃娘娘您千萬別低頭啊……」

又聽到皇帝公公和錢太后在上頭齊聲道：「快！快宣太醫！」

閔窈仰著頭瞇著眼，被周圍緊張的氣氛嚇得又驚又怕，擔心人多手雜會碰到自己的肚子，她兩隻手下意識就往小腹護去。

很快地，專門負責為閔窈保胎的周老太醫被一群小太監火速抓來慶祥宮，宮人們在錢太后和帝后、妃嬪的密切注視下，戰戰兢兢地將閔窈移至最近的一處暖閣裡。

在這紛亂的過程中，東方玹那雙有力的大手始終牢牢地護著自家媳婦兒的身子，等到周老太醫給閔窈請脈的時候，他還在後頭抱著閔窈坐他腿上，扶著她的腰不肯放手。

「……王爺，你快放妾身下來吧，妾身已經沒事，不流鼻血了。」

「不行！萬一又撞到別的地方怎麼辦？」

東方玹緊緊摟著自家傻媳婦兒的小腰，看著她鼻子部位被包了個滑稽的大白紗團，俊美的臉龐隱隱抽搐了幾下，躲在她身後，生生忍住要大笑的衝動。

閔窈只感受到身後的人似乎顫抖了幾下，以為這傢伙是被自己剛才滿臉血的樣子嚇壞了，她不禁往後在他堅實的胸膛上靠了靠，柔聲道：「王爺別怕，妾身剛才一時沒看清才會撞成那樣，你現在這樣抱著，讓人家周老太醫怎麼看診呢？」

「我就要抱著！」

見他又犯倔了，閔窈擰不過他，只好摸索著把手放在几案的軟墊上。

第四十二章

周老太醫伸出兩指搭了上去。

因為周老太醫德高望重，又是一路以來一直幫閔窈調養身子的，所以雙方熟悉了之後，閔窈嫌繁瑣，索性就免了懸絲診脈那一套，直接讓周老太醫替她把脈。這樣不僅方便，還能更準確地把出閔窈的脈象，並且看到她臉上的氣色變化。

「嗯……娘娘面熱唇紅，近日有些虛火，內裡燥熱，胎兒健康無恙……」周老太醫閉眼喃喃唸了幾句，然後睜眼笑道：「適才娘娘是因為不小心撞擊才導致鼻血橫流的，雖然與保胎藥沒有很大的關係，但是鑑於您最近容易上火，老夫等會兒還是重新開個藥方，將那幾味性熱的藥換成性溫的吧！」

閔窈客氣道：「如此真是麻煩周太醫了。」

「娘娘不必客氣，現在鼻血止住了，娘娘最好還是在暖閣中歇息一下，老夫先回太醫局給您重新配藥。」

「周太醫慢走。」

周老太醫收拾完藥箱子就帶著醫女們退出了。在邊上伺候的一眾宮人見秦王抱著王妃不放手，也很有眼色地退出暖閣外，將門給他們輕輕帶上。

「王爺，妾身還是先下來吧……」

暖閣裡就剩下他們兩人，閔窈稍微動動身子就能感受到東方玹身上可怕的變化。這壞傢伙！她都受傷流鼻血了，肚子裡的孩子才兩個多月……他怎麼能這樣？這個時候他居然還……

閔窈又羞又憤，扭著身子就要從他身上下來。沒想到她胡亂一通動作，竟惹得東方玹在她身後氣息大亂，兩隻大手緊箍著她更加不肯放手了。

「媳婦兒，妳好壞！」

溫熱的唇一下子湊到她精巧的耳垂後，陣陣炙熱的氣息撲到她頸間，閔窈覺得脖子上那片肌膚癢癢的，連帶著心頭也跟著微微悸動起來。

「誰、誰壞了？明明是王爺你自己不乖……不聽話。」閔窈一手扶住鼻子，一手抓住東方玹正欲作亂的大手，又羞又忍不住笑道：「王爺發過誓的，現在是想要做小狗嗎？」

「嗯，我就是小狗。」

「……哈，哈哈！小狗！你是小狗……」

她活了兩世，還從沒見人耍賴能耍得像他這般理直氣壯的！

見閔窈被他逗得不禁笑出聲來，東方玹乘機扳過她的臉，在那紅潤的小嘴上親了一口，然後把頭埋在她嫩白的頸間，委屈兮兮地嘀咕道：「媳婦兒有了崽子就不喜歡我了……連親親都不讓，抱抱也只能在就寢的時候……哼！」

天哪，這傢伙說瞎話的本事見長啊！現在摟著她又親又抱的人是誰啊？兩隻大手還環在她肚子上呢！他居然還有臉委屈、說她冷落他？

「王爺，說瞎話的可不是好孩子。乖，快把妾身放開，晚上回去妾身給你捏捏好嗎？」

「好，還要媳婦兒親親。」

閔窈臉上頓時脹紅。「這個不行！妾身的身子才兩個多月，不可以的……」

「媳婦兒，妳想哪兒去了？」東方玹壞心眼地在她後背上蹭了蹭，天真無邪道：「我說的又不是羞羞的親親，就是剛才那種不脫衣服的親親啊！」

「……王爺！」

閔窈登時覺得臉上滾燙得要炸了。這傢伙！不是那種親親，那他幹麼一直頂著她？這還是在宮裡，還是在宴會邊上的暖閣，萬一給人撞見了怎麼辦？

「媳婦兒不答應，我就不放手。」

「好好好，回去再說，回去再說……」

好不容易哄得這傢伙鬆開手，閔窈立即像隻受驚嚇的兔子一般離他老遠的。

「媳婦兒……」

「別動！」沒眼看那處羞死人的小帳篷，閔窈扶著受傷的鼻子，在距離東方玹三丈外的地方焦慮不已。

要是等會兒有人進來，她該把這丟人的傢伙往哪兒藏好呢？

閔窈進了暖閣快一個時辰都沒出來，幸好周老太醫早就來報過平安，不然錢太后和皇帝、蘭妃幾個可有得擔心。

眾人在殿中吃席吃到一半，皇帝還是有些不放心地與錢太后說道：「母后，玹兒陪著他媳婦兒休息了好一會兒，怎麼還不見歸席呢？」

「皇帝別急，太醫不是說沒事嗎？」錢太后給皇帝挾了一筷子蜜汁烤羊肉，笑咪咪道：「玹兒對自己媳婦可是寶貝得很，咱們就別操這個心了，就讓小倆口好好歇著吧。」

「可不能馬虎。秦王妃懷的可是玹兒這一輩的頭胎，若是她生下男丁，那就是朕的皇長孫，朕想此事還是重視些的好。」

皇帝一雙虎目落到身邊的蘭妃身上，本是想讓她去後面看看怎麼回事，然而心中又捨不得她離席，於是皇帝的目光轉眼就鎖定在不遠處的太子席位上。

「嫣兒，」皇帝兩眼一亮，瞧著太子妃含笑開口道：「妳替大夥兒去暖閣探望一下秦王妃，看看她現在怎麼樣了？」

「是，父皇。」太子妃得令，溫順地應了一聲，帶著貼身的宮女盈盈往殿外走去。

而太子在席位上面色和潤地斟著酒，回味起他父皇剛才說的「皇長孫」三個字，狹窄的鳳目深處頓時泛起一片陰冷。

太子妃很快到了暖閣，派人進去通傳一聲，閔窈馬上就讓人開門迎她進去。

「太子妃娘娘，您快請坐。」

「弟妹不必客氣。」太子妃笑容溫婉地在床榻邊坐下，往四下張望後，微微詫異道：「咦？三弟呢？皇祖母剛才還說他在照顧妳呢！」

「……咳咳！他、他剛才不小心弄髒了衣服，妾身就讓宮人帶他去甘泉殿更衣了。」閔窈面上飛過一團可疑的紅雲，訕訕笑道：「妾身不小心撞到鼻子，讓大家這樣擔憂，真是慚愧。」

「弟妹千萬別這麼說。妳現在懷著三弟的孩子，身上擔著為皇家開枝散葉的重責，父皇和皇祖母緊張妳，也是應該的。」太子妃望著閔窈尚未隆起的腹部，眼中滿是羨慕和失落。「妳和華城兩個真是有福氣，這麼快就要有自己的孩子了，不像我……」

「太子妃娘娘何出此言？」

「喔，沒什麼，我就是羨慕妳們。」

閔窈笑道：「不用羨慕，您也會有的，就是時間早晚的事。」

「嗯，但願吧。」太子妃垂下眼，閔窈看不清她臉上的神色，只聽她柔聲問道：「弟妹鼻子現在還痛嗎？歇了一會兒，可有其他不舒服的地方？」

「沒事沒事，已經好得差不多了，勞太子妃娘娘親自來探望，妾身心裡真過意不去。」

「弟妹不用如此客氣，我方才在殿中也有些悶，正好過來妳這邊透透氣。」太子妃忽然想到什麼，彎嘴淺笑道：「對了，華城今天和蕭駙馬沒進宮，聽說是快生了。等她生了，咱們兩個一起去看看她吧！」

「啊？去蕭家嗎？」

「怎麼，難道弟妹有什麼不方便？」

去看華城就要去蕭家，說不定還要碰見蕭文逸那狗崽子，當然不方便了。

閔窈心中是不情願去的，但是見太子妃一臉嚮往的神情，她又有些不忍心，想了想才斟酌著開口道：「這陣子吐得厲害，妾身怕到了蕭家會失禮……」

太子妃聞言，面上有些失望，不過她轉念一想，按照老一輩人的說法，孕婦好像不太方便去產婦房中的，便道：「這倒是我顧慮不周了，弟妹妳現在懷著身子，和我一起去看華城的月子是不妥當。」

閔窈忙答。「哪裡哪裡，妾身只是怕到時候去蕭家吐個昏天黑地，有失體面……」

太子妃想到老一輩人的禁忌，心中早已放棄了讓閔窈陪同的念頭。見閔窈此時對自己很不好意思的樣子，她抿嘴笑道：「弟妹不必太過在意這事，我也就是一時興起隨口說的……不如這樣吧，等我去看她月子的時候，妳隨一份大禮就行了。」

能逃過一劫不去蕭家，別說一份大禮，就是十份閔窈也是肯出的。

閔窈當下便愉快地和錢氏做了約定，兩人說好，等錢氏去給華城看月子的時候，就順道來秦王府幫她捎下給華城的月子禮。

到了正月初八，蕭家傳來喜訊，說是華城公主順利為蕭駙馬誕下長子。

消息一出，整個蕭家和宮中都是喜氣洋洋的。

華城公主的身分尊貴，本來在蕭家就是人人捧著的，現在又為蕭家獨苗蕭文逸生下兒子，那更是功德齊天了。

聽秋畫說，現在洛京城的人都在傳蕭家老夫人天天往華城的房裡跑，又是伺候梳洗，又是端茶倒水的，簡直比親娘照顧得還要仔細。不過公主卻嫌棄老人家手腳笨拙，沒少往外邊轟她。

閔窈聽到這些小道消息時簡直哭笑不得。若消息屬實，那她可要對陶氏刮目相看了。

在閔窈的記憶中，陶氏在郡公府裡可是位老祖宗，蕭文逸是她一手帶大的，對這個祖母可謂是又敬又怕。

前世，蕭文逸納閔玉鶯為妾，最後到扶正閔玉鶯，這些事沒有陶氏的首肯，她的乖孫蕭文逸可是沒膽去做的。

閔窈那時沒能為蕭家添個一子半女，就經常被陶氏派來的丫頭訓斥，罵她是不會下蛋的母雞。而閔玉鶯肚子裡一個接一個地生，陶氏雖然對她很滿意，卻也從沒有現在待華城那樣疼愛，比如親自去伺候月子。

這回，大概是覺得，華城為他們蕭家生下血統高貴的重孫子而高興到不行了吧？

不得不說，公主就是公主，一出生就比別人高了一大截，連橫行蕭家的陶氏都要卑微地對她百般討好。

閔窈不由再次暗中慶幸自己今生遠離蕭家，遠離了讓她感到噁心的那些人和事。

過幾天，太子妃去看華城月子的時候，果然依照約定來了秦王府。閔窈早就讓秋月準備了個大紅包和一些貴重的滋補藥材，託太子妃幫她帶去後，也算是了結一樁煩心事。

到了春天，天氣慢慢轉暖，閔家那邊傳來消息，說是沈姨娘又給閔方康添了個女兒。

閔方康見沈姨娘生了女兒沒什麼好臉色，立時對她冷淡不少。倒是藺氏對那孩子有些稀罕，說是與沈姨娘小時候特別像。

沈姨娘和藺氏兩個就成天琢磨著給這孩子取個好名。閔家庶女都是帶玉字的，藺氏和沈姨娘還有青環想了好一陣子，才擬定「玉燕」、「玉芳」、「玉蘭」這三個名字來。

因為在三個名字裡難以取捨，又因為想給孩子的名字討個好的來歷，沈姨娘便軟磨硬泡地說服藺氏，讓藺氏把三個名字送到秦王府這邊來，請閔窈給她們拿個主意。

「那不如叫玉芳吧，閔玉芳……」閔窈看著那三個名字，神情柔和道：「希望她長大後如白玉一般純潔溫婉，像花一樣美麗芬芳。」

沈姨娘得知閔窈對「玉芳」這個名字的寓意，簡直受寵若驚，當場就抱著孩子朝秦王府的方向遙遙拜謝。

閔窈知沈姨娘乖順，讓人打了一塊刻著「玉芳」二字的玉牌準備送給她女兒，想了想，不能厚此薄彼，就又命人給自己親妹妹閔窕也打造一塊，著秋晝、秋月去挑了些補品，替她去閔家看沈姨娘的月子。

雖然生了個女兒遭到閔方康冷落，但是沈姨娘內有主母藺氏的照拂，外有秦王妃給的體面，一時間在閔家後院竟扭轉劣勢，最後還穩住了陣腳。

反倒是生了兒子的柯姨娘，日子卻一天比一天難過起來。

柯姨娘的庶子本就娘胎裡弱，又是早產的，自出生後大病、小病就一直沒斷過……

過完立夏，閔窈肚裡的孩子有五個多月大，已經能明顯感受到胎動了。

看到她圓圓的肚皮上隔三差五地凸起一塊異常的鼓起，東方玹樂得不行，每次都要用修長的手指去輕輕戳那塊鼓起，邊戳還邊在嘴裡念念叨叨的。

「小崽子在這裡……小崽子又跑哪裡去了……媳婦兒，這崽子好調皮！哎呀，崽子躲起來不和我玩了，哼！」

這天晚上，他戳著戳著見崽子懶得理他，竟然還顧自生起氣來。

「怎麼每次孩子在妾身肚子裡動，你就跟孩子槓上了似的，非要戳？孩子都要被你戳怕了。」

閔窈笑咪咪地把東方玹那雙大手抓在手裡，看他嘟嘴滾到自己懷裡一副氣鼓鼓的神情，忙哄他道：「好了，孩子還小不懂事嘛！王爺消消氣，妾身給你捏捏好不好？」

「還是不捏了。」東方玹很懂事地坐起身來，大手撫摸著閔窈略微浮腫的小腳丫，心疼道：「都怪崽子不聽話，害得媳婦兒腳都腫了……白天茅神醫說揉按一下會好些，我這就給妳按按。」

沒想到他居然這麼有心。

閔窈偷眼看他謫仙般的側顏，專注的丹鳳眼，感受到腳踝上肌膚傳來他指下輕柔的溫熱觸感，她心頭頓時被一陣止不住的甜蜜給暖暖地包圍起來。

都說在他們大昭，女人伺候男人是天經地義，哪有男子動不動就給妻子捏腿的啊？

「王爺，你不必這樣的。」飽含水霧的杏眼動容地看著眼前把她當寶一樣的男人，小手一把抓住他的大手，閔窈含羞淺笑道：「別按了，丫頭們都在房裡呢……」

東方玹才不管這個，乘機在媳婦兒臉上香了一口，俯在她通紅的耳垂邊上甜糯低聲道：「不行，要按的！按了媳婦兒睡覺才會舒服嘛！」

這時候還沒到就寢的時間，秋月和秋畫正在房中伺候。

秋月一扭頭，就不小心看見王爺和她們家娘娘的身影，在半透明的百子帳後面交疊在一處，而王爺那雙大手，正明目張膽地往她們家娘娘裙襬下探去……

「呀！」秋月登時驚得摀住嘴，還差點打翻手上的茶壺。沒等秋畫問她怎麼了，她便趕緊拉著秋畫，一起放下房中的帷帳急急出去了。

第四十三章

「哎，妳們……」

閔窈伸著脖子往外一瞧，心想兩個小丫頭真是好樣的，給她泡安神茶泡了一半居然溜了！

溜了也就算了，可她們溜之前竟然還把寢房裡的三重帷帳給放下來，這是什麼意思？難道她們以為她和王爺要……哎喲！壞丫頭們，她們腦袋裡到底在想些什麼啊？

「王爺別按了，你看秋月、秋畫她們都誤會了！」閔窈紅著臉，抓住東方玹給她按腳的大手，垂下眼不敢看他那雙勾人的眼睛。

其實薛夫人上個月就和她說過，過了頭三個月，只要胎象穩定，是可以同房的。她知道王爺雖然心智不成熟，可是他也是有本能的，甚至閔窈發現他的身體比一般男人還要強壯。

自從她懷孕不准他碰之後，每次看到他那副想動又不敢動的樣子，的確是挺委屈可憐的。

不過，因為東方玹情況特殊，這種事以前一開始都是她引導著。後來他嘗到滋味後，事情就有些失控了……閔窈怕孩子出意外，也就狠下心，四、五個月來一直素著他。

「媳婦兒，她們誤會什麼了？」

東方玹面上露出無邪的表情，眼睜睜地瞧著閔窈有些慌亂地把一雙白玉般的小腳丫，縮到寬大的寢衣裙襬下藏起來，他黯然地垂下腦袋，只覺得有些生無可戀。

唉，吃不到、不給摸也就算了，現在連看看都不行！嗚嗚嗚，誰家媳婦兒這麼小氣的?!

「咳咳，王爺，妾身有些累了，咱們還是早點就寢吧。」

「嗯。」

東方玹悶悶地應了一聲。這個時候他還能說啥？媳婦兒最大，崽子第二，他老三……

秋月、秋畫出去的時候已經壞心眼地替他們滅了燈，寢房內這時候只留下牆壁上幾處夜明珠散發出朦朧的白色光芒。

閔窈抱著肚子，側身往裡邊躺下，東方玹就膩歪地從她背後黏上來。

「王爺，別靠得這麼近，妾身熱……」

四月的天不是很熱，可是閔窈自懷孕後就一直睡不好，天涼怕冷，天熱怕熱，搞得東方玹夜裡都跟著小心翼翼的。

「媳婦兒，有沒有涼快一點？」

「還是有點熱，王爺，把你的手從妾身腰上拿開。」

「呃……好了，媳婦兒這樣行嗎？」

「別鬧了，腿放下去。」

「……哦……媳婦兒？媳婦兒？」

也許是太累了，東方玹火熱的束縛從她身上全部卸下後，閔窈頭一歪就睡了過去。

東方玹被她趕到一丈開外的床榻邊緣，滿腹心酸地注視著閔窈曲線起伏的綽約背影。

傻媳婦兒這幾個月吃的東西都被小崽子吸收了，肚子一天天變大，人卻是比以前消瘦不少。特別是那豐潤可愛的小蠻腰，竟然比懷孕前還細了一圈！現在光從後面看去，根本無法看出她是懷孕五個月的孕婦，反倒比荳蔻年華的少女腰身還要纖細三分。

幾乎一手可握的細腰前拖著個滾圓的大肚子，他有時候還真擔心小崽子越來越沈的重量，會不會把媳婦兒的腰給不小心折斷了？

兩眼著魔地盯著閔窈腰側凹下的驚人弧度，他腦子裡不知怎的，忽然就想起以前她扭著那小腰，摀住自己生澀晃動的嬌軟模樣，身體一下子變得更加燥熱起來。

東方玹兩眼冒火地從薄薄的冰蠶絲衾下迅速游移到閔窈身後，一抬頭就看到她寢衣領口下那處若隱若現的飽滿嫩白，於是想也不想就把頭埋了進去。

「王爺，你又不聽話了……」

媳婦兒夢中的呢喃把他嚇了一跳，像是一盆冷水把他給突然澆醒。

「唉……小崽子，你可真把你爹害苦了！」丹鳳眼中的迷亂退了不少，恨恨地摸了一下閔窈的肚子。小崽子好像也睡了，沒睬他。

東方玹苦著俊臉偷偷摸摸下了床，弓著高大的身子跟隻大蝦似的，唉聲嘆氣地往浴堂方向去了。

自從懷孕之後，閔窈難得一夜安穩睡到天亮。睜開眼睛的時候，只見東方玹正在枕邊睜著一雙亮晶晶的鳳眼出神地看著她。

閔窈被他看得有些不好意思起來，伸手捏了捏他俊美的臉蛋，笑咪咪道：「王爺醒了怎麼不起身？這樣一眨不眨地看著妾身做什麼？」

「媳婦兒睡著的時候好好看，我挪不開眼。」

這傢伙，一早就肉麻起來了……

閔窈粉面微紅，低聲道：「又說羞人的話，妾身不理你了，快讓開，妾身要起身了。」

「不要嘛！昨晚睡覺妳都不讓抱……嗚嗚，我不開心！」話音剛落，高大身軀就滾到她的懷裡，隔著一層輕薄的寢衣，稜角分明的俊顏窩在她懷裡不客氣地直蹭。

「哎呀，王爺！……嗯……你別這樣……」

「媳婦兒，妳說！妳是喜歡我還是喜歡小崽子？如果我和小崽子一起掉進水裡，妳會先救哪個？」

一大早的他到底在想些什麼啊？還有，這傢伙別以為她感覺不到，他這是覥著臉又往哪兒蹭呢?!

閔窈被他胡亂一拱，臉上立即染上一層紅暈，兩隻小手飛快捧住東方玹不聽話的腦袋，托著他那妖孽的臉無奈道：「王爺在說什麼啊？好好的你和孩子怎麼會掉進水裡呢？」

就算掉進水裡，她也不會游水，當然是找祥雲十八衛或是雲十九去救他和孩子啊！

「哼！我不管，媳婦兒今天不說，我就不起床！」見閔窈不肯給他想要的答案，東方玹長手長腳往她身上一纏，立時就甩出他耍賴的老本行來。

閔窈只得好言好語地歪在床榻上哄了他小半個時辰。

茅輕塵這陣子每日定時過來給東方玹扎針，她怕誤了針灸的時辰，只得在他面前賭咒發誓，說萬一他和孩子掉進水裡，她一定先救他，然後讓雲十九去救他們的孩子。這傢伙聽自己在媳婦兒心中的位置是排在孩子前頭的，總算有些滿意，抱著她親了個夠本後，才意猶未盡地下床去自己穿衣服了。

留下閔窈哭笑不得，被秋月、秋畫笑了大半個早上。

兩個月後，閔窈肚裡的孩子已經有七個多月大了。

因為閔窈行動越來越不方便，錢太后早就免了閔窈的請安。

然而這天早上，閔窈送東方玹去了藥浴間後，宮裡忽然派了一輛四駕金頂馬車過來接她，說是錢太后今早起來掛念，想要接閔窈進宮去說說話。

閔窈覺得這事有些突然，但是來傳錢太后口諭的那小宮人是李尚宮手底下的，她看著眼熟，心中不由就鬆懈幾分。再者，前幾日聽薛夫人說，太后的咳嗽好像又嚴重了些……閔窈心中也記掛太后的身體，現在老人家派人來接，她作為小輩哪有推辭的道理？

於是她讓秋月、秋畫給自己梳妝打扮一番，召薛夫人陪同，便挺著個大肚子吃力地上了那輛馬車。

馬車在路上行駛得飛快，不到半個時辰就進了宮。

閔窈在薛夫人的攙扶下小心地下了馬車，剛站穩，忽然聽到有人喊了一聲「窈兒」。她茫然地四下張望，發現原來是好久不見的閔盛。

閔盛此時滿臉驚恐，正從遠處往她這邊跌撞著跑來，他一邊跑，一邊撕心裂肺地大喊道：「窈兒！快跑、快跑！危險啊！」

閔盛臉上的表情是閔窈從未見過的恐慌，見他忽然要自己跑，她立即覺得有些不對勁。身後這時傳來一陣陣沈重的吱呀聲。閔窈拉著薛夫人回頭一看，只見她們身後的二十四道宮門已經被守門的侍衛飛快地關上，而秦王府隨行的侍衛們也悉數被攔在宮外。

「窈兒——」

看到宮門全部被關上，閔盛臉上的恐慌瞬間就變成一種難以言喻的絕望，他也不跑了，站在原地喃喃道：「為什麼妳不聽我的話？為什麼不跑啊，窈兒？」

就在閔盛說完這句話的下一刻，他身後忽然湧出一大片穿著銀甲的士兵，一窩蜂地拿著長矛將他團團圍在裡面。

「就是他！就是他！」

「快將他拿下！一個小小的校書郎，也敢偷聽殿下和聖上說話？簡直是活膩了！」

「動作快點！蕭大人要來了！」

一眾銀甲士兵粗魯地抓住閔盛後脖子上的衣領，閔盛一個書生本來就生得文弱，哪裡是這些士兵的對手？當場就被人像是提小雞一般提了起來。

「盛哥哥！」閔窈眼中一急。閔盛這人從小就很守規矩，違背禮儀律法的事情更是沒膽去做，她覺得閔盛被抓，其中必定有什麼誤會，下意識想上前去解救他。

「娘娘不可！」閔窈正要過去，薛夫人卻伸手一把抓住她。「奴家看今日宮中的情形很不對，咱們還是先到安全處避一避吧！」

薛夫人畢竟是跟在錢太后身邊生活過一陣子的，雖然沒有親身經歷過什麼大事，但是對宮中一些不尋常的變化還是很敏感。

眼前的情景讓薛夫人心中生出一種不好的感覺。正常的情況下，宮門絕對不會在白天關閉，除非是宮裡出了大事，或者……有什麼不好的變數！

「娘娘，咱們快離開這裡！」

薛夫人嗅到了極度危險的氣息，拉著閔窈就往前頭一處宮道快步走去，送她們進來的車夫和那個李尚宮身邊的小宮人見了，臉上均露出詭異的冷笑。這些人見薛夫人要帶閔窈跑，也不出手阻止，彷彿看著掉入陷阱中的獵物一般，眼中滿是志在必得的神情。

「薛夫人，可是我家義兄還被那些士兵給抓著……」

「娘娘不要猶豫了，現在您的處境更危險！咱們顧不了閔大人了，還是跟著奴家快快逃命去吧！」

「薛夫人……」

「娘娘難道還看不出來嗎？那些人多半是衝著您來的，咱們是中了人家的圈套了！」

薛夫人拉著閔窈直往宮道跑，可宮道前方一個人都沒有，閔窈有些慌亂地捂著肚子，看見薛夫人側臉上隱隱抖動的肌肉，回頭又看見身後那群不緊不慢地逼近她們的銀甲士兵……閔窈心中一陣亂跳，知道她和薛夫人今天是攤上事了。

「娘娘！前面沒路了……」

兩人倉皇地奔到狹窄宮道的盡頭，發現宮道上的銅門早就被人緊緊地鎖上，這就等於兩人是拚命進了一條死胡同。

「快走！」

閔窈忙拉著薛夫人往回跑，可是她們一回頭，居然發現那些銀甲士兵已經一窩蜂地堵住了這條宮道的出口，並且列著整齊的隊伍，快速地朝她們倆迫近。

三十步、十五步、十步……

「大膽！你們是哪路的衛士？敢攔住秦王妃的去路！」

眼看著銀甲士兵距離她們還有五步之遙，而士兵手上冰冷的長矛就快要刺到閔窈身上之際，薛夫人大喝一聲，凜然地擋在閔窈身前。

「蕭大人來了！」

薛夫人話音剛落，就聽銀甲士兵中有人喊了一句，接下來，那群銀甲士兵便停止前進，齊齊收了手上的長矛，往宮道兩旁讓出一條道來。

「喲，這不是秦王妃嗎？」

閔窈在薛夫人身後聽到一個油膩的聲音，略微皺眉地抬起眼，只見蕭文逸穿著一身寒光閃閃細鱗銀白鎧甲，滿臉不懷好意地從銀甲士兵中朝她走過來。

「蕭文逸，你想幹麼？快把閔盛放了！」看見蕭文逸身後的銀甲士兵拖著鼻青臉腫的閔盛，閔窈腹中微微抽痛，臉上露出幾分怒意來。

「喲，生氣了？秦王妃，妳現在都自身難保了，還想救你們閔家的狗，可真是有情有義啊！」

蕭文逸自然不會聽閔窈的話，見閔窈有了怒意，他還很挑釁地回身揮拳連連砸到閔盛面門上，直把閔盛打得慘叫連連，面上很快血肉模糊一片。

「不要打了！不要打了……蕭文逸！閔盛可是朝廷命官，就算他犯了什麼錯，也輪不到你來動手！」

閔窈又急又氣，真恨不能衝上去一手撕了蕭文逸這個雜碎！她身邊的薛夫人死死地抱住閔窈的身子，衝她咬牙低聲道：「娘娘小心腹中的孩子，娘娘小心孩子啊！」

對了，孩子！

閔窈眼圈泛紅，抖著手，捂住自己高高隆起的腹部。這時蕭文逸拿著塊白絹擦了擦他手上的血跡，一雙陰冷的桃花眼斜斜地看向她的肚子。閔窈心中咯噔一下，後背登時泛出一陣冷汗，擁著薛夫人面色發白地往後退了幾步。

後頭已經是無路可退，閔窈的後背很快觸到宮道盡頭那一道堅硬的銅門上。

「秦王妃，沒想過有一天會落到我手上吧？」蕭文逸隨手扔了手中那條被閔盛的血染紅的絹帕，望著閔窈的肚子眼神陰暗道：「妳說，當初要是嫁給我，今天也不至於落到這個地步呀……可惜妳偏偏看不上我。妳這貪慕虛榮的女人，寧願嫁給一個傻子也不願意嫁給我！所以妳今天有這下場，全都是咎由自取！」

他滿臉怨懟，不知情的人見了，恐怕還真以為閔窈當初和他有過什麼呢……

第四十四章

然而蕭文逸不知道的是，現在站在他面前的，正是前世被他和閔玉鶯坑到氣死的閔窈，是在前世被他的虛情假意蒙蔽了雙眼的閔窈，也是在這一世看透他和閔玉鶯的詭計，決定遠離他們好好過自己日子的閔窈。

「蕭文逸，我與你並沒有婚約，我要嫁誰也與你無關。如果因為我嫁了秦王讓你不舒服，那這事和閔盛無關，你放了他，有什麼衝我來就好了！」

「放了他？妳想得美！」

看著閔窈眼中的冷意，蕭文逸獰笑道：「這條你們閔家養的狗，剛才在光明殿偷聽殿下與聖上說話，被士兵發現後就屁滾尿流地要去秦王府報信，這不是明擺著要壞太子殿下的好事嗎？妳覺得我會留他的狗命？」

他說完，桃花眼中頓時冒出一陣刺骨的殺意，拔出身上的佩劍就往身後的閔盛一劍刺去！

「啊——」

「不要！盛哥哥！」

閔盛慘呼一聲，半個身子立時被鮮紅的血染透，他半垂著眼，遙遙望著閔窈的方向，氣若游絲。「窈兒……快跑……快……」話沒說完，他身子一軟，竟是昏死過去。

「盛哥哥！」閔窈兩眼血紅，一雙手緊緊抓著薛夫人的肩頭，青白的關節處止不住憤怒地顫動著。「蕭文逸，我不會放過你的！我一定要去皇上面前告發你，我一定會讓你為今天的事付出代價！」

「告發我？好好好，妳儘管去！來人，把這淫亂王府的潑婦抓起來！」

「混帳，你說什麼?!大膽！你們誰敢碰我！放開我！蕭文逸你敢以下犯上?!」

三、五個銀甲士兵很快上前將閔窈和薛夫人分別抓起來，薛夫人被制住無法動彈，只能眼睜睜地看著閔窈被人架到蕭文逸跟前。

「美人兒，沒想到妳有了身孕後反而更加勾人了……」

蕭文逸伸手擰住閔窈的下巴，虛情假意道：「可惜呀，妳肚子裡懷的是個野種，太子殿下愛弟心切，自然要幫秦王清理一下後院。等會兒到了光明殿，殿下就會當著聖上的面，親手打落這小野種，以維護皇家血統的高貴純正……嘖嘖，可憐的美人兒，一想到妳就快要死了，我這心裡就好難受呀！」

「呸！你休要在這兒胡言亂語、血口噴人！」聽他誣衊自己腹中的孩子，閔窈立即怒不可遏道：「我腹中的孩子是秦王的親骨肉、是大昭皇室的嫡系血脈！你對這孩子有不軌之心，就不怕聖上砍了你的腦袋！」

「秦王的親骨肉？妳怎麼證明？」蕭文逸無恥地笑道：「全大昭的人都知道秦王是個傻

子，他知道怎麼睡妳嗎？這孩子分明就是妳偷人才有的！是妳想魚目混珠，想要和東宮爭皇長孫的名分！妳這賤人，還想讓聖上砍我的頭？哈哈哈哈哈……哈哈哈……」

「你笑什麼?!」

「你還指望聖上來為妳主持公道？哈哈哈，真是天真啊！」蕭文逸目光陰毒地盯著閔窈的臉，歪嘴笑道：「看來妳還不知道，自妳被人接出秦王府的那刻起，東宮的三千影衛已經將秦王府包圍得水泄不通，呵呵，只怕此時此刻，妳那傻子夫君早被人剁成一堆肉醬！哦，還有聖上那邊妳也不用指望了，宮中的三衛現在都是我們的人。昨晚殿下親自送了一碗砒霜參茶進去，現在聖上已經快不行了，就等著明日殿下登基……啊！」

話沒說完，蕭文逸的手忽然離開閔窈的下巴，整個人毫無防備，一個踉蹌，差點就在地上摔了個狗吃屎。

「誰？他娘的，剛才誰推的老子?!」

「是本公主！」

蕭文逸穩住身形回頭，只見華城公主不知什麼時候出現在他的身後，此時正兩手扠腰，滿面怒容地看著他道：「蕭文逸，你吃了熊心豹子膽，居然聯合皇兄造我父皇的反，還膽敢謀害我父皇?!我、我跟你拚了！」

「……公、公主？妳怎麼進宮來了？」一見華城正怒氣沖沖地瞪著自己，蕭文逸兩個眼睛頓時睜得跟燈籠一樣。「我昨晚出門的時候不是跟妳說了，讓妳和祖母好好在府中待著別亂跑的嗎？」

「哼！我還以為你這陣子三天兩頭不著家是做什麼大事去了呢！要不是我早上心血來潮，進宮來看母后……沒想到你這狼心狗肺的東西，父皇對你這麼好，你居然要跟著皇兄一起造反！」

華城氣得直哆嗦，想也不想，就揮手朝蕭文逸臉上狠狠甩了一個巴掌。

蕭文逸被華城盛怒下的耳光給甩得整個身子都跟著晃了晃，等他穩住身形後，白淨的左臉上已然印上一個扎眼的紅掌印。

「妳……妳這悍婦！」

沒想到會在一群手下面前被自己女人打，蕭文逸覺得他今天真是要下不來臺了。這讓他不由又想起，華城自嫁到他蕭家後就仗著自己公主的身分，整天對他呼來喝去。

蕭文逸心中對華城積怨已久，再加上從昨晚跟著太子的謀反行動到現在，整整一夜沒合眼，身體上的疲倦和心中的緊張都已經瀕臨他所能承受的極限。而華城剛才那一巴掌，正如同壓垮駱駝的最後一根稻草那般，徹底將蕭文逸激怒了。

「賤人，我忍妳很久了！」蕭文逸目露凶光，對著華城反手就是一巴掌。

「啊——」

男人的力氣畢竟比女人大，蕭文逸這一巴掌下去，就聽見華城痛叫一聲，隨即整個人都被他摜到了地上。

「蕭文逸！你……你竟然敢打我？你竟然敢對我動手?!反了！你真是造反了！」

從小就是被皇帝捧在手心的金枝玉葉，華城長這麼大，還沒有人敢隨意動過她一根手指頭。今日是第一次挨打，還因為蕭文逸這一巴掌，半張臉都迅速腫了起來，華城氣得簡直要發狂，只覺得受到了生平最大的侮辱。

「蕭文逸，我跟你拚了！」

華城嘴裡發出一聲怒吼，哭嚎著便往蕭文逸身上撲去。她此時面目猙獰，披頭散髮，完全沒了身為公主的尊貴模樣。一把逮住蕭文逸後，華城五指成爪，猛地就往蕭文逸那張小白臉上胡亂狠撓而去，凶殘瘋狂的模樣，幾乎要比鄉間那些粗鄙撒野的村婦還要恐怖幾分。

「啊！妳瘋了！快撒手，我的臉……」

蕭文逸被華城撓得連連後退，倒不是因為他打不過華城，而是因為剛才衝動打了華城一巴掌後他就後悔了。畢竟不論太子造反成功與否，華城始終都是大昭的嫡公主，憑著皇帝和太子對華城的寵愛，無論是哪個知道他動手打了華城，蕭文逸都不會有好果子吃。

想到這一點，衝動之後的蕭文逸立刻就在心裡後怕起來，直怪自己剛才為什麼不忍一忍？逞一時之快，倒把自己陷入了非常不利的境地……

所以這會兒面對華城的狂怒，蕭文逸哪裡還敢還手？只能不住地拿手抱著頭，任由華城對自己又撓又打的，只希望能平息華城的怒火。

「怎麼，剛才不是很有男子氣概嗎？又慫了？」

見蕭文逸被自己打得逼到宮道角落裡一聲不吭，華城心中還是覺得窩火，抬起腿，狠狠地踢了蕭文逸後背幾腳，這才兩手扠腰，喘著氣停了下來。

「喂！你們幾個，快把我三嫂給放了！」華城回過頭，一邊隨手整理自己凌亂的髮髻，一邊對抓著閔窈的那兩個銀甲士兵指手畫腳。「我三嫂可是懷著身孕，要是有個什麼閃失，誅了你們九族都賠不起！」

「華城妹妹……」閔窈沒料到華城會出手救她，一雙杏眼中霎時有些感動。

然而就在她邊上兩個銀甲士兵猶豫地鬆開手之際，縮在角落裡的蕭文逸忽然站起身來，向那兩個士兵大喝道：「不准放！趕緊把她押到太子殿下那裡去！」

「蕭文逸！你想幹麼？我命令你，現在就放了我三嫂！」

「公主，男人在做大事，妳婦道人家不懂！還是快去坤儀宮妳母后那兒好好待著，等我忙完了，就親自過去給妳賠罪好不好？」

「不好！你和皇兄那樣對父皇，現在又把三嫂抓過去……你們、你們究竟想做什麼?!」

「跟妳說妳也不清楚，不要礙事了！」

蕭文逸用盡最大的耐心哄了華城幾句，然而兩人剛剛才互相搧過巴掌，華城心中對他生了芥蒂，自然沒有以前那麼好哄。眼見著蕭文逸起身就要往閔窈和薛夫人跟前走去，華城一急，從蕭文逸身後縱身一下將他撲倒在地。

「三嫂，快跑啊！」

華城年初才剛做了母親，深知一個女人十月懷胎的不易。她為人雖然霸道嬌蠻，可是本性赤純良善，最見不得那些汙穢骯髒之事。知道蕭文逸終歸不敢對自己怎麼樣，也怕蕭文逸跟著皇兄走上一條不歸路，所以華城才拚了全身力氣去阻止蕭文逸再做壞事。

「你們兩個！本公主的話都不聽，是不是活膩了?!」

見那四、五個銀甲士兵還在那兒發愣地抓著閔窈和薛夫人，華城坐在蕭文逸的後背上，一邊用自己全身重量使勁壓著蕭文逸的掙扎，一邊急吼吼地衝著士兵們大喝道：「還不快放手！一個個是不是都想誅九族啊?!」

銀甲士兵們一聽，互相看了一眼，終於在華城的怒視下，哆哆嗦嗦地放開閔窈和薛夫人。

「華城妹妹，多謝！」

「三嫂不要多說了，快走！」

華城說完這話的時候，她屁股底下的蕭文逸急得不住翻騰。薛夫人怕蕭文逸起來後又要指使人抓閔窈，忙攙著閔窈，與華城欠了欠身子，然後兩人就往宮道外邊走去。

「娘娘！快！」

「薛夫人，宮門已經全部關了，我們去哪兒？」

「去太后那裡，或許能躲一躲。」

閔窈被薛夫人帶得腳下翻飛，一手護著大肚子，一手緊緊拉著薛夫人的手往宮道外跑去。

兩人跑了幾十步，眼看著就快要出了這條宮道，不想這時她們身後的蕭文逸已經擺脫華城的糾纏，帶著一群銀甲士兵從後頭追了上來。

薛夫人往後一看，立時臉色慘白。「娘娘！他們、他們又追上來了！」

出了這條宮道，與錢太后的慶祥宮還有很遠的一段距離……剛才蕭文逸也說了，宮中的三衛現在都是他們的人，就算閔窈和薛夫人能跑出這條宮道，外面等著她們的顯然是凶多吉少。

「這可如何是好啊……」

蕭文逸帶著人很快就圍住她們，閔窈拉著滿臉絕望的薛夫人，心中也是覺得無望，不過不到最後一刻，她怎麼都不甘心就這樣讓蕭文逸把她抓走。

「雲十九！雲十九！雲十九——」

拚著最後一絲力氣，閔窈想起最後一絲希望，聲嘶力竭地朝宮道的上空大喊三聲。

雲十九……他說過，只要她這樣大喊他的名字，他就會出現的……

「哈哈哈——哈哈哈……」

看著閔窈在自己面前垂死掙扎的樣子，蕭文逸只覺得好笑，不禁開口嘲弄。「秦王妃，妳還指望妳那個侍衛能來救妳？呵呵，真是不見棺材不掉淚啊！現在宮門各處城牆上都列滿了弓箭手，就算一隻蒼蠅都飛不進來，只要有人一靠近宮門口，就會被萬箭穿心而死！」

「雲十九……不，王爺……孩子，我的孩子……」

「來人，快把她抓起來！」

正當閔窈心灰意冷地呢喃之際，宮道圍牆上忽然響起一道熟悉的低沈聲音。「亂臣賊子，來人，將這犯上作亂之人速速拿下！」

「誰？誰在上面說話？」

聽到宮道圍牆上傳來說話聲，蕭文逸有些慌了神，抬頭往上一看，只見一團耀眼的白從半空中翩然朝他們這邊飄落下來。頎長俊逸的身姿，繡著祥雲圖案、飛舞的衣角，還有臉部萬年不變戴著的銀絲面具……

「啊，雲十九！」看到他的身影，閔窈只覺得自己的心跳在此刻都激動得漏跳一拍。

「對不起，我來晚了。」

雲十九輕輕降落到閔窈身前，高大的身軀像是一座小山般牢牢地將閔窈護在身後，他微微揚首，朝蕭文逸身後的一排銀甲士兵低喝道：「怎麼，難道我剛才的話說得不夠清楚嗎？你們幾個愣著幹麼，還不速速將這逆賊拿下！」

「是！」

還沒等蕭文逸自雲十九從天而降的巨大震驚中緩過神來，他身後的那一排銀甲士兵已經齊刷刷地扯了身上的銀甲衣，紛紛露出裡面刻著祥雲圖案的淡黃色鎖子甲來。

「不可能、不可能……啊！你們……你們這是……」

蕭文逸回頭一看，只見他那些銀甲士兵中，有半數以上的人都變成了金甲士兵，而剩下的那些銀甲士兵，已經被變裝完畢的金甲士兵一個個手起刀落，以迅雷不及掩耳之勢，全部當場剿滅了。

「不要、不要殺我啊！我是被逼的！是太子，是太子殿下逼我的！」

一個金甲士兵把蕭文逸逼到角落，他瑟瑟發抖，看著金甲士兵滿臉煞氣地揚起手上的大刀，用刀背在他頭盔上狠命一敲。蕭文逸大喊一聲，兩眼一翻，就地嚇昏了過去。

狹窄的宮道上一時間血流成河。

「不要看，會嚇到孩子的。」

雲十九摀住閔窈的眼睛，示意邊上一個金甲士兵去護衛薛夫人後，便帶著她縱身飛上皇宮的上空。耳邊傳來一陣呼呼的風聲，等那風聲停下之後，兩人已經穩穩地落在慶祥宮的門口。

「娘娘先進去躲一躲。」

「雲十九！你不要管我，快去救王爺，快去救王爺啊！他現在很危險！」

想到蕭文逸說東宮的三千影衛包圍了秦王府，閔窈也不顧得什麼男女大防了，滿心焦慮地拉住雲十九的胳膊，語氣裡全是祈求的味道。

雲十九聞言，渾身僵了僵。

「雲十九，你就把我放在這裡吧！我自己會找個地方躲起來的，你快去救王爺……你快去……」

閔窈拉著雲十九滿眼焦灼，一想到東方玹這時候極有可能在秦王府被害，她的心臟處便傳來一陣陣劇烈的絞痛。她眼前突然一黯，整個人便抱著肚子，軟軟地往地上倒去。

第四十五章

閔窈醒來的時候，外面的天已經黑了。

甘泉殿裡燈火通明，閔窈緩緩從床上坐起身來，邊上人影一閃，只見秋月快速奔到閔窈跟前，看著她，一臉驚喜地低呼道：「娘娘，您醒啦！」

「娘娘醒啦？太好了！秋月妳在這裡看著，我馬上去前頭告訴薛夫人！」秋畫咋咋呼呼的聲音在寢殿外頭響起來，緊接著，一陣急匆匆的腳步聲過後，外頭又安靜下來。

「娘娘，您要起身嗎？要不要奴婢扶著您？」

「秋月，這裡是哪裡……」

「娘娘，這裡是太后宮中的甘泉殿啊。」

聽到秋月篤定的回答，閔窈伸手在自己滾圓的肚子上撫了幾下，腦海裡紛亂的思緒終於慢慢變得清晰起來。

「甘泉殿？秋月，妳和秋畫怎麼會在這裡？」每次進宮她都不帶秋月、秋畫來的，而且今天她不是和薛夫人一起來的嗎？

一想到薛夫人，早上在宮門口驚心動魄的一幕幕頓時在她腦中閃過，閔窈的心一下子被揪了起來，忙拉住秋月，慌亂地說道：「王爺……秋月，王爺呢？我聽蕭文逸說，太子派了好多人包圍王府，王爺他現在在哪裡？王爺……」

「娘娘不要擔心，王爺沒事。」

「真的？妳說的是真的？」看著秋月淡然的樣子，閔窈還有些不相信，急急地從床上爬起來，扯著秋月的手道：「他現在在哪裡？還有薛夫人，我剛才似乎聽見秋畫說到薛夫人，她還好嗎？」

「王爺正在光明殿陪陛下處理事務，娘娘您別著急，現在東宮的叛軍已經被禁衛軍全部鎮壓了，王爺安然無恙，薛夫人也沒事。」秋月看著自家娘娘滿臉都是驚嚇過度的可憐樣，忍不住伸手摟住閔窈的胳膊，心疼道：「娘娘，那些可怕的事情都已經過去了。」

「王爺沒事就好……」看秋月的樣子不像在說謊，閔窈本來懸在嗓子眼的那顆心總算慢慢地放了下來。

「娘娘，今天您可以說是因禍得福了，您知不知道……」

秋月見閔窈面上放鬆了不少，立刻就想把好消息告訴閔窈，然而她說到一半，閔窈忽然又有些不安起來。「他性子和孩童一樣，怎麼能幫陛下處理事務呢？秋月，妳這消息是從哪裡聽來的？」

「哎呀，娘娘，奴婢剛才就想和您說這事來著……」

「娘娘，奴家看您來了！」

秋月正要再度開口的時候，沒想到寢殿門口又跑進來一個薛夫人……她不由無奈地笑了一下，知道今日這報喜的頭功是輪不到她來了。

「娘娘啊，咱們王爺大好啦！」果然，薛夫人一進來，就衝著閔窈喜孜孜道：「真是老天有眼啊！王爺他好了、王爺他好了啊！」

「什麼好了？」

閔窈被薛夫人的心花怒放搞得一頭霧水，畢竟早上兩人在宮中四處逃竄的驚恐一幕還深深地刻在閔窈的腦海中，現在她看到薛夫人滿臉歡欣，感覺差別實在太大了。不過，看薛夫人高興成這樣，一定不是什麼壞事吧？

「哎呀！看來咱們娘娘是高興得糊塗了。」

薛夫人回頭和秋月笑著說了一句，秋月忙到閔窈邊上跟她解釋。「娘娘，薛夫人是在跟您說，王爺的病已經完全好了。今日宮中主持鎮壓東宮叛軍的人，就是咱們王爺。娘娘大喜，奴婢恭喜娘娘，賀喜娘娘！」

「何止是大喜？娘娘經歷一番驚險，母子平安，簡直就是萬幸啊！」薛夫人目光爍爍地望著閔窈的大肚子，歡快道：「當時那樣艱險的時刻還能帶著王爺的骨肉全身而退，實在是祖宗庇佑、老天關照！等再過幾個月娘娘誕下麟兒，這又是一大喜啊……」

「他好了?!」怎麼突然就好了？之前可是一點徵兆都沒有啊！

「哎呀娘娘，那還不都是茅大人醫術高明，不愧是神醫啊！」

「娘娘怎麼不說話了？是不是高興得說不出話來了……」

薛夫人和秋月還在邊上樂呵呵地說著什麼，閔窈這時候已經完全聽不見了。此刻她腦子就是秋月那一句「王爺的病已經完全好了」，這句話在耳邊反反覆覆地迴蕩著，惹得閔窈心跳加快，手心裡瞬間就冒出許多熱汗來，說不出是欣喜還是慌亂，就是感覺待不住了。

「王爺他在光明殿？」過了良久，閔窈才燥著嗓子問出這樣一句話來。

「是啊！娘娘，王爺現在正在陛下身邊……哎，娘娘，您這是要做什麼？」

「娘娘？」

看到閔窈下了床，挺著個大肚子就要往寢殿外走去，薛夫人和秋月忙上去拉住閔窈。

「秋月，快放開我，我要去看王爺。」雖然薛夫人和秋月都說東方玹沒事了，可是沒有親眼看到他，閔窈覺得自己的心始終沒辦法安穩下來。

「娘娘，您這才剛醒，外面夜風涼。而且王爺傍晚的時候還特地派人傳話，說讓您醒了之後哪兒都別去，就在這寢殿裡等著他。」

「可是我現在好想見他，秋月，我們偷偷地去，讓我看一眼就回來好不好？」

「娘娘，您這不是為難奴婢嗎？」

「秋月姑娘，咱們不如陪著娘娘去一趟吧！」

薛夫人看出來了，閔窈這是要親眼看到東方玹沒事，她心裡才會踏實。

她們這個秦王妃雖然平日看著溫溫婉婉的，對王府裡的人都是很好說話的樣子，可是薛夫人知道，閔窈骨子裡透著一股淡淡的武家女子的堅韌，就像是她的姨母蘭妃，一旦做出了決定或者認定了某人，就必定會義無反顧。

正是因為這股子堅韌，閔窈才會在認定了東方玹之後願意用性命去護著他，才會在落入叛軍手中的時候不輕言放棄，撐到最後一刻，終於等到雲十九前來相救。

「夜裡外頭涼，娘娘現在是雙身子，可得注意些。」

薛夫人嘴裡絮叨著，在寢殿裡的更衣間裡翻了翻，最後找出一件東方玹以前留在這裡的玄色獸紋金線錦毛邊披風來。眼下大亂初定，閔窈急著去看東方玹，也就顧不上什麼講究不講究的，只要披風能保暖，可以抵禦風寒就行。

當下乖乖讓薛夫人給自己披上東方玹的舊披風，正要往外趕，薛夫人卻又輕輕拉住閔窈，笑咪咪問道：「娘娘就這麼去見王爺？面上連脂粉都不施嗎？」

見薛夫人對著自己笑得曖昧，閔窈面上一紅，忽然想起她這是第一次見到痊癒後的東方玹，而且還是在光明殿那樣的地方，要是就這麼邋邋遢遢地去，未免有些不妥。

於是又命秋月從蘭妃處拿了些脂粉過來，抹了一層雪膚膏，又撲了薄薄的一層脂粉，描了眉，抿了口脂，最後連髮髻都重新梳理一下。

薛夫人和秋月拿著銅鏡給閔窈左照右照，兩人臉上都露出滿意的神色來。自從周老太醫給閔窈調理身子後，閔窈的氣色一向很好，如今上了個淡妝，越發顯得唇紅齒白，嬌美可人了。

「好了，咱們可以去光明殿了！」

閔窈在薛夫人和秋月的攙扶下出了寢殿門，秋畫一聽閔窈幾個要去光明殿，也嚷嚷著跟了上來。

一行人熱鬧地出了錢太后的慶祥宮。

一路上閔窈聽薛夫人說，錢太后因為太子造反的事氣得一夜沒睡，下午東方玹過來哄了一陣後，錢太后才又驚又喜地歇下。而蘭妃聽說皇帝被太子下毒性命垂危，在慶祥宮解封的時候，就跑去皇帝身邊照顧著了。

平叛的聖旨下了之後，閔窈的舅舅蘭廣雲帶領一萬禁軍，大敗太子麾下多達三萬的烏合之眾。

另外，聽說還有江湖中一個神秘宗門派出大量高手協助禁軍平叛，才使得這場謀反得到堪稱神速的鎮壓。

太子兵敗如山倒，帶著宋小郎君企圖出宮逃往突厥，被禁軍將士們在宮門處生擒。而宋小郎君卻趁亂搶了太子的馬跑了，正應了那句「夫妻本是同林鳥，大難臨頭各自飛」……

這一天實在發生了太多事情，閔窈聽薛夫人說的時候，忽然才想起閔盛來。

「閔大人也算是命大了。」

薛夫人就像是個萬事通一樣，閔窈覺得什麼消息都能從她嘴裡得知。

當聽到閔盛被蕭文逸刺了幾刀都沒有傷到要害之後，閔窈心中吁了一口氣，心裡盤算著，等過幾天一定要親自登門探望他。只是閔盛對她的這份恩情，她怕是這輩子都還不清了……

心緒複雜地到了乾極宮門口，守門的禁衛軍見是秦王妃和薛夫人來了，忙開道放了閔窈等人進去。

一行人到了光明殿外，只見殿內燭火大盛，將整個大殿照耀得金碧輝煌，美輪美奐。可是，這殿中傳出來的聲音可就有些駭人了。

「啊——父皇饒命、父皇饒命！兒臣知道錯了！兒臣真的知道錯了！」

淒厲的慘叫從大殿中不斷傳來，閔窈只是在殿門外的窗櫺空隙往裡頭看了一眼，便看到大殿中央那張名貴的白羊毛波斯地毯的一角，此時已經完全被鮮血染成讓人觸目驚心的猩紅色。

一股濃重的血腥味從裡頭傳來，閔窈幾欲作嘔，還沒透過空隙尋到東方玹的身影，整個人已經受不了那味道，忙從窗櫺邊上退開來。

「啊！父皇饒命啊！饒命……」

殿中的慘叫似乎是太子的聲音，緊接著，閔窈就聽到她皇帝公公的聲音在裡面無比憤怒地響了起來。

「孽畜！朕怎麼會生了你這麼個孽畜出來?!」皇帝震顫的聲音中透著一股明顯的虛弱，時不時還夾雜著劇烈的咳嗽聲。「不忠不孝！弒父奪位！咳咳咳……連西疆三十六城的邊防圖都給了突厥人，你還有什麼不敢做的?!如今我大昭西疆二十一座城池已經被突厥人攻破，數百萬大昭子民和將士們處於水深火熱之中！咳咳咳……你可知，西疆一帶因為你的自私和愚蠢而生靈塗炭！」

話音剛落，一陣重重的擊打聲從裡頭傳出，伴隨著太子驚恐不斷的哭嚎，幾道詭異的哢嚓聲突兀地響起來，那似乎是骨頭斷裂的聲音。大殿中一片可怕的安靜，沒有人敢在這個時候上前阻止暴怒的皇帝，而太子的慘叫聲越來越弱，最後竟漸漸沒了聲響。

閔窈沒想到自己會撞上這樣血腥的一幕，因為孕中嗅覺特別靈敏，所以殿中漫出的那股鐵鏽般的味道，讓她的脾胃禁不住一陣翻騰。

「娘娘！」薛夫人見閔窈皺著眉頭身子一晃，整個人差點就摔倒在地上，她嚇得差點魂飛魄散，慌忙上前將閔窈扶住，壓低聲音，著急地問閔窈。「娘娘，您這是怎麼了？」

「薛嬤嬤，裡面、裡面……」

走近閔窈身旁，薛夫人也略微聞到一些血腥味，見閔窈面色蒼白，她伸長脖子往殿外窗櫺的空隙中一瞧，登時也變了臉色。

「娘娘，看來咱們來得不是時候。」

薛夫人畢竟是宮裡出來的人，早就見識過天家許多難以示人的事，她正想勸閔窈回去，忽然一道頎長的身影從殿內閃了出來。

待看清來人，薛夫人忙帶著兩個丫頭退避下去。

「王爺……」

閔窈看著東方玹緩緩朝自己走來，此刻他穿著一身淡黃的明光鎧，殿中透出的燭光打在片片冰冷鋥亮的鎧甲上，反射出一片耀眼的金光，而他就在那片金色的光芒中，一步一步地走到她的跟前。

「窈兒。」東方玹先是伸手在她臉上輕輕摸了一下，俊美的容顏上是閔窈從未見過的正經。「明日一早我要代父皇出征西疆，妳好好養胎，在府中等我回來。」

「出征？」閔窈還沒有從她家呆王一下子變成正常男人的震驚中適應過來，東方玹卻又告訴她，他明天就要去打仗了?!

「是的，我會儘量早點回來。」

「可是王爺……」

「別擔心，我不會有事。」

隔著一層冰涼堅硬的鎧甲，東方玹小心翼翼地抱了下閔窈，閔窈一時之間不知道說什麼好？

「王爺、王爺！陛下傳您進來！」

宦官小心翼翼的聲音從殿門口傳過來，東方玹放開閔窈，在她額頭上親了一下，就轉身往殿中走去。

王爺……

閔窈望著他英姿勃發的背影，心中無聲地喊了一句。她不知道是怎麼了，早上他還是那個抱著自己甜糯撒嬌的大孩子，怎麼一天的工夫，就發生了翻天覆地的變化？他不是才剛剛恢復嗎，怎麼就要去打仗？

杏眼中淚水漣漣，這會兒閔窈也不知道，自己是高興還是擔憂了。

「窈兒！」正當閔窈扶著臺階上的白玉石欄杆默默擦淚之際，東方玹忽然又跑回來。

「王爺，陛下不是找你嗎？」閔窈雙眼通紅地問他。

「也不是什麼要緊的事。」

東方玹微微喘著氣，捧住閔窈的臉，伸手揩去她晶瑩的淚珠，修長的丹鳳眼中滿是疼惜。他看著看著，終於忍不住低下頭，捉住了閔窈顫抖的唇。

邊上有薛夫人和秋月、秋畫，還有一群站崗的衛士，雖然兩人是在臺階的角落，有夜幕的遮擋，可是閔窈怎麼都沒有想到，這傢伙會這麼大膽！

她掙扎了幾下，生怕被人發現，可是東方玹卻牢牢地制住了閔窈。

先是淺嘗，然後就是霸道的糾纏……

約半刻鐘後，他才心滿意足地放開閔窈，在她耳邊喘著氣低聲道：「這回是真的走了，妳在府裡等著我，不准亂跑，還有，雲十九我帶走了，有事就找雲一他們，知道了嗎？」

第四十六章

當晚，閔窈乘著馬車，在祥雲十八衛的護送下很快回到了秦王府。

大概是因為白天昏睡過的緣故，這一夜，閔窈一個人在寢房的大床上翻來覆去，迷迷糊糊的卻始終睡不著。

自從她和東方玹成親以來，兩人就沒有分開過，藉著房中夜明珠的瑩白色光輝，閔窈看著床榻外空空如也的那塊地方，心裡也空落落的，只覺得好不習慣。

輾轉到了天明，閔窈起了個大早，本想帶著秋月、秋畫去城門口看看她家王爺出發了沒有，卻被薛夫人告知，早在四更天的時候，東方玹已經和藺廣雲集結八十萬的援軍，往西疆去了。

眼看著閔窈的肚子還不到兩個月就要臨盆，接下來的日子裡，薛夫人簡直比閔窈本人還要緊張，不僅在膳食、補品方面精挑細看，連閔窈寢衣的料子她都要過問，力求在起居方面讓閔窈每一天都無憂無慮，舒坦愉悅。

一個月後，閔府派人前來向閔窈報喜，說是她母親藺氏昨夜平安生產，給她添了個弟弟。

聽到這個喜訊，閔窈真是打心底為母親感到高興。

閔方康原先膝下無子，柯姨娘去年生的那個庶子因在娘胎裡就不足，又被柯姨娘沒心腸地折騰，今年夏天就沒了，閔方康為此消沈了一陣。聽來報信的青環說，閔方康得知藺氏這回終於給他生了個兒子後，當時就在產房外喜極而泣。

對於她這個父親，閔窈當真有些無語。

藺氏懷孕期間，閔方康成天住在西院，和柯姨娘整日胡天胡地也就算了，可他竟然又順手把閔玉鶯的貼身丫鬟綠菊給收了房！也不知道柯姨娘是怎麼想的，聽說這事還是她牽的線，大概是看到藺氏身邊有個沈姨娘幫襯，柯姨娘也想讓綠菊來做她的左右手吧？

不過閔方康收了綠菊後，礙於藺氏尚在孕中，又忌憚閔窈，最後也沒有抬舉綠菊為姨娘，只是讓她做個通房。

現在閔家後院裡，除了藺氏這個正妻外，已經有兩個姨娘、一個通房。閔方康沾了王爺女婿的光升官之後，心也越來越野，明顯不在藺氏身上了。

不過現在藺氏為閔家誕下嫡子，她娘家近年也正復起，女兒又是秦王妃，這主母的位置算是穩如泰山，也堵住了閔家族中一些長舌婦的碎嘴。

閔窈想著想著，不禁心情大好，執意要回娘家去看藺氏的月子。薛夫人拗她不過，只好派人趕緊備上厚禮。

考慮到秋月、秋畫畢竟是未經人事的姑娘家，兩個丫頭照顧閔窈這個孕婦時，難免會有不周全的地方，薛夫人思來想去，最終決定還是親自跟著閔窈去一趟。

一群人聲勢浩大地簇擁著閔窈到了閔府，料想閔窈和蘭氏許久未見，一定有很多話說，而且周圍護衛安全，薛夫人稍稍放下心來，主動帶領眾僕從去堂屋歇息。

「母親！」

薛夫人一行人走後，房中只剩下閔窈和蘭氏兩人。看著床上面色還有些憔悴的蘭氏，閔窈扶著自己的大肚子坐到她身邊，滿眼心疼地摸著蘭氏的臉道：「母親還痛嗎？累不累？要不要再睡一會兒？」

「阿娘不累，昨晚半夜生的這小子，順產沒吃苦頭。生完之後，阿娘還睡了一覺，剛醒來不久就聽說妳要來。」蘭氏望著床榻裡面剛出世的小兒子，又瞧瞧挺著肚子來看她的閔窈，面上帶著幾許滿足的笑意，嘴上卻是責怪女兒。「妳這孩子，自己身子不方便，幹麼還興師動眾地來看阿娘？也不知道忌諱。」

「忌諱什麼，我是回家看我母親，又不是去別人家。」在蘭氏跟前，閔窈不由自主地就露出孩子氣的一面，噘嘴嬌憨道：「您是我母親，這能一樣嗎？」

說起來，蘭氏孕中也沒和閔窈見過幾次，母女倆數月未見，都對彼此記掛得緊。當下一番家長裡短的碎碎唸之後，閔窈得知她這弟弟已經被閔父取了個大名，叫做閔承澤。

「本來妳父親想給這小子取名為閔承宗的，不過阿娘覺得這名字取得太大了不好，早上找了族中長輩商議，最後定了，就叫承澤，希望他長大後能繼承家業，過安康潤澤的日子。」

「承澤……這名字不錯，寓意也好。」閔窈看著繈褓中的弟弟，只見這小子渾身皺巴巴、紅粉粉，此刻連眼睛都沒睜開，像是個小老頭，她忍不住問藺氏。「阿娘，弟弟怎麼……這樣的呀？上回我看窕兒妹妹倒是白白嫩嫩，而他這也太……」

唉，太醜了！這句話閔窈沒好意思說出來，只是皺著眉頭看著自己的醜弟弟。

母親面容姣好，父親算不上俊朗，也算得上白皙清秀吧？怎麼兩人生出來的兒子，竟然是這副樣子？

「傻窈兒，妳弟弟昨夜才出生，還沒長開呢！」藺氏一看女兒的眼神就知道她在想什麼，哭笑不得道：「先前妳來看窕兒那會兒，她已經長開不少。孩子們剛出生的時候都是這模樣的，妳還別不信，就連妳自己剛被阿娘生出來的時候，也是這麼皺巴巴的呢！」

「啊？」閔窈聞言震驚了。她活了兩世，還是第一次見到剛出生不久的嬰兒。

前世閔玉鶯和蕭文逸一個接一個地生，她羨慕嫉妒恨，一次都沒去看過閔玉鶯的孩子。而蕭文逸在前世連碰都不屑碰她一下，閔窈沒有孩子，自然也沒機會見識嬰兒剛出生的樣子了。

沒想到，嬰兒剛出生時是這樣的……

閔窈下意識摸了摸自己的大肚子，腦海中不由自主就蹦出一個皺巴巴的、縮小成嬰兒大小的東方玹。呃，等她和東方玹的孩子出生後，會是她想的這個樣子嗎？

不要不要！縮小後皺巴巴的東方玹，傻中帶醜，太奇怪了！還有點可笑……

想著想著，她忍不住噗哧一聲就笑了出來。

「妳這孩子，突然傻乎乎的笑什麼呢？」

「啊，沒事沒事，就是突然想到王爺他……嘻嘻。」

「對了，一說到王爺，阿娘到現在還不敢相信，他是真的好了？」蘭氏一臉極度好奇的樣子。「聽你父親說，王爺和妳舅舅去西疆打仗。他這才剛好，怎麼聖上突然就派他去呢？再說那孩子斯斯文文的，他會打仗嗎？」

「這個，其實女兒也不知道。」閔窈低下頭，想著東方玹那晚穿著明光鎧威風凜凜、氣勢不凡的樣子，倒是有那麼一股戰神的味道。

可是這傢伙從九歲那年受傷之後，不是就一直像個孩童般，過著每天吃喝玩樂睡的歡樂日子嗎？之前也沒聽薛夫人提起他唸書習武之類的事。唉！他荒廢了十幾年，應該是什麼都不會的吧？如今西疆與洛京相隔萬里，自己又不在他身邊，要是他在那邊被人欺負了，該如何是好呢？

「王爺病了這麼多年能好轉，除了茅大人醫術高超外，冥冥中定是有神靈在照拂著的。」蘭氏見閔窈面上露出擔憂的神色，忙安慰女兒道：「窈兒別擔心，王爺肯定會平安歸來。再說了，有妳舅舅在他身邊，必然能護他周全。」

「嗯，母親說得是。」閔窈點點頭，心想除了舅舅在，雲十九不是被她家王爺帶去了嗎？雖然雲十九這人有時候挺不可靠的，但是他武藝高強，保護王爺的安全應該是不成問題。

想到這裡，閔窈略微放心了一些，一雙溫潤的杏眼往床榻裡頭張望。「咦，母親，小窕兒呢？」

「哦，小窕兒最近快學會走路了，還會叫爹娘呢！不過她嘴裡老是咿咿呀呀的，妳父親怕她吵到阿娘，就讓乳母帶走了。」

藺氏去年春天生下閔窕，現在閔窈這小妹妹也不過不到兩歲，這麼小就離開母親跟著乳母過日子，也是怪可憐的。

閔窈也挺想小窕兒的，笑咪咪道：「我這做姊姊的許久沒回來，小窕兒怕是早把我的模樣給忘記了。不行，我待會兒要去看看她，教她喊我姊姊。」

「好好好，就在西廂房那邊，等會兒讓青環帶妳去。」藺氏寵溺地看著大女兒，低聲緩緩道：「窈兒啊，阿娘聽妳父親說，如今王爺大好了，等他從西疆回來，極有可能……這朝堂上會發生一些變動。阿娘知道妳這孩子心性單純，以後說話、做事更要小心謹慎，別衝動，記得凡事自己長點心眼，三思而行，知道嗎？」

「母親放心，我知道的。」

自太子進了天牢關押待審，皇后被禁足後，閔窈沒發現還有誰在這個時候針對他們秦王府的。

經過上月一場驚變，皇帝龍體違和，身邊是蘭妃和茅神醫在守著，閔窈前幾日還去宮裡探望，見皇帝的面色很不好。

而慶祥宮的錢太后也是鳳體欠安，閔窈被李尚宮帶去拜見之後，錢太后怕過了病氣給她，隔著一道帷帳囑咐閔窈回府好好養胎，沒事別過來看她了。

如今閔窈腹中的胎兒已經有九個月，臨盆在即，她身上也懶得很，要不是蘭氏生產，閔窈今天是絕對不會出王府大門的。

閔窈一邊替蘭氏掖了掖薄被，一邊說：「雖然現在天熱，但阿娘產後正是體虛的時候，仔細見了風。您就好好坐月子，這一陣家裡的事交給青環和沈姨娘去做，少操勞些，好好養身體。」

「瞧瞧，果然是快要當娘的人，這次回來倒是比以往更體貼了。」蘭氏半躺在床上，笑呵呵地任由閔窈給她弄被子，這時忽然想起什麼，微微皺著眉頭道：「不過，最近還真有件事，阿娘這裡拿不下主意……」

閔窈問道：「什麼事？」

「是關於玉鶯的。妳也知道她今年十七，早就該說親了，這兩年妳父親官場得意，咱家又出了妳這個王妃娘娘，不少人家就想和咱們家攀親事，想要求娶玉鶯。」

蘭氏說到這兒，面上露出為難的神色，畢竟閔窈之前已經告訴她閔玉鶯和蕭文逸的那些骯髒事。

「上個月又有人託媒人到阿娘這裡來說親，阿娘是左右下不了決斷，要是給她說親事的話，就怕到時候紙包不住火，惹出禍事；可要是不說，玉鶯的年紀也不小了，這麼一直拖著成了老姑娘，指不定街坊四鄰要說阿娘這個做主母的苛待庶女呢！阿娘想來想去，還是覺得讓她去蕭家好，可是聽聞蕭駙馬很是懼內，恐怕……」

「母親，您就別管了。醜事是她自己做出來的，憑什麼讓您替她操心？」閔窈見藺氏還在為閔玉鶯的親事操勞盤算，心裡就老大不爽。「以後要是有說親的來，您就讓媒婆們跑西院和柯姨娘說去。街坊鄰里嘴碎就嘴碎吧，反正咱們身正不怕影子斜，要擔驚受怕，也該是閔玉鶯和柯姨娘擔心受怕去。您居然還想讓她去蕭家？唉，母親您是不知道華城公主的性子，那是絕對容不下她的！」

況且，東宮謀反一事，蕭文逸也有參與，還差點害了閔窈腹中的孩子。要不是華城在關鍵時刻拖住了他，並且後來在皇帝面前替他極力求情，恐怕蕭文逸這會兒早就和太子在天牢團聚了。

蕭文逸仗著皇帝對華城的寵愛逃過一劫，宮變後只是被免去御史大夫的官職，他現在供著華城公主都來不及，怎麼可能還會自尋死路，把閔玉鶯接進蕭家呢？

「阿娘怎麼能不管呢？要是她的事情敗露，丟臉的只會是閔家和窈兒妳啊！」藺氏憂愁道：「妳現在是天家的媳婦，要是娘家出醜，妳在宮裡也抬不起頭做人……」

「不會的，王爺現在大好了，女兒的頭只會越抬越高。再說，要是真的敗露，丟人的只會是她們自己，關咱們什麼事？」

閔窈看藺氏還是有些擔心的樣子，乾脆說道：「不管怎麼說，您這會兒是在月子裡，要是不好好養著，以後受罪的可是您自己。實在不行，您讓父親來處理就好了。」

「啊？這種事要是讓妳父親知道了，他可不得大發雷霆啊？」

「發就發吧，這也是沒辦法的事。」

閔窈暗戳戳地想，父親不是很喜歡閔玉鶯嗎？不管是前世還是今生，他都一直覺得閔玉鶯是知書達禮、品行端莊的好女兒，經常當眾誇閔玉鶯。等他知道了閔玉鶯的那些事，被狠狠打臉的滋味一定很酸爽。

「母親，女兒越想，越覺得這事交給父親處理最妥善不過了。」閔窈一拍大腿，頓時由內而外都透著一股想看好戲的期待模樣。「母親您就快別發愁了，好好坐您的月子，這事就交給女兒吧！」

閔玉鶯的事情，還是讓人慢慢捅給父親比較好，如果讓母親去說的話，被柯姨娘反咬一口什麼的就噁心了。

母女倆繞過這不愉快的話題，又親熱地說了些體己話。

到了午飯時間，閔窈陪藺氏吃廚房給她母親月子專供的金針土雞薑絲麵片湯。那土雞是閔窈外祖母劉氏鄉下的親戚送來的，肉質嫩滑彈口，閔窈差點被那雞湯鮮得掉了舌頭，一口氣喝了兩碗。

第四十七章

飯後藺氏睏意上來睡著了，閔窈命秋月留下替她看護藺氏，自己帶著秋畫和幾個家丁拿了許多禮品，搖搖晃晃往東廂房去了。

方才藺氏說了，她妹妹閔窕在西廂房和乳母一起，閔窈帶人往東廂房，卻是要先去探望閔盛。

宮變那日閔盛為了給閔窈通風報信，被蕭文逸捉住後刺了數刀，雖然均未刺中要害，撿回一條命，可是自那以後，閔盛元氣大傷，本來就不強壯的身體變得更虛弱了。

皇帝念其忠勇，特地將原本為九品校書郎的閔盛晉升為從六品秘書郎，並給了他一年的病假，是以叛亂平息後，閔盛就一直在閔家養傷。

閔窈不方便出門，之前派秋月、秋畫替她來探望過閔盛幾次，現在她好不容易回一趟娘家，自然要親自去看看。畢竟閔盛為了她差點沒命，加上前世他對閔窈雪中送炭的情誼，閔窈覺得自己欠他的實在太多了。

一行人緩緩走到東廂房的走廊，閔窈的肚子忽然毫無預兆地凸了老高一塊。

「哎呀……」

「娘娘怎麼了？」

「孩子在裡面踢我……」

閔窈面色蒼白，渾身冒出冷汗來。不知她肚子裡的小傢伙今日是怎麼了，她歇著時小傢伙不動，一站起來要走，小傢伙就立刻踢她。

如此折騰了好一會兒，最後搞得閔窈走走停停，等快走到閔盛院子門口的時候，人已經被弄得差點虛脫。見她這樣，秋畫可不依了，強行和幾個侍女聯合起來把閔窈一陣風似的扶回蘭氏房中，又火速傳了府醫給閔窈診脈。

結果，府醫再三確診，居然堅持說閔窈什麼事情都沒有，母子無恙。

閔窈在蘭氏床邊的軟榻上歪著，肚子裡的小傢伙也不折騰了，乖得就像是溫順安靜的小羊羔似的。

「秋畫，妳先帶人把補品給大公子院子裡送去。」怕吵醒沈睡的母親，閔窈對秋畫小聲道：「妳和大公子說，我待會兒晚點去看他。」

話音剛落，閔窈只覺得肚皮一緊，她忙和秋畫往肚子上看——當看到閔窈肚子一角又隱隱凸起一小塊的時候，主僕倆的表情是有些崩潰的。

「那個，娘娘，要不您還是別走這一趟了吧？」秋畫面色有些古怪道：「奴婢猜，小主人好像不高興您到處走呢！」

「是嗎？可是我之前在王府裡每日散步，也不見這小傢伙……」

閔窈說到一半，心想，今天還真是邪門了，難道小傢伙覺得這裡不是王府地界，不喜歡她到處走動？

感受著肚子裡的微微扯動，閔竅手心冒了一些汗，最終還是決定向小傢伙低頭。

「那……那便不去了吧，秋畫，妳替我好好慰問下大公子，順便問下大夫哪些補品對他恢復有益處的，不用問我，只管派人去王府裡取就是。」

閔盛對她的恩情是一輩子都還不清的，閔竅想了想，一時之間也不知道還有哪些要吩咐秋畫的話，最終輕輕嘆氣道：「算了，暫時沒有其他，妳先去吧。別忘了問清楚大公子的身體恢復狀況，回來告訴我。」

秋畫應了一聲，領著閔家侍女和家丁再度往東廂房而去。

午後，閔盛午睡醒來的時候，就見秋畫笑吟吟地站在他床前。

「大公子您看！桌上的補品都是娘娘精心挑選來給您補身子的。哪，這盒龜膠丸是補血的，那盒人參大補丸是補氣的，奴婢手邊的茯苓壯脾粉是生津開胃的……」

聽著秋畫絮絮叨叨地介紹那些補品，閔盛眼中漸漸生出些許落寞。「秋畫姑娘，妳家娘娘近日還好嗎？算算日子，她腹中的孩子快要生了吧？」

「那可不是！小主人可會鬧娘娘了。大公子您不知道，剛才娘娘要來看您，可是小主人一直踢她，娘娘到了您門邊還是沒能進來，您說這事好笑不好笑？」

「……嗯，挺好笑的。」

她回娘家了？也是，母親生產，她那麼孝順，肯定會來的，可是她到了門邊卻還是沒能進來看他。難道，她和自己連見一面的緣分都沒有了嗎？

閔盛想到這些，不由垂下腦袋，整個人都頹喪起來。

秋畫每次過來探望閔盛，都見他鬱鬱寡歡，似乎升官、收補品對他來說，算不上什麼高興的事。如果她是大公子，肯定每天樂得不行，究竟什麼事才會讓他開心呢？

秋畫緩緩走向房門，眼角餘光掃到閔盛蒼白憂鬱的側臉，她心裡不知怎的，竟然隱約覺得這樣的大公子真有點讓人心疼呢……

日子一天一天過得不緊不慢，到了八月初，西疆的捷報頻頻傳來——秦王率軍與西域前後夾擊突厥，連戰連勝。

大昭與西域聯軍氣勢如虹，半月內連續收復大昭西疆二十一城，並乘勝追擊，一口氣掃平了突厥人的王庭，生擒突厥王。餘下的突厥殘部倉皇奔逃到大漠極北，一路上見到大昭的旗幟都嚇得如驚弓之鳥，再也不敢回頭半步。

皇帝聞訊大喜，聽茅神醫說，聖上當天就樂得從病榻上下來顫顫走動，午膳的時候還讓蘭妃伺候著吃了三碗飯。

但東方玹卻沒有立即回來，反倒是被他打殘的突厥王，已經被嚴密押送回了洛京。

到了八月十四那天中午，茅輕塵帶著幾個將士往秦王府抬來兩大箱金絲琥珀牛乳糖，說是秦王特地讓將士們捎給閔窈的。

聽將士們說，這牛乳糖是西域特產，採用最上等的金絲紅棗與新鮮牛乳熬製而成，香甜的棗汁與雪白的牛乳混合，煉成亮麗誘人的棕黃焦糖色，糖的表面有一層肉眼可見的剔透晶瑩，就像是琥珀，故被稱作金絲琥珀牛乳糖。

閔窈當著眾人的面收了糖，兩大箱打開一看，只見箱子裡面的糖，分裝在整整齊齊的百十個小盒子裡。

她與薛夫人、秋月、秋畫等人一起品嚐了下，只覺得這牛乳糖奶香濃郁，甜糯黏牙，閔窈覺得吃久了有些膩味，薛夫人等人卻是讚不絕口。見她們喜歡，閔窈便讓薛夫人和秋月、秋畫各自拿了幾盒，又命人裝了三十盒給藺氏送去。

最後，王府中各院子裡也賞了數十盒，看看堂屋裡的牛乳糖還剩一箱多，閔窈想了想，還是讓人送到糖庫裡存起來，打算等王爺回來讓他自己吃個夠。

也不知道他在西疆怎麼樣了？軍營中伙食好不好？他脾氣古怪難伺候，有沒有招人嫌呢？分別快兩個月，他……有沒有想自己呢？

閔窈心裡像是有隻小貓在撓似的，十分想問送糖的那兩個將士，東方玹在西疆過得怎麼樣，吃得可好、睡得可香？

可是礙於茅輕塵和薛夫人、秋月、秋畫這麼多人在邊上，閔窈幾次想要開口之際，臉頓時就滾燙一片。嘴是張了又張，但最終等人走了，她還是沒能問出口。

雖然快到中秋，可是今年夏天的熱度似乎還沒有褪去，這天外頭的太陽格外猛烈耀眼。

午膳過後，寢房內各個角落都擺上冷氣飄飄的冰雕，伴隨著朝陰那幾扇窗子時不時透來的小風，房內涼爽得恰到好處。

閔窈躺在偌大的床裡抱著肚子閉眼了一會兒，卻是有些心煩氣躁地睡不著，她看著床上垂下來的百子帳，滿腦子都是東方玹。

她想他以前窩在自己懷裡專心致志玩魯班鎖的樣子、想他抱著八卦多寶盒喜孜孜吃各種糖的樣子、想他黏著自己甜糯地喊媳婦兒的樣子……不知道從什麼時候起，他的音容笑貌已經這樣深刻地印在她的腦海裡，一閉眼，就全部清清楚楚地浮現在心頭。

「王爺，你什麼時候回來呢……」

閔窈整個人蜷縮在冰蠶絲被下，從來沒有感到這樣孤獨。

前世蕭文逸把她當空氣，閔窈一個人獨守空房，始終都沒嘗過情愛的滋味，她獨自守著守著，也就習慣了。可是這一世，上天讓她遇到了絕美如謫仙般的東方玹，兩人甜蜜相守，就在她以為自己終於守得雲開見月明的時候，他卻在萬里之外遲遲不歸，這讓閔窈怎麼能不擔憂不害怕？

她擔憂他在外面遭遇未知的危險，她害怕這一世的美好只是黃粱一夢，夢醒後，她睜開眼，發現自己還在蕭家暗無天日的後院角落……

想著想著，眼角的淚水像是斷了線的珍珠似的，一顆一顆從眼角滑落，很快打濕了頭下冰涼的白玉枕。

閔窈躲在百子帳裡無聲地抹著淚，忽然聽到秋月急促的聲音從寢房外傳來。

「秋畫！秋畫！不好了……」

「噓——噓！娘娘正在裡頭歇著呢，妳咋咋呼呼地做什麼？」

閔窈這兩個貼身侍女裡頭，平日是秋月比較穩重體貼，而秋畫一貫活潑咋呼的，沒想到今日兩人竟是互相調換了一下，輪到秋畫說秋月咋咋呼呼了。

「啊？娘娘這麼快就睡下了？我有要緊事要和娘娘稟告啊……」

「什麼事？先說來聽聽。」秋畫的語氣像是個小管事一樣。「娘娘就快臨盆了，咱們得護好娘娘，這第一就要做到報喜不報憂，別讓娘娘在節骨眼上擔驚受怕的……咦？究竟是什麼事啊，看把妳急的？」

閔窈從床上扶著肚子慢慢坐起身來，只聽秋月放輕聲音說道：「剛才我在茅大人那兒打聽到王爺在西疆的近況。茅大人說，王爺之所以到現在都沒回京，是因為西域公主不肯放人。」

「什麼?!就是之前厚臉皮纏著王爺的那個阿蓮娜公主？哎喲，居然還是這麼不要臉哪！」

「是啊！」秋月繼續低聲道：「我聽茅大人說，之前突厥進犯我大昭，西域那邊可是點名要我們王爺過去才肯出兵的，依我看，這中間肯定是阿蓮娜公主在搗鬼。」

「原來是這樣。我當時還奇怪呢，咱們王爺剛好，怎麼聖上就派王爺去？這麼說來，王爺不會是要留在西域做他們的駙馬吧？」

「我也不知道啊，要是王爺真的……唉，那我們娘娘可怎麼辦啊……」

「這事還是先別告訴娘娘好了，免得她傷心。」

「對對對……」

兩個小丫頭憂愁地小聲說著，突然，她們身後的碧色帷帳被人顫抖著掀開了。

「妳們……妳們剛才說的，可是真的？」

「啊！娘娘，您、您是什麼時候起來的？」

「方才妳倆說話的時候，我就起身了。」閔窈滿臉慘白地捧著高高隆起的肚子，只覺胸悶氣短，肚子裡頭毫無預兆，忽然有一陣強過一陣的痛猛地席捲了她。「啊……好痛！好痛……」

「娘娘！娘娘！快來人、快來人哪！娘娘……娘娘好像要生了！」

王府裡的人頓時忙作一團，特別是產房內外伺候的人，個個面上緊張不已。

閔窈在產房裡痛得打滾，死去活來地受了一下午的罪，孩子卻始終沒能順利生下來。

「娘娘產道狹窄，又是頭胎……」產婆戰戰兢兢地垂著頭，不敢看薛夫人的眼睛。「而且胎兒太過健壯，恐怕難以順產。老奴怕、老奴怕……」

「怕什麼怕?!外邊有周太醫守著，妳是全洛京最有名的產婆，我好吃好喝養了妳半年多，是讓妳臨陣給我說妳怕的嗎?!」

薛夫人疾言厲色道：「我們娘娘是陛下最疼愛的兒媳，她肚裡的可是天家血脈！我不管妳用什麼方法，只要能保得娘娘和小主人平安，以後榮華富貴自然少不了妳的。如若不然……哼！等待妳我的會是什麼，就不用我明說了吧？」

「是是是，老奴明白，老奴定竭盡全力！」

產婆擦了把鼻尖上的冷汗，畢竟是關於身家性命之事，此時她兩隻關節粗大的老手不由哆哆嗦嗦。「夫人，娘娘這會兒是沒力氣了，根據老奴的經驗，還不到時辰啊……要不您先進去看看娘娘，餵她吃點東西，老奴去和太醫再商量商量？」

「行，妳快去。」

薛夫人命侍女端了些吃食，忙不迭地往產房走去。

一進屋，就見閔窈衣衫被汗水浸濕大半，半睜著眼，氣若游絲地躺在一張素白軟墊上，顯然被陣痛折磨得說不出話來了。

「娘娘，您午膳就沒怎麼吃，用了一下午的勁兒，還是先吃點東西吧！」

薛夫人強裝鎮定地把托盤端到閔窈眼皮子底下，柔聲道：「明天就是團圓節了，晚膳時，宮裡賜了十幾種味道的月餅下來，奴家知道您喜歡吃玫瑰豆沙餡的，要不要吃幾口？」

「水……嬤嬤，水……」

「喔！水來了……娘娘，您慢著點喝。」

見閔窈飽受痛苦的樣子，薛夫人忍不住心疼得紅了眼圈。

閔窈喝完水後精神似乎好了些，吃了兩個小小圓圓的甜月餅，腹中的陣痛居然慢慢減輕。她安然在產房裡睡了一晚，直到第二天破曉時分，陣痛再次襲來，終於順利產下一名男嬰來。

消息馬上傳到宮中，皇帝龍顏大悅，親自給這孩子取名為恒。

因這孩子是團圓節早上出生的，所以閔窈又給他取了個乳名叫小圓。

第四十八章

得知閔窈誕下了皇長孫，閔家和藺家上上下下都是一片歡喜。

因上次閔窈對藺氏月子裡的金針土雞薑絲麵片湯讚不絕口，是以閔窈生產後第二天，閔方康就急著獻殷勤，忙派人從鄉下捉來上百隻土雞送往秦王府。閔窈開始還吃得挺歡暢，可是一連吃了十幾天後，她再聞到雞湯味就怕得不行了。

於是薛夫人又折騰廚房做可口的進補藥膳，什麼干貝鯽魚羹、烏雞山藥湯、黃豆豬蹄湯、海參大骨粥……天天變著花樣給閔窈做；另外，宮中時不時就賜幾桌御膳下來給閔窈添菜，早中晚間的各色珍奇點心也是源源不斷。

閔窈發現，自生產之後，她的胃口變得比以前更好了。

原本就不是個挑嘴的人，各種補湯燉品、精細藥膳她吃得有滋有味，然後吃完睡，睡完吃……等出了月子後，閔窈憂傷地發現，自己在孕中好不容易瘦下來的小臉又圓潤起來。而且小腰、肚子、胸部也跟著肉乎乎的；特別是胸，因為脹奶，更是比以前豐滿了一圈，一對大白兔顫顫地呼之欲出，嚇得閔窈都不敢穿開襟抹胸的裙子了。

生下小圓後，宮裡當天就有八名乳母讓閔窈挑選。

閔窈聽藺氏說過，自小喝親娘奶水長大的孩子身體會比較健壯，她本來是打算自己親自哺育小圓的，可是聖命難違，加上這又是皇帝公公的一番心意，她只好挑了其中一名看著比較面善的乳母留在王府。

白天是乳母餵著，出了月子後，閔窈堅持帶著孩子睡，夜裡小圓餓了，她也不叫乳母，就偷偷自己餵。也不知道是不是自己心裡那麼想的緣故，閔窈每次看著兒子，總覺得他因為喝母乳的關係，漸漸變得又白又壯。

小圓剛出生的時候和閔承澤一樣，看起來也是皺巴巴、紅粉粉的小老頭，可是等兩個月後完全長開，那小模樣竟然有七分神似東方玹。

小傢伙的五官可說是集結了閔窈和東方玹五官的優勢，特別是一雙稚嫩的丹鳳眼中，混合了幾分閔窈杏眼的圓潤，線條沒有東方玹的那麼修長，看上去機靈又可愛，很是招人喜歡。

天氣慢慢轉涼，遠在西疆的東方玹還是沒有一點要回來的徵兆。

王府上下的人也隱約知道他們娘娘那日動氣而提前生產的事，一個個都在薛夫人的暗示下，不敢在府中提及任何關於西疆和王爺的字眼。

就這樣，轉眼間到了立冬。

這天閔窈帶著小圓從錢太后宮中吃宴席回來，其間錢太后雖然抱著小圓笑得合不攏嘴，開懷地說了不少話，可是閔窈見她老人家面色蠟黃，咳嗽不斷，心中難免擔憂。

散席後閔窈特地問了茅輕塵關於錢太后的病情，茅輕塵不肯明說，只是長長嘆了口氣。見他這樣，閔窈知道錢太后的病多半是不大好了，心中不由得難過不已。

晚上閔窈給小圓喝完奶後，小傢伙便窩在閔窈懷裡香甜地睡去。

閔窈心中一有事就容易睡不著，胡思亂想了大半夜，熬到二更天的時候終於扛不住，這才小心翼翼地摟著兒子閉上眼睛。就在閔窈沈沈睡去的時候，寢房外忽然亮起一片火光，然而卻轉瞬即逝。

「你們下去吧，別吵醒了娘娘。」

「是。」

暗藍色的天空下，幾十道敏捷的聲音像是燕子一般，無聲地往院外滑去。

東方玹悄無聲息地翻窗進了寢房，修長的丹鳳眼一瞄見床榻上讓他朝思暮想的身影，他眼中一熱，一邊走，一邊三兩下除了身上風塵僕僕的外袍，像是一頭靈活無比的黑豹般鑽進閔窈的被窩。

「媳婦兒……媳婦兒……」

沙啞低沈的聲音在閔窈耳邊響起來，然而回應他熱情啃咬的，卻是閔窈睡夢中對兒子無盡的牽掛。「小圓乖……別鬧了……會著涼……」

小圓？

東方玹從閔窈散發馨甜香味的頸間抬頭，只見側身朝裡的媳婦兒，懷中正抱著個白白胖胖的奶娃娃。

「咿呀，咿呀……」媳婦兒沒醒，奶娃娃倒是醒了。

只見小傢伙此時正津津有味地吃著自己的小手，一雙稚嫩的丹鳳眼就那麼烏溜溜地望著東方玹。父子倆第一次見面，小圓一點都沒害怕這個陌生的父親，反倒是滿眼好奇地看著東方玹。

——咦，這個大傢伙是誰啊，怎麼在娘親臉邊又親又咬的？

——唉，媳婦兒怎麼和孩子一起睡？乳母呢？被這小子兩眼不眨地看著，他等會兒和媳婦可怎麼……

「咳咳。」東方玹正了正臉色，挑眉輕聲道：「小傢伙，這麼直直看著我做什麼？我是你爹，快，喊聲爹來聽聽。」

「咿呀，咿呀咿呀。」

「……」他在說什麼？看眼色，好像不是很喜歡自己抱著他娘親啊？

「她可是我媳婦兒！」東方玹警覺地宣示主權，一把將閔窈整個抱在自己懷裡親了一口，然後昂著腦袋對小傢伙正色道：「你明天就和乳母睡去，明白了嗎？」

「咿咿呀呀！」

可憐的小圓被他凶得委屈巴拉，下意識挪動小手小腳，就要往他娘親溫暖又安全的懷中一頭鑽去，他想喝奶了。

「你你你！住口、住口！」東方玹發現小傢伙的意圖，一雙丹鳳眼頓時瞪得比兔子眼還要溜圓。「那是我的！我的！乳母在哪兒？不行，得抱你去找乳母！」

說罷，大手一撈，就把小圓從被窩裡抱出來，正準備偷偷出門去，小圓卻在這時哇一聲，嘹亮地哭了起來。

「哇！哇啊——啊啊啊啊……」

「別哭別哭！求你了！別！」

「王爺！你在幹麼？」東方玹抱著似燙手山芋一樣的兒子，忽然聽到身後傳來她媳婦震驚無比的聲音。「快把兒子還給我！你怎麼回來了？你是什麼時候回來的？」

小王爺這一哭，閔窈院子裡的燈幾乎都亮了起來。

秋月、秋畫從耳房披了件外衣匆匆趕來，一進門看見東方玹像個做錯事的孩子般，正抱著閔窈哄；而閔窈兩隻眼睛都在哭鬧不已的小王爺身上，抱著他不住柔聲安撫。

王爺抱著娘娘，娘娘抱著小王爺，這怎麼看著有股莫名的喜感呢……

「王爺、娘娘……」

「這裡沒妳們的事，退下吧。」

見東方玹揮了揮手，秋月、秋畫馬上很識趣地退出去。兩個小丫頭笑嘻嘻的，順帶幫他們放下屋裡的帷帳，帶上了外門，又遣散了聚在房門、院門外看熱鬧的一群侍女和侍衛們。

東方玹終究沒能把兒子趕出寢房。父子倆第一次的較量中，小圓以壓倒性的優勢獲得了勝利。

第二天，天矇矇亮，東方玹便自己起身沐浴更衣，繃著一張臉進宮去了。根據守門的侍衛證實，他們家王爺出門時的臉色，簡直跟天上的烏雲差不多黑。

閔窈抱著小圓睡到天亮，一上午就聽著秋月、秋畫在她邊上嘰嘰喳喳，像是兩隻小喜鵲一樣嘮叨。

兩個小丫頭埋怨她昨晚太粗魯，說什麼王爺千里迢迢趕回來，昨晚她卻只顧著哄小王爺，把王爺給冷落，王爺如何委屈、如何心酸都被她們描繪得有聲有色，害得閔窈中午吃飯的時候都嚥不下飯，只喝了兩小碗湯。

倒是小圓這小傢伙，大概是昨夜鬧舒坦了，上午喝完奶就一直睡著，時不時還咯咯笑個幾聲，也不知道是在作什麼美夢？

閔窈拿著兩個八卦多寶盒去糖庫給東方玹裝糖的時候，才心頭一陣亂撞，確定他是真的回來了。

曾經她無數次在心裡幻想過他回來時的情景，或是歡喜，或是溫馨，甚至心酸一點；還曾想過他可能會帶阿蓮娜回來……然而閔窈無論如何都想不到，會是昨晚那樣子，昨晚她護崽心切，好像還吼了他幾句。

「唉，怎麼會這樣？我明明不想這樣的……」

閔窈抱著手裡的兩個多寶盒懊惱極了，又想他會不會生氣了呢？他現在好了，還會像以前那樣喜歡吃糖嗎？

正煩惱間，薛夫人急匆匆奔進糖庫，一見閔窈在這兒，立即狂喜道：「娘娘！娘娘！宮裡來聖旨了，您快收拾一下，帶著我們府上所有人去前門接旨吧！」

「秦王妃接旨！」

聖旨來得太突然，閔窈以最快的速度帶著全王府的人，齊刷刷地在前門跪下，薛夫人抱著小圓跪在她身邊，只聽崔公公用尖細的聲音在她們頭頂上，無比威嚴地攤著聖旨誦讀。

「帝曰：儲貳之重，式固宗祧，一有元良，以貞萬國……秦王東方玹，孝惟德本，周於百行，仁為重任，臨危受命，以安萬物……可立為皇太子！所司具禮，以時冊命。秦王妃閔氏，溫良敦厚，嫻雅端莊，秉性嘉柔，孝敬謙和……誕皇長孫有功，太后與朕甚悅，冊封為皇太子正妃！冊封之禮與皇太子同日舉行，欽哉！」（注）

太子？太子妃?!閔窈跪在地上聽得一愣一愣的，幾乎以為自己是在夢中。

邊上薛夫人興高采烈地推了推她，只見宣旨的公公彎下腰，兩手捧著明黃的卷軸送至閔窈跟前，無比恭敬道：「太子妃娘娘，還不快接旨？」

元嘉五年十一月初一，秦王被正式冊封為太子，偕同太子妃閔氏及長子入主東宮。

注：引用、改寫自〈全唐文〉。

當日皇帝強撐病體，與皇后領著太子夫婦祭天壇，告太廟，大赦天下；而廢太子與錢氏則在洛京城滿城的喜慶歡呼聲中，黯然被皇帝流放至南疆。

閔窈搬進東宮後，閔方康再次受到皇帝提拔，晉升為正三品太常寺正卿、金紫光大夫、上柱國——雖然閔方康一直沾著女兒、女婿的光，但是他在官場上的確是有幾分本事，恰好他頂頭上司年事已高，近日頻頻向皇帝提告老還鄉的事，皇帝就順水推舟，便宜了自己的老親家。

藺氏身為太子妃的母親，為表彰其教養德行，皇帝冊封藺氏為正三品河東郡夫人，食實封兩百戶；而薛夫人照拂天家子嗣有功，晉升為從三品平原郡夫人，食實封一百五十戶。

冊立新太子的消息昭告天下後，整個大昭都沸騰了！

本來呆傻了十幾年的秦王忽然痊癒已經是夠奇跡的了，沒想到秦王竟然還在西疆打了上百場勝仗回來，於西域軍隊的協助下併吞了整個突厥。

短短數月之間，朝廷內廢太子的餘黨已經被清洗一空，就在眾官員和洛京百姓們還沒回過神來的時候，新太子已經帶著他唯一的妻子坐在東宮正殿的寶座上。

一時之間，新太子和他的太子妃閔氏成了大昭乃至番邦小國貴族們熱議的人物。

男人們羨慕東方玹運氣爆棚，一夕之間平叛亂、立戰功，火速登上權力的巔峰；女人們則嫉妒閔窈，當初以為她嫁了個傻子，沒想到一夜翻盤，竟然讓家世、相貌都不是最佳的她妻憑夫貴，一躍成為大昭帝國第三尊貴的女人。

聽以前在秦王府伺候的侍女透露，新太子身形偉岸，俊美絕倫，這位謫仙般完美的男人，對妻子竟是溫柔體貼，異常甜膩。

洛京閨秀圈裡的官小姐們一聽到這個，簡直整顆芳心都要酥了。

後來又打探到東宮後殿除了閔窈這個太子妃外，東方玹竟然連半個侍妾都沒有！閨秀們立即開始摩拳擦掌，把所有心思都放在準備參加明年開春的選秀上了。

閔府這頭一陣張燈結綵，人來人往好不熱鬧，閔方康下了朝就忙著與藺氏在前院與賀喜的人應酬交際，幾乎大半月都沒空去西院了。

這日閔玉鶯趁後院管理鬆懈，不顧天冷，穿上一身桃紅薄紗抹胸裙，盤了個妖嬈的靈蛇髻，塗脂抹粉後扭著楊柳腰，一搖一擺地出了自己房門。

快到西院門口的時候，閔玉鶯就見綠菊捧著一把瓜子，正一邊閒閒地嗑著瓜子，一邊和院子裡三、五個灑掃的侍女說著話。

這綠菊原本是她的貼身侍女，年紀比閔玉鶯還要小上兩歲。可自從閔方康在柯姨娘的牽線下將綠菊收了房之後，閔玉鶯總覺得，綠菊這死丫頭現在見到自己完全沒有以前那般恭敬了。

哼，不過是父親的一個通房丫頭，還真以為自己是個什麼金貴東西了？

閔玉鶯冷笑一下，直直往綠菊的方向走去，她心裡盤算著，等會兒綠菊要是敢給她擺架子，她一定會讓綠菊當著幾個侍女的面好看！

然而走得近了，綠菊和侍女們的對話漸漸傳到她的耳朵裡，閔玉鶯聽著聽著，面上的冷笑登時凝固起來。

「哎呀！大小姐真是好福氣啊！」

「何止是福氣，簡直就是前世修來的善果呀！妳們不知道啊，聽夫人身邊的沈姨娘說，冊封那日咱們大小姐不知道有多氣派呀，滿朝文武百官都向她和太子殿下行禮祝賀呢！還有，那天大小姐頭上的鳳冠，聽說叫什麼赤金鏤空飛鳳紅寶……」

「我知道！叫赤金鏤空鎏飛鳳紅寶銜珠如意鳳冠。這鳳冠的珍珠全部都是粉紅色的，顆顆圓潤無比，大小分毫不差，鳳冠上的珍珠有一千九百九十九顆哪！聽說光是一顆珍珠就值百金，更別說鳳冠上其他那些個什麼價值連城的寶石、金玉了。」

「天哪，那整個鳳冠豈不是……這得值多少錢啊？」

「喲，瞧妳們幾個，一看就是沒見過世面的。」綠菊嗑著瓜子，眼中滿是羨慕的光芒，面上卻強作見多識廣的樣子。「那可是天家的排場，能小裡小氣的嗎？咱們大小姐現在可是堂堂的太子妃娘娘，又剛為天家誕下皇長孫，育嗣有功。我聽咱們老爺說啦，太后娘娘和陛下可喜歡她了，太子殿下又愛護得緊，自然要把好的都給她嘍！」

第四十九章

「還是綠菊姑娘有見地……」

幾個侍女絲毫沒有發現閔玉鶯的靠近，這時還忙不迭地巴結綠菊道：「姑娘是老爺心尖上的人，老爺現在步步高升，以後姑娘也跟著有享不盡的榮華富貴，到時候可別忘了姊妹幾個啊！」

「喲，瞧妳們說的！」綠菊聽昔日小姊妹們對自己的奉承，心中洋洋得意，嘴上卻是嘆了口氣，擺出一副憂愁的樣子來。「可惜我只是個通房丫頭，要是像夫人身邊的沈姨娘那樣，或許也能沾沾大小姐的光……」

幾個侍女聞言，立刻安慰道：「姑娘說什麼呢！等將來姑娘給老爺生下一男半女的，抬姨娘不是遲早的事嗎？」

「抬姨娘？哎呀呀……」綠菊假意謙虛道：「我只是個小小通房，哪裡敢癡心妄想呢？要是可以的話，我情願在大小姐身邊伺候，就算給她洗腳、提鞋也是高興的。」

如今閔窈貴為太子妃，她身邊的貼身侍女秋月、秋畫也跟著金貴起來，聽說有不少官家子弟想要求娶呢！

綠菊想，她當初要是做了大小姐閔窈的侍女，說不定這會兒金貴的就是她了。

「哎呀，怎麼能這麼說呢！」

「姑娘真是太看輕自己了……呃，二小姐，您、您怎麼在這兒啊?!」其中一個侍女不經意回頭，看見了滿面怒容的閔玉鶯，嚇得當場就結巴了。

「二小姐?!」綠菊轉過身來，一見閔玉鶯的臉色，又想到自己剛才得意忘形說的那些話，頓時就嚇得把手中的瓜子都散落到地上。

「好一個下作的東西！」閔玉鶯瞇著眼，上前就高高揚手，啪地給了綠菊一個巴掌。

「啊！二小姐，您……」綠菊踉蹌地摀臉，又驚又怒地瞪著閔玉鶯道：「您打我?!」

邊上幾個侍女見了，立即縮在一邊不敢發聲。

「我打的就是妳！」

前一陣閔窈冊封為太子妃，與東方玹入住東宮，那派頭簡直就是一人得道，雞犬升天。

閔玉鶯本來就在心中嫉恨不已，現在又親耳聽到自己的前侍女綠菊和其他侍女吹捧閔窈，上趕著想要給閔窈提鞋，閔玉鶯覺得綠菊擺明就是故意在嘲諷她。

「妳個不識抬舉的東西、自甘下賤的浪蹄子！我和姨娘怎麼苛待妳了？妳居然想給人家做提鞋奴？真是天生下賤！就妳這樣的貨色，妄想父親抬妳做姨娘?!我呸！妳這輩子，也就配做個通房！呵，等父親玩膩了妳，我一定讓他把妳賣到勾欄去，讓妳賤個夠！」

閔玉鶯把綠菊逼到角落又打又罵，幾個侍女小心翼翼上前拉架，都被閔玉鶯厲聲喝開，綠菊終究是忌憚閔玉鶯，不敢還手，只得縮著身子，一聲不吭地被她結結實實打了個鼻青臉腫。

「賤婢！以後要是再讓我聽見妳犯賤作死，我必撕爛妳的臉！」

閔玉鶯打完綠菊，發洩了多日來心中的怨氣，撂下一句警告之後，她整了整儀容，神清氣爽地往後門去了。

留下的綠菊嘴角滲血，披頭散髮地顫抖著匍匐在地上。

幾個侍女等閔玉鶯走遠，才壯起膽子，七手八腳地上前扶住她。「哎呀，都是我們幾個不好，不該找姑娘說話的……」

「咳咳，咳咳！」綠菊一雙眼睛烏黑瘀血，她忍痛咳嗽了幾聲，卻是望著閔玉鶯離去的方向，眼中慢慢泛出兩道陰寒的光。

閔玉鶯，這麼多年妳們母女倆待我如狗，我不會永遠被妳踩在腳底下的……我一定要讓妳為以前、還有今天的事情付出代價！我一定要毀了妳！我要把妳的醜事全部公諸於世，讓妳身敗名裂，生不如死！

綠菊咬牙吞下口中的血水，在心底恨恨想著。

新太子和太子妃搬進來之前，東宮上下已經被修整得煥然一新。

整個東宮的占地規模是秦王府的兩倍大，一溜兒的雕梁畫棟、巧奪天工，各處宮殿樓閣布局精巧，一眼望去真是氣勢非凡。閔窈原先以為他們秦王府已經夠氣派了，沒想到一進來這東宮，才發現真是小巫見大巫。

冊封儀式過後，她便被眾女官引至東宮椒蘭殿，隨行的女官告訴她，這椒蘭殿原名蓮華殿，是前太子妃的住處。

前太子夫婦被廢黜流放後，皇帝命人將東宮翻修，這蓮華殿位置處於東宮後殿正中，一貫是東宮女主人的居所。之前錢氏住在此處備受冷落，一無所出，皇帝有些忌諱，問過禮部之後，特地將殿名改為椒蘭殿。因花椒形似茱萸，氣味芳香，其籽繁多，在民間寓意多子，皇帝希望閔窈住進來之後，能為皇家多多開枝散葉，於是才換了這個殿名。

而東宮正殿朝雲殿，本是前太子住所。東方玹命人改了布局後，只把那裡當作議事廳，每天夜裡不管忙到多晚，他都會雷打不動地回到閔窈的椒蘭殿，摟著媳婦與兒子一同就寢。

新太子與太子妃這般恩愛，惹得東宮裡一眾女官宮人們羨慕不已，可是也只有閔窈最清楚自己心中的不安。搬進東宮快一個月，眼看著就快要到冬至了，她和東方玹都沒有好好說過一回話。

登上太子之位後，東方玹越來越忙，經常忙到半夜三更才回來，好幾次閔窈在睡夢中迷迷糊糊感覺到他從後面抱著自己，可是天亮一醒來，床榻外面的被窩裡早就不見他的身影。

兩人唯一能見面說話的機會，也就是偶爾一起用午膳或晚膳的時候了。

這天下午，東方玹身邊的小太監過來椒蘭殿傳話，說是殿下今日政務不忙，晚膳要過來和閔窈一起吃。

閔窈又驚又喜，忙命秋月、秋畫去廚房備菜。她親自做了他喜歡的鱸魚羹，連其他菜式、甜點放在蒸籠裡溫著，自己回寢殿匆匆打扮一番。

天寒之後，殿中就擺了暖爐，閔窈穿著天青色的交襟輕紗抹胸長裙也不覺得冷，她頭上盤了個慵懶的半翻髻。烏髮碧簪，雪膚紅唇……雖然是簡簡單單的打扮，卻將她身上迷人的韻味全都點了出來。

很快到了晚膳時間，閔窈披著條嫩黃色織金披帛坐在殿中，可她從申時等到酉時，卻也不見東方玹回來。她在坐墊上跪坐得腿都麻了，索性起身帶著秋月、秋畫，正準備出門去朝雲殿看看東方玹是不是還在忙的時候，殿外突然響起一聲。「太子駕到──」

「奴婢恭迎太子殿下！」

秋月、秋畫忙出門行禮，閔窈整了整衣裳，只見一道頎長的身影從漆黑的殿外閃了進來，她馬上將雙手交疊與額前，對著來人盈盈一拜道：「殿下，妾身……」

話沒說完，一雙溫暖的大手已經把她一雙手全部包住。「窈兒，我不是說過，沒外人的時候不用行禮嗎？」

「是。」

閔窈含羞低頭，眼角餘光只能看見他那身紫錦盤龍紋交襟長袍的下襬，忽然，那雙繡金線的祥雲黑底靴往她身前更近了一步，兩根修長如玉的手指輕輕抬了抬她的下巴。閔窈被迫抬起臉，見到一雙含笑的、正專注看著她的修長鳳眼。

「殿下……」

閔窈兩頰在他炙熱的目光中慢慢地被羞意染紅，她正想提醒秋月、秋畫還在邊上候著，沒想到東方玹彷彿看透她的心思般，沒等閔窈開口，他就對兩個小丫頭揮手道：「妳們先下去吧。」

「是，殿下。」

秋月、秋畫朝殿中伺候的一眾宮人使了個眼色，宮人們立即乖覺地垂下頭，跟著兩個小丫頭悄無聲息地退出去。

「恒兒呢？」東方玹摟著閔窈，狀似無意地在殿中掃了一圈。

「哦，他這會兒還在乳母身邊待著。殿下餓不餓，要不要妾身幫你去傳菜？」

「還是先更衣吧。」

「是。」

雖然已經「大好」了，可是讓閔窈不解的是，東方玹還是不喜歡生人碰他。閔窈聽薛夫人說，前陣子他忙得廢寢忘食的時候，起居上的事都是自己動手，現在閔窈得空，自然還是得由她來。

兩人進了寢殿的更衣間，四下一個旁人都沒有，閔窈不由有些緊張，微微顫著手，踮起腳替他脫去外袍。正要翻衣櫥想給他找件家常的外袍，東方玹火熱的胸膛就忽地從她背後貼了上來。

「殿下，你……」

「不要叫我殿下，叫我玹。」

火熱而急切的吻一下子狠狠地堵住閔窈的嘴，小小衣櫥間裡的溫度驟然升了起來。

閔窈暈頭轉向道：「玹？……」

「傻媳婦兒……妳說說，這麼多天了妳有沒有想我？嗯？」

他清醇低沈的聲音在這一刻妖媚無比，特別是那一聲「嗯」，簡直聽得閔窈兩腿一軟，登時渾身都酥麻麻的。

見她一副嬌媚無力的樣子，東方玹修長的丹鳳眼一黯，抱起懷裡的人兒，不管不顧地就往寢殿走去。

等閔窈被東方玹從浴池抱回到寢殿的時候，外頭已經是一更天了。

沐浴完後的兩人躺在寢殿的床上，閔窈只覺得自己的小肥腰剛才都快被他給捏斷了。

東方玹卻容光煥發，在背後意猶未盡地抱著她，湊到她耳邊一聲一聲，甜甜糯糯地喚著。「媳婦兒……媳婦兒……」

「妾身在呢。」閔窈被他喊得心頭一暖，忍不住回身抱住他，有些情動起來。「殿下，你是什麼時候好的？」

「就在宮變那日。」說這話的時候，東方玹的丹鳳眼一眨不眨的。

「那……妾身以前和你在一起的情形，你都還記得嗎？」

「我全都記得，媳婦兒的每一個笑容、每一個抱抱，還有每一次哭鼻子，我都記得。」閔窈聞言，杏眼霎時染上一層水霧，卻不想這傢伙話鋒一轉，忽然湊到她耳邊壞笑低語。「尤其是媳婦兒在上面的樣子，真是一輩子都忘不了。好媳婦兒，要不咱們現在就來回味一下？」

「你……不要臉，我不理你了！」

見他這麼不正經，閔窈又羞又惱，馬上將後背對著東方玹，心想這人怎麼會這樣？明明在外頭不苟言笑，威嚴正派得不得了，怎麼在她面前就跟個潑皮無賴、急色鬼似的？剛才不是已經由著他連哄帶騙地來了好幾回嗎？他這會兒竟然還想……哎呀，真是丟死人了！他們進來寢殿這麼久，連晚膳都沒吃，秋月、秋畫她們一定知道他們做了什麼！

「媳婦兒──我錯了！我錯了還不行嘛……」東方玹此時哪裡有在朝堂上威風八面的樣子，高大的身軀像是八爪魚般把閔窈纏了個嚴實，嘟嘴甜甜撒嬌道：「別生氣嘛！再生氣，再生氣我親妳了喔？」

「不許親！」

「好好好，不親不親。」東方玹在自家媳婦兒跟前，簡直是一點脾氣都沒有。「那等媳婦兒高興的時候再親好不好？」

「不好！」閔窈被他箍在懷裡，肌膚相親之間又察覺到他異常的崛起，不禁憤憤道：

「你！你一見到我就想著……哼！自從你回來後，你抱過多少次兒子？你回來一有空就把他趕到乳母那裡去，他還沒滿五個月……嗚嗚嗚，你就一點都不心疼他？你摸著良心說，是不是不喜歡小圓?!」

「小圓是我兒子，我怎麼會不喜歡呢？他又是大昭的皇長孫，我自然要從小就開始培養他，不能溺愛他的呀。」

「騙人！你根本就是不喜歡他！」

「唉，媳婦兒，妳怎麼會這麼想呢……」

東方玹無奈極了，正不知如何哄媳婦兒之際，忽然寢殿外飄來秋月的聲音。「殿下、娘娘，乳母抱著小殿下過來了。」

「讓她送進來。」

東方玹話音剛落，閔窈一下子急了。「你瘋了！我們現在這樣怎麼好見孩子的乳母？」

「對對對，不能讓乳母把我媳婦兒看了去。秋月，讓乳母在殿外候著。」東方玹一骨碌奔下床，火速穿戴完畢，擺手示意閔窈別動，自己一本正經地出去把兒子抱進來。

「媳婦兒快看，咱們兒子好可愛呀！」快看快看，誰說他不喜歡這孩子的？誰說他不抱兒子的？

「快給我。」閔窈嫌棄地橫了他一眼，抱過孩子就躲到大床裡頭側身撩衣服。「小圓乖，是不是餓了？」

東方玹見她想餵孩子，在邊上神色曖昧道：「媳婦兒啊，妳忘了，剛才不是都被我……」

經他提醒，閔窈身子一僵，片刻之後，她垂著頭把孩子默默送出來，尷尬中夾雜著羞愧道：「今晚還是、還是讓孩子和乳母睡吧……」

東方玹一聽，忙喜孜孜接過兒子，輕咳了幾聲，擺出一臉威嚴的模樣出去找乳母了。

這一晚小夫妻倆甜甜蜜蜜地相擁而眠，顧及閔窈產後不久身子還弱得很，東方玹抱著媳婦兒緊繃隱忍，完全是一副痛並快樂著的矛盾模樣。

第二天早上東方玹走後，閔窈癱在床上暗下決心，在她身體恢復以前的樣子之前，是絕不能再由著他胡來了！

畢竟閔窈產後沒有完全調養回來，肚子上的妊娠紋和腰、腹、胸這些地方的小贅肉還沒有消除。女人麼，對自己的體態還是很在意的，尤其是在喜歡的人面前，更是希望能把自己最好的一面都展現給他看。

昨晚和凌晨的光線朦朧，東方玹又是熱情如火，閔窈只當他是沒注意到，心中還暗自僥倖了一把，她盤算著，等會兒去向長輩們請安回來的時候，得去找茅輕塵配個祛紋的方子，然後順便再讓他給自己配個瘦身的良方就更好了……

第五十章

這年的冬至特別冷。

才剛過中午，天上烏雲沈沈，已經下起了鵝毛般的大雪。

洛京城的街道上一片銀裝素裹，人人都趕著回家吃湯丸。年關將近，家家戶戶門前掛了火紅的燈籠，往日裡最繁華的街上也是行人寂寥。

一輛鑲嵌著金頂，四角上掛著綾羅珠玉的雙駕馬車緩緩停在國興寺的大門前。

「公主，他們就在寺院大殿後的禪房裡頭！」

戴著黑紗冪羅的年輕婦人跟在華城身邊低低說了一句，華城公主面若冰霜，火紅的宮裝外頭披著件白裘披風，襯得她來不及塗口脂的嘴看上去毫無血色，此時雙唇泛白得有些嚇人。

「哼，妳最好讓菩薩保佑那對狗男女就在裡面……」華城一雙眼中閃過凌厲之色。「否則，本公主一定會讓人割了妳的舌頭！」

「是……小的明白！公主，小的怎麼敢騙您呢？中午的時候，小的是親眼看到那小賤人打扮得花枝招展出去的。小的是一路看著她與蕭駙馬進了禪房，才馬上去稟告您的。」

黑紗冪羅下，綠菊的身子隱隱哆嗦著，面上卻是充滿了報復之色。

「來人，把寺院裡的僧人都集合起來，關押到大殿裡！」

華城朝馬車後面的五百個侍衛吩咐一句，自己則帶著兒子和乳母，抬腳就往寺廟後頭的禪院走去。

自兒子出生後，華城直把這孩子當成了自己的心肝寶貝。

畢竟是在深宮長大的，華城的戒心有些重，除了乳母，她從不放心將孩子交給旁人看著，是以今日出門，她也讓乳母抱了孩子跟在一邊。只有孩子在自己的視線範圍內，華城的心裡才安定一些。

未出嫁前，華城一直以為風流俊朗的蕭文逸便是她此生的良人，以為自己可以和他一生一世。可是嫁入蕭家之後，華城才慢慢發現，他居然喜歡流連煙花之地不說，而且還頻頻在外面與野女人幽會！

身為大昭皇帝最寵愛的女兒，這讓高傲的華城覺得自己受到莫大的侮辱。但是苦於每次都抓不到現行，蕭文逸又抵死不肯承認，她幾番哭鬧之後，也只好轉而把蕭文逸看緊作為對策。

宮變之後，是她抱著兒子跪求父皇整整一夜，才保住蕭文逸的一條小命。

回到蕭府那晚，蕭文逸跪在她面前賭咒發誓，說從此對她一心一意，不會再出去鬼混。

可是這才過去幾個月，竟然就有人告上門來，說他一直和閔家的庶女在國興寺幽會，還說在成親之前，他就和那庶女一直沒有斷過。

儘管早就知道蕭文逸在外面有女人，可是親耳聽到綠菊在自己面前說那些事的時候，華城還是氣得整個身子都在發抖。等華城覺得身子不那麼抖的時候，一行人已經被綠菊輕車熟路地帶到一間偏僻的禪房門前。

距離綠菊告密不到半個時辰，這會兒裡面還在如火如荼地進行著令人不齒之事。

「逸！我受不了了……你、你今天吃了多少藥啊……啊……」

「小浪蹄子！我不吃藥能餵飽妳嗎……哦，我的心肝兒……我的鶯兒……」

浪言浪語從禪房的門縫裡高昂暢快地傳出來，大概是覺得這地方很安全，即使是被閔窈發現了警告過閔玉鶯之後，兩人還是捨不得挪地方。

門外一行人聽到裡面一陣陣不知羞恥的響動，個個都變了臉色，特別是華城，一張俏臉更是鐵青，蒼白的嘴唇幾乎抿成一道直線。

然而就在下一刻，閔玉鶯不知死活的嬌媚聲再次響了起來。「逸，你答應過要接我進門的！你可不能反悔……就算給你做小，我也是願意的……」

雖然現在蕭文逸沒了官職，可是他開國襄陵郡公的爵位還在。

閔玉鶯最近也是被那些小官小吏的提親給弄得煩了，那些人她瞧不上眼不說，主要是怕自己的醜事會不小心暴露。她想來想去，最後覺得還是先給蕭文逸做妾，然後慢慢擠掉華城公主這個辦法較穩妥些，畢竟她嫡姊閔窈，現在可是堂堂的太子妃娘娘。

就算閔玉鶯一向不服閔窈，覺得她只是比自己運氣好，可是該藉著閔窈名頭上位的時候，閔玉鶯也不會客氣。

「好！接妳進門……我的寶貝鶯兒，妳可真是妙人兒啊……」蕭文逸正在興頭上，自然是滿嘴答應。

「那你說，什麼時候？嗯……到底是什麼時候嘛！」

「下個月！好鶯兒，別光顧著說話，專心點啊！」

「哼，下個月，此話當真？要是還不算數怎麼辦？」

「那我就弄死公主，讓妳做主母！」

「啊！……你壞、你壞！輕一點……」

「畜生！」華城聽到這裡，終於忍不住爆發了。她怒氣填胸，一腳踢開禪房的門，帶著一隊侍衛，幾個箭步就衝了進去。

「啊——」

閔玉鶯驚恐地尖叫一聲，此時此刻，她與蕭文逸兩人赤條條的，正難捨難分地連在一起，看到有人闖進來，閔玉鶯下意識抓了件衣服就往身上捂。

「畜生！賤人！狗男女！」

華城雙眼血紅，掄起屋裡的一條長板凳就往蕭文逸身上狠狠砸去！不料被蕭文逸將將躲過，他也顧不上穿衣服，忙哧溜一下鑽進桌底。

「公……公主?!妳饒了我，是她！是這賤女人先勾引我的！」

「蕭文逸，你還是不是男人！」
「去死！你們通通都給本公主去死！」
華城簡直氣瘋了，聽蕭文逸剛才和閔玉鶯的對話，顯然兩人真的如同綠菊所說，早就苟合多時。她齜牙瞪眼，太陽穴內嗡嗡一片，只覺得滿腔狂怒無處發洩，重重地往桌底下踢了十幾腳，蕭文逸痛哼受著，卻是死也不肯出來。
禪房內一時亂作一團，乳母抱著華城的兒子站在門口，忙伸手摀住孩子的眼睛；而綠菊趁亂，早就腳底抹油逃回閔家去了。
「來人！來人！把他綁起來，本公主今天要帶著這對狗男女去遊街！」
怒目掃到床上瑟瑟發抖的閔玉鶯，華城臉色煞白地飛奔過去抓住她的頭髮，揚手就是啪啪啪的二十幾個巴掌。「不要臉的賤人！這世上的男人都死絕了嗎，妳偏要勾引他？呵！還想進門？作妳的春秋大夢！簡直是活膩了！」
「啊！公主饒命……我不敢了！……」
「你們這對狗男女，如此欺辱本公主，今天本公主定要讓你們後悔來到世上！」
蕭文逸被幾個侍衛從桌底扯了出來，趁華城正騎在閔玉鶯身上又撓又打，他怕華城等會兒真的押他去遊街，便尋了個機會，掙開幾個侍衛後就沒命地往外撲。
「讓開——讓開！不要抓我！」
「啊——小少爺！小少爺?!救……救命啊！」

站在門口的乳母被倉皇逃竄的蕭文逸一把推倒在地上，她猝不及防，手中的孩子脫了手，竟是猛地從半空中飛了出去。稚嫩的腦袋撞到禪房外的硬冷石階上，孩子只是短促地叫了一聲，頭部瞬間血如泉湧，然後便再也沒了聲響……

傍晚藺氏帶著青環匆匆進了東宮。

晚上東方玹要帶閔窈出席宮中的冬至宴，她當時正在梳妝閣裡讓秋月給她畫眉毛，聽宮人說她母親過來急著見她，閔窈讓秋月停手，忙整了下髮髻就迎出去。

藺氏一般很少在天黑之後過來探望閔窈，閔窈心裡猜測母親來得這麼急，家裡肯定是出了大事。

果不其然，母女倆在偏殿見面，屏退左右值守宮人之後，藺氏眉頭深皺，拉著閔窈，惶惶不安道：「窈兒啊，出事了！」

「母親別急，有話慢慢說。」閔窈扶著藺氏坐到殿中一張熊皮軟榻上，回頭對秋月、秋畫吩咐道：「妳們兩個出去煮些茶來。」

「是，娘娘。」

藺氏面上滿是驚嚇過度的神色，她拉著閔窈的手冰冷冰冷的，這時還在止不住地微微顫抖著。「窈兒啊，被發現了，玉鶯她被發現了！下午蕭府的人把她送回來的時候，玉鶯渾身都是血啊！一張臉都被劃花了……」

「母親是說，她和姓蕭的醜事敗露了？」

閔窈有些詫異。上回她還和藺氏說，要找個機會慢慢透露給父親，後來東方玹被冊封為太子，兩人忙著入住東宮的事情，她就把這事給忘了。

沒想到不用她出力，這對狗男女倒是自己先落了網，這到底是人為還是天意呢？

「妳父親當時氣得差點昏過去，被阿娘掐了人中才轉醒、鎮定下來，他立刻就封鎖消息，把送玉鶯回來的那幾個侍衛請到府中，好聲好氣地詢問，才知道整件事的來龍去脈。」

閔窈問道：「那柯姨娘呢？我就不相信這事她一點都不知情。」

「她應該是早就知道玉鶯同蕭駙馬之事的。」藺氏嘆了口氣，繼續說道：「其實最可憐的還是華城公主。聽那幾個侍衛說，公主下午去捉姦的時候還帶了小公子去，誰想那蕭駙馬奔逃中推倒了小公子的乳母，乳母失手，竟然一下子就把小公子摔死了！」

「什麼?!」閔窈倒抽一口冷氣。沒想到華城公主這場捉姦行動會是如此慘烈，她不由低聲嘆息道：「真是造孽，這對狗男女真是太造孽了。」

「是啊！不過公主也沒有放過蕭駙馬。侍衛們說，公主抱著孩子赴醫館救治無效後，登時就發了狂，把蕭駙馬和玉鶯關進蕭府，毒打不止……」藺氏的眼睛快速瞟了一眼殿門口，見外頭無人，她湊近閔窈的耳邊小聲道：「她親自打了整整一下午，蕭老夫人跪在門口求她都沒用。等眾人衝進去營救的時候，蕭駙馬的腰腹間已經是血肉模糊，據大夫說，他以後永遠都做不成男人了……」

「那閔玉鶯呢?華城應該恨死了她，怎麼還會讓人把她送回來？」
「唉，這就要扯到妳身上來了。」
「我？」閔窈一臉迷茫。「這事從始至終，我都沒有出面干預過啊？」
「都說公主是看在妳的面上，才饒了玉鶯一命的。」
閔窈沒有想到，閔玉鶯竟是靠著她的名頭撿回了一條命。宮變那日，如果不是華城在危急中出手，恐怕閔窈和腹中的小圓早已遭蕭文逸的毒手了……
「公主是個好人，蕭文逸這種人渣，根本就配不上她。」閔窈有些心疼華城，深深地為她感到不值。「要我說，她根本就不需要顧及我，她應該直接把閔玉鶯給……」
「哎呀窈兒，妳怎麼能這麼說呢？」
藺氏沒有想到閔窈會偏向華城，滿眼詫異道：「再怎麼說，玉鶯也是妳同父異母的妹妹啊……既然公主留她一命，妳就承了公主這份情吧！現在公主已經被皇后娘娘接進宮，蕭駙馬與玉鶯的事，想必陛下和皇后娘娘很快會知道。阿娘是怕妳會因此受到責難，所以才匆忙跑來和妳說這些，等會兒宴席上要是被人問起，妳就說妳對此事一概不知。」
華城的這份情，充滿了血腥和沈痛。
不論是前世和今生，閔玉鶯都算計過閔窈，只是閔窈這一世避開了她才逃過一劫，要說什麼親情，閔玉鶯還真比不上華城。華城和閔玉鶯之間，閔窈的心早已偏向可憐的華城，可是她知道，藺氏不會理解，也不會允許她向著外人。

閔窈無奈地問道：「那這事父親怎麼說？你們現在可有什麼打算？」

「妳父親的意思是，家醜不可外揚，等玉鶯傷好後，就讓她和盛兒把婚事辦了。」

蘭氏的話還沒說完，只聽殿外傳來哐噹一聲脆響。

閔窈皺眉道：「是誰在外面？出什麼事了？」

「娘娘、夫人！千萬不能讓大公子娶那個壞女人啊！」門口人影一閃，閔窈和蘭氏便見秋畫一陣風似的衝進來。「娘娘！大公子已經夠可憐的了，他為了救您挨了那麼多刀，二小姐她心眼這麼壞，又是從來都瞧不上大公子，要是……」

「秋畫，這麼沒規矩！」閔窈見蘭氏有些尷尬，不由板著臉道：「秋月，快把她帶下去，無端端跑到夫人跟前哭哭啼啼，像什麼樣子。」

秋月聞言，立刻過來摀著秋畫的嘴，把她拖出殿外。

兩個小丫頭遠去後，蘭氏眼中若有所思。眼見著天越來越黑，冬至宴馬上就要開始，她再三囑咐閔窈小心之後，才帶著青環回府去。

第五十一章

晚上的冬至宴，華城沒有出席。

皇帝和皇后面色如常，好像什麼也沒有發生過一般，更談不上和藺氏擔心的那樣，會把閔窈抓去盤問什麼。

閔窈不知道長輩們對華城的事是什麼態度，整場宴席中，她一會兒惦記著華城現下怎麼樣了，一會兒又想著閔方康要把閔玉鶯嫁給閔盛的事，還記起秋畫剛才的異樣舉動。她之前都是派秋畫去照看盛哥哥的傷情，方才秋畫這般緊張盛哥哥的婚事，難道一來二去的，這小丫頭竟對盛哥哥暗生了情愫？

這麼胡思亂想著，她宴席上也沒怎麼吃東西。

晚上東方玹喝了不少酒，她扶著東方玹剛回到寢殿，就被他摁到床上一通亂親亂咬。

閔窈的身子還未恢復到她滿意的狀態，本是想避開他，可是禁不住他撒嬌似的糾纏還有那楚楚勾人的眼神，便忍不住心軟了……兩人情熱，廝磨了一陣，當小呆王正要攻城掠地之際，閔窈忽然聽到小圓的哭聲隱隱傳到她耳朵裡。

「殿下！快停下……小圓哭了！」

「哭了？我怎麼沒聽到？」

生產之後的閔窈更加水嫩可口，自從上回嘗過之後，東方玹朝思暮想地憋了好幾天，差點就把自己憋壞。現在好不容易趁著政務不忙的時候捉住媳婦兒，摸出她的脈象已經大好，他自然不肯放手。

「放開我，殿下，小圓他真的在哭！」

「我怎麼沒聽到？妳騙人，看我怎麼懲罰妳……」

一雙大手強制壓回閔窈的掙扎，灼熱的吻鋪天蓋地一個個落下來，閔窈很快被他弄得喘不過氣來，可是耳邊兒子的哭聲一聲比一聲淒慘，她心急如焚，不由得就想起華城和她不幸的兒子來。

「啊！」東方玹痛呼一聲，一雙丹鳳眼滿是不可置信地看著自己手臂上一圈血紅的牙印。「窈兒，妳、妳居然咬我?!」

「真的是小圓在哭！」

閔窈顧不上和他解釋，扔下一句話後就攏了攏衣裙，飛快地衝出寢殿。

她繞過大半個椒蘭殿，奔進乳母的房間，裡頭不見乳母和宮人的身影，而她的寶貝兒子果然如同她擔心的那樣，正孤零零一個人滾在床榻邊緣，哭得整張小臉都開始發紫。

「哇……哇啊！哇哇哇……」

小圓哭得上氣不接下氣，稚嫩的丹鳳眼痛苦地緊閉著。嗅到了自己母親的氣息，小圓挺著個小腦袋一邊哭，一邊就往閔窈胸口拚命鑽去，那可憐的小模樣直看得閔窈心痛不已。

「不哭不哭！小圓乖，小圓乖……」聽到兒子哭得淒慘，閔窈心如刀割。孩子這麼小又不會說話，她也不知道發生了什麼事，頓時急得眼圈泛紅。

「乳母呢？看守的宮人呢？都哪兒去了?!」

東方玹隱含怒意的聲音從外頭傳過來，閔窈只聽見幾個侍衛唯唯諾諾地應了幾聲，隨即一陣整齊的腳步聲很快往四處而去了。

「去把茅大人請來！」東方玹大步進了屋，一把就將閔窈和兒子圈到自己的長臂中。望著閔窈眼中的淚光，修長的丹鳳眼中微微帶了些自責，他伸手揩去閔窈的淚珠，柔聲道：「都是我不好……媳婦兒別怕，我在這兒呢。」

「殿下……」

他那句「我在這兒呢」彷彿充滿魔力，閔窈垂頭靠在他懷裡，心一下子安定不少。

乳母與值守宮人怠忽職守，很快受到了應有的懲罰，小圓經過茅輕塵的診治，發現原來是尿布的帶子紮得太緊，小傢伙被勒得難受，這才哭得這麼厲害……

然而閔窈隔著大半個椒蘭殿居然能聽見小圓的哭聲，簡直比東方玹這個高手還要厲害，對此茅輕塵不得不感嘆一句母子連心。

東方玹當即換了新的乳母過來。

經過這虛驚一場，小夫妻倆之間的感情比以前更好了，東方玹也仗著閔窈咬傷他手的愧疚感，乘機逼迫閔窈答應了許多羞人的「補償條件」。

過了幾日，藺氏進宮來看閔窈，順便就和閔窈說了下閔玉鶯的事。

「玉鶯這孩子醒來之後一直念著妳的好哩！」藺氏抱著小兒子閔承澤絮絮叨叨的。「不光是玉鶯，就連柯姨娘現在都到處說妳的好。昨天阿娘去看玉鶯的時候，她還說，等傷好了要親自到宮裡來拜謝妳這個姊姊。」

「拜謝我？還是算了吧！」閔窈聞言避之唯恐不及。「如今華城就住在宮中，兩人要是在宮裡碰上，打起來可怎麼辦？」

再說閔玉鶯這種心機女，還是提防著點好。誰知道她嘴上說得好聽，心裡又是怎麼想的呢？

「對，窈兒說得有道理，要是在宮裡鬧起來，妳是公主的嫂嫂，又是玉鶯的長姊，到時候為難的還是妳啊！」藺氏雖然可憐閔玉鶯，可是事關親生女兒，她當然先顧著閔窈的。

「母親，人心隔肚皮，雖然西院現在有意向您示好，可是您也得提防著點。」柯姨娘和閔玉鶯這對母女不是什麼省油的燈，閔窈不相信她們會這麼快改邪歸正，幾天的工夫就洗心革面，誰信呢？

「知道知道，妳在宮中別總擔心家裡，阿娘心裡有數。」藺氏敷衍了女兒幾句，忽然低頭神神秘秘道：「窈兒妳知道嗎？聽說公主和蕭駙馬和離啦！」

「是啊，我前天聽殿下說，蕭家還被聖上削去了爵位，命令他們五天之內遷出洛京，往後蕭家人十代之內不准入仕呢！」

聽完閔窈的話，藺氏臉上露出一個恍然大悟的表情來。「怪不得！怪不得早上那蕭駙馬……不，那蕭公子穿著粗布衣，一副潦倒落魄的模樣到咱家後門來找玉鶯，說是要帶她一塊兒走。」

「什麼？」閔窈面色複雜地問：「那閔玉鶯跟他走了？」

藺氏搖搖頭。「玉鶯說她如今這副樣子都是被他給騙的，這會兒哪裡還肯跟他走？再說，他現在跟閹人沒什麼分別，整個蕭家被聖上厭棄又翻不了身。玉鶯和妳父親說了之後，妳父親發了大火，立刻就派了幾十個家丁去後門，把他給亂棍打走啦！」

「這就叫可憐之人必有可恨之處，當初要不是他褻瀆神靈，還辜負公主，也不會落到今天這般境地。」

蕭家本就只有蕭文逸這根獨苗，現在他唯一的兒子教他弄沒了不說，自己又被公主打廢了下半身，也算是多行不義必自斃，得了個現世報。

「母親，聽您說的這些，可見父親這會兒對閔玉鶯還是很維護的。」

自從知道蕭文逸的真面目之後，閔窈就沒再把這號人放在心上。她如今唯一關心的，就是父親是否真的想讓閔盛娶了閔玉鶯，畢竟閔玉鶯無論在前世還是今生，都不是個善茬。

「之前盛哥哥高中，柯姨娘就有了嫁女的心思，那時我就不贊成兩人的婚事。」

說到這兒，閔窈頓了頓，杏眼暗暗往躲在屏風後偷聽的秋畫瞟了一眼，她也不點破，只是有些哭笑不得地對藺氏繼續說道：「同姓不婚這點自不必說，閔玉鶯的醜事雖然被父親壓了下去，可是盛哥哥在府中不可能一點都不知道。父親對盛哥哥固然有養育栽培之恩，但說到報答，也不是只有這種報答法的。」

「這……」藺氏被閔窈問得有些答不上來，她低頭看了看懷裡的小兒子，設身處地一想，慢慢地理解了閔窈的想法。「盛兒雖然不是出自閔家血脈，可是這孩子自小聰慧懂禮，對阿娘我也是滿心孝敬。儘管玉鶯已經知錯，可是她做出辱沒家門的錯事，總不能拖盛兒下水啊！」

「母親說得對，我剛才就是這個意思。」閔窈含笑拉住藺氏的手。「盛哥哥今年二十有二，年紀也不輕了，既然母親方才稱讚他對您有孝心，那您是不是也該回家張羅張羅，替他找個好姑娘成家了呢？」

「那是當然！不過妳父親現在就想著逼他娶玉鶯……今天妳父親催著我進宮來，實際上是想探探妳的口風。」

「這事沒得商量！」閔窈湊到藺氏邊上笑咪咪道：「不如這樣好了，您回去後就使出一個『拖字訣』，讓父親先別著急，這閔玉鶯的傷不是還沒好嗎？您就說是我說的，等他那寶貝庶女的傷好了，再問問盛哥哥的意思，終身大事肯定要好好商議的嘛。閔玉鶯的傷少說也要養三、五個月吧？這段時間足夠咱們給盛哥哥安排了，到時候生米煮成熟飯，父親也沒辦法。」

「哎呀，這事瞞著妳父親行嗎？」

閔窈見狀，拍著胸脯安慰她道：「沒事，一切有女兒幫您擔著，您就放心吧！」

送走藺氏後，秋畫拉著秋月，兩個小丫頭忐忐忑忑地挪到閔窈跟前。

「……娘娘，大公子真的不必娶那個壞女人了？」

「嗯，他不娶閔玉鶯了，過陣子我會安排一個俏麗可愛的小美人給他。」

「啊？什麼?!」秋畫聞言措手不及，原本略帶笑意的眼睛裡，瞬間就流露出震驚與酸澀的複雜神色。

閔窈假裝沒有看見，故意板著臉道：「怎麼，我不是按照妳的請求不讓他娶閔玉鶯了嗎？以後他身邊會有更好的女人與他和和美美、白頭偕老，咱們應該為他感到高興才是啊！」

「奴婢不是不高興……奴婢只是……只是……」一想到心裡的那個人很快就會有如花美眷相伴，秋畫努力掩飾自己心中的失落，勉強抿嘴笑道：「奴婢、奴婢真為大公子高興啊。」

話音剛落，兩行熱淚再也忍不住奪眶而出。

「秋畫，妳……唉！」秋月在邊上扶住秋畫，忙對閔窈解釋道：「娘娘您別怪罪她，秋畫她這是喜極而泣。」

「喜極而泣？」閔窈用手撐著下巴挑眉。「妳們最近古古怪怪的。秋畫有事不肯同我說，寧願自己偷偷摸摸聽牆角；秋月也隔三差五就不見人影，每次回來都小臉紅紅。都老實招了吧，怎麼回事？別妳看我、我看妳的，快說！」

「秋畫她喜歡大公子！」

「秋月她偷偷給茅大人幫忙！」

兩個小丫頭互相指證完，雙雙鬧了大紅臉。

「嘖嘖，我當是怎麼了，原來是我的兩個小丫頭長大了呀！」閔窈樂呵呵地伸手在秋月、秋畫臉上各捏了一把，勾唇笑道：「少女懷春，人之常情，有什麼不好對我說的？真是白寵了妳們這麼多年。」

以前都是兩個小丫頭笑她，現在總算到了她反攻的時候！

閔窈正摩拳擦掌，沒想到秋月忽然面帶憂色地祈求道：「娘娘知道就行了，千萬別告訴別人。奴婢姊妹倆出身卑賤，實在不敢有攀附之心……以後奴婢不會再去太醫局了，還請娘娘對奴婢前陣子失職一事降下懲罰！」

秋畫見秋月這樣，也忙跪到地上說道：「奴婢也是！奴婢保證以後再也不喜歡大公子了，奴婢一定會規規矩矩，全心全意伺候娘娘和小殿下的！」

「妳們……剛才不是說得好好的，怎麼眨眼工夫，一個個就這樣了？」

閔窈還以為是自己方才的話嚇壞兩人，立即彎起眼睛，把秋月和秋畫從地上拉起來。

「妳們跟在我身邊這麼多年，難道連我說笑還是真生氣都分不出來？我說白疼妳們，那是怪妳們心裡有事不和我說，絕對沒有生氣的意思啊！」

「娘娘，奴婢知道您疼我們……可是這種事情跟您說了，只會增添您的煩惱；還有，外人要是知道了，也一定會笑奴婢兩個的，所以……」

「所以妳們就打算放棄了？」閔窈有些恨鐵不成鋼地看著兩人。「人生如夢，一輩子說長也不長。我一直都把妳們當親妹妹來疼，妳們一個溫婉嫻靜，一個俏麗可愛，就算比起那些所謂的大家閨秀也不遜色。如果妳們心上人的心裡也有妳們，那他們絕對不會介意的，要是再這樣妄自菲薄，我也不知道該怎麼幫妳們了。」

秋月、秋畫聞言，趕緊擦了把淚，眼裡紛紛閃起了光。

晚上東方玹沐浴歸來的時候，就看見秋月、秋畫與閔窈一起在寢殿中刺繡。

光滑的素色軟緞被半人高的木製繡架繃成一方緊實的平面，閔窈柔軟的手指捏著一根銀針，在平面上飛針走線，細細地繡著一幅鴛鴦荷葉圖。

秋月、秋畫則是人手一個被木圈箍得圓圓的繡帕，她們見東方玹來了，立即起身告退，出去時還不忘替兩人放下寢殿中的層層簾幕。

「怎麼突然繡起這個來了，是給我的？」高大的身子從後面環住閔窈，他鼻間灼熱的氣息若有若無地噴薄在她敏感的耳垂上。

閔窈有些羞澀地別過臉道：「閒來無事隨便繡的，妾身針線不佳，若是繡了什麼給殿下帶出去，怕是會令殿下在外蒙羞。」

「我不怕，妳敢給，我就敢帶。」

說話間，一雙大手已經開始有些不老實的兆頭。寢殿的氣息一下子變得曖昧而火熱，仗著手上的傷，東方玹肆無忌憚，把好多以前沒用過的手段都使了出來。

閔窈沒一會兒就渾身無力地撲在繡架上，回頭嬌弱地瞪了他一眼，聲音也變得斷續不全。「殿下……你……你這樣……讓我怎麼繡！」

「妳想怎麼繡，就怎麼繡。」東方玹勾唇熱熱地頂了進去，俯看閔窈兩手緊抓在繡架邊緣，晃動中，貝齒死死咬著紅潤的小嘴唇，幾乎要咬出血來。他眼底不由閃過滿滿的心疼，把左手伸到她嘴邊。「還是咬我的手吧！」

「不要……」上次才咬一口已經被這傢伙乘機要盡了好處，要是再咬一口，以後她還活不活了？

閔窈知道今晚這刺繡明顯是繡不成了，她彎下腰，顫抖著收了針線後，身後東方玹的動作就更加狂野起來。

「吱呀……吱呀……」單薄的繡架在不斷的搖擺中發出可憐的聲響，最後終於承受不住兩人的重量，在一陣令人面紅耳熱的喘息聲中，嘩啦一下，散架了。

第五十二章

第二天閔窈去皇后處請安時，被皇后塞了一大沓她王家閨秀的畫像，說是讓她帶去給東方玹挑選，以便充實東宮後院。

晚上東方玹回椒蘭殿看到那些畫像，一張俊臉頓時就黑得跟鍋底似的。

「以後沒事少去皇后那裡晃！」

東方玹胸中憋悶，帶著點小情緒在大殿上來回走了一陣。抬頭見閔窈還像個沒事人一樣在那些畫像上左翻翻、右翻翻，他不禁氣得跳腳，大手一揮，嘩啦一下，就將那些畫像都掃到地上。

「殿下！你這是……」

閔窈被他嚇了一跳。她很少見到他這樣暴躁，就算上回平叛後說要去打仗，他也是鎮定自若得不行，怎麼皇后送幾幅閨秀圖過來，他就跟被踩了尾巴的貓一樣，一刻都坐不住了呢？

「把這些畫都扔了吧！」

「啊？殿下……這恐怕不太好吧？」

「有什麼不好的？」東方玹瞇起一雙泛著微怒的丹鳳眼，伸手捏住閔窈小巧的下巴，強迫她正面對上自己的眼睛，他輕啟朱唇，一字一句問道：「難道妳還真想讓我在裡頭挑幾個不成？嗯？」

他這話讓閔窈聽得心中酸澀。皇后想要往東宮塞人，她一個小輩怎能攔得住？自從他登上太子之位的那天起，不知有多少女子的目光就密切地盯住東宮後院的空位，在大昭，尋常富貴人家的男子哪個不是三妻四妾？

閔窈活了兩世，心裡早就清楚像東方玹這樣完美的男子，哪怕就是給他做妾，也會有很多比她年輕、比她貌美的女子前仆後繼的。

就算沒有皇后娘家的閨秀，以後也會有別家官員、貴族們的女兒通過各種方法接近他！如果不是東方玹一開始有呆傻之症，如果不是他性子古怪不喜生人，這會兒東宮的後院肯定是百花齊放、眾女鬥豔的了，又哪裡會輪得到她，一個家世、相貌都不出眾的太常寺正卿之女來做太子妃呢？

雖然東方玹病癒之後待她更好了，可是前世的種種和母親藺氏的遭遇不正說明了——男人都是喜新厭舊愛美人的嗎？

他現在生人勿近，可誰也不能保證以後他只認她一個啊！或許他現在對她的好，只是因為念舊罷了。若是她還像前世那般拈酸吃醋，說不定很快就會被他厭棄……

畢竟閔窈自認沒有那種傾國傾城的美貌，再加上前世蕭文逸給她留下的陰影……世上有哪個男人會喜歡妒婦呢？

「……殿下如果喜歡，當然可以隨自己的心意挑選。」

閔窈極力掩飾心中的酸澀，做出一副毫不在意的賢慧模樣。

「妳！」捏著她下巴的那隻大手猛地一收，閔窈感到唇下一陣痛楚，東方玹的臉慢慢壓了下來，兩人之間的距離越來越小。「妳真的是這麼想的？妳一點都不介意我有別的女人？」

東方玹的聲音很低沈，黑曜石般的瞳孔裡壓抑著怒火，恍若暴風雨來之前的平靜。

閔窈看出來他是生氣了，她想，大概是因為他和皇后不對付，所以他是氣她同意皇后往東宮塞人？

「妾身怎麼會介意。殿下要是不喜歡畫像上的這些，等來年開春選秀，還有一大批各色閨秀讓你挑選……」

「夠了！」看她眼睛眨都不眨一下，完全一副為他考慮的樣子絮絮叨叨說著，東方玹面色越發陰沈，驀地放開她的下巴，背過身，冷冷說道：「我今晚有要務處理，不回來就寢了。」

看著他冷酷的背影，閔窈心裡一陣抽痛，聽他語氣裡似乎有些不耐煩，她怯怯不敢上前，只是低聲應道：「是，妾身知道了。」

高大的背影隱隱顫抖，回頭見閔窈已經低頭作恭送狀，東方玹捏了捏拳頭，黑著臉，恨恨地離開了椒蘭殿。

接下來一連半個月，東方玹都睡在朝雲殿的書房暖閣裡，半步都不曾踏進椒蘭殿。

宮中開始謠傳太子妃失寵，各方勢力開始蠢蠢欲動，聽說皇后已經送了畫像，一些王公貴族也紛紛仿效，打通門路，將一張張美女畫像送到了東方玹的書桌上。

對此，東方玹來者不拒，全部都笑納下來。

聽書房伺候的小太監說，太子殿下每晚忙完政務後，就在暖閣裡對著那些畫像細細品味，並且對其中幾個閨秀大加讚賞……瞧這情形，恐怕東宮後院等不到開年選秀，就要迎來好幾十位新娘娘了。

秋月、秋畫聽聞這個消息後，急得就像是熱鍋上的螞蟻，閔窈卻是整天抱著皇長孫，一副有子萬事足的樣子，半點不悅都沒有出現在臉上。

太子的起居事宜她還是照常管理得細緻，有時候聽說太子熬夜批閱奏摺，閔窈還會命人做消夜、點心送去，不過他吃不吃就不知道了。

夜裡東方玹不過來就寢，閔窈就把兒子抱回自己寢殿，倒也樂得清靜自在。只是偶爾午夜夢迴，她想起前世和今生的事情，感覺所有的一切都不太真實，彷彿是一場大夢。

明明知道他生氣了，閔窈卻不知道該怎麼哄他？

以前他像個孩子，她還可以把他當小孩，給個糖就完事。現在他變成了大男人，閔窈倒是想哄他，可那些溫情撒嬌的軟話她又說不出口，只能用最笨的方法等著他自己氣消。

她知道自己的心已經開始越來越放不下他了，這讓她很害怕、很不安，如果有一天他真的碰到了配得上他的人，那她該如何自處呢？幸好這一世她有了小圓，無數個漫漫長夜，也不像前世那麼難熬。

眼看著快過年了，媳婦兒還不來哄他回去，東方玹終於熬不住，在一個月黑風高的夜晚，偷偷摸摸地回了椒蘭殿。

第二天天剛亮的時候，閔窈就被一雙纏人的大手給弄醒了。

「殿下?!你、你什麼時候來的？」

小半月沒見他，閔窈從從床上坐起身，心裡又驚又喜。

東方玹卻是板著個臉，一副氣還沒消的委屈樣。「妳是不是巴不得我不來，好讓妳可以整天抱著兒子玩耍？」

「不是的，不是的，不是這樣的！」

「那好，趁著那小崽子還沒睡醒，快來幫我沐浴更衣。」

「啊？」

「啊什麼？妳不願意？」

「……妾身願意。」

閔窈麻溜地起身，匆匆洗漱一下，就跟他去了殿後的浴池。

東方玹不喜歡人伺候，在秦王府的時候都是她服侍他沐浴更衣。但是自從她生了小圓後，東方玹怕她勞累，洗浴事宜都是自己動手，這會兒他主動提及，難道是故意懲罰她？

閔窈心中滿是疑惑，偏偏東方玹一路上面無表情，她也無法從他臉上看出什麼來。

殿後的浴池是徹夜蓄著熱水的，到了浴池邊上，東方玹喝退了宮人、太監，昂著頭，朝閔窈大咧咧地張開手。

閔窈暗地裡微微嘆息一聲，上去給他一件一件地除了衣服。那傢伙身無寸縷之後也不急著下水，在閔窈面前晃了一圈，最後還是閔窈怕他著涼，紅著臉把他推下浴池。

從那之後，東方玹就厚著臉皮回了椒蘭殿。

大概是心裡憋著一口氣，而閔窈又不肯主動服軟，所以他每晚回來也不給閔窈好臉，常常藉故支使閔窈伺候他。

夜裡就寢前，他也不像以前那麼黏人要抱抱了，總是拿著個冷漠的背對著閔窈，不過閔窈每次天亮醒來的時候，總是被八爪魚般的某人纏得喘不過氣來。或者醒來的時候，他人已經走了，可是她胸衣上的帶子老是不翼而飛，而且脫離束縛的兩隻小玉兔上經常殷紅點點的。

對於他孩子氣一般的報復行為，閔窈只覺得好氣又好笑。

過完一個彆扭而隆重的新年後，很快到了二月。

新年後閔窈十九了，而她的生辰就在二月初九。因為年紀輕，以往她生辰都沒有怎麼操辦，可是因為現在身分不同，閔方康格外關心，到了閔窈生辰那天，閔方康破天荒地在府上設了豐盛的宴席為她慶祝。

雖然和閔窈還在鬧彆扭，可是東方玹還是很給面子地跟著閔窈回了娘家。

「哎呀！殿下也來了！」閔方康見到東方玹來了，簡直比女兒閔窈回來還要激動，他一撩身上紫色團花綾袍的大袖就興沖沖地迎上去。

許久不見，閔方康胖了不少，近來頻繁的酒宴交際，使他從一個清瘦之人，很快變成了油膩肥碩的官老爺模樣。而他身邊跟著的藺氏反倒體態如常，戴著整副鏤空紅寶足金頭面，著一襲紫色開襟雲錦大袖衫，羅裙曳地，挽著珍珠披帛，笑吟吟地望著女兒、女婿。

太子殿下與太子妃親臨，整個閔府上下喜氣洋洋，宴席上更是歌舞不斷，絲竹繞耳。

閔窈出來時盤了個高高的元寶髻，烏黑亮麗的髻頂中，綻放著一朵富麗堂皇的大紅牡丹，髮髻兩側各簪五支飾金獸紋白玉長簪，光潔的額頭上繪一朵鎏金牡丹形花鈿。髻上纏繞著兩道鏤空繁複的花蕊赤金小鏈，一串晶瑩剔透的紅寶石環過眉心，配著閔窈身上的正紅色交襟鳳紋錦大袖衫，盡顯天家媳婦的大氣華貴。

「哎呀，當了太子妃就是不一樣啊！閔家這嫡長女我可是從小看著長大的，以前瞧著還湊合，現在瞧瞧怎麼越發覺得她天姿國色，比她那美名遠播的庶妹還惹眼了？」

「人靠衣裝，佛靠金裝！再說，太子東宮裡就她一個，天天滋潤著，能不嬌豔嗎？」

「閔方康真是好福氣啊！光靠著女兒就能平步青雲啦……」

宴席上閔方康請來的人除了本家，還有一些朝中交好的官員及其家眷。眾男女的席位離上頭正席遠，一見閔窈和東方玹進來，有些人就忍不住在絲竹音樂的掩護下開始竊竊私語。

其中一些女眷對閔窈的穿戴評頭論足，有一些則是兩眼發光地盯著東方玹直接驚呆了。

「天哪！太子殿下也太俊了吧？通身的氣派……這閔家嫡女前世到底修了什麼福喲，怎麼什麼好事都被她給趕上了？老天真是不公啊！」

「嘖！妳忘了，人家當初嫁的時候整個洛京城都在嘲笑，有些事天注定，咱們羨慕不來。」

上頭的東方玹穿著日常玄色交襟龍紋長袍，滿頭墨髮被一頂金鑄浮雕遊龍冠束著，他聽到底下眾人的私語後，俊美無雙的臉龐露出一個略微得意的笑容，頓時又把下面一群春心暗動的女眷們給迷得神魂顛倒。

閔窈偷偷看了他一眼，又看看底下無數女子發光的眼睛，她有些不爽，真想馬上用冪鸁把這傢伙招人的妖孽臉蛋給整個包起來。這時候她不得不承認，自己嘴上說讓他隨便納妃，其實心裡還是很自私地想要獨占他的。

「窈兒，妳妹妹給妳祝賀生辰來了！」

閔窈正端坐審視內心之際，閔方康繞過一群賣力朝東方玹暗送秋波的舞姬，將一身素色紗裙的閔玉鶯帶到席下。

因為閔窈和東方玹坐的首席是整個宴席中最高的地方，底下還有三、五格臺階，所以閔玉鶯行完禮要說祝詞的時候，那巴掌大的小臉便盈盈抬了起來，一雙水汪汪的大眼睛非常柔弱地往上頭望去。

閔窈見了她的臉不由一怔，心道茅大人果然妙手回春，不僅只用了一盒膏藥就祛了她腹上的妊娠紋，就連閔玉鶯被華城用刀子劃花的臉，也被他配的生肌復顏膏給救了回來。乍一看，簡直和毀容前沒什麼區別。

「玉鶯謝姊姊再造之恩，如果沒有姊姊和姊夫，玉鶯真的不知道怎麼辦才好？玉鶯以後一定會好好報答姊姊和姊夫的！」

閔玉鶯一邊說，一邊用眼睛偷偷瞄著往閔窈碟子裡挾菜的東方玹，只是看了那麼一眼，她心中就燃起一把熊熊烈火。

為什麼？為什麼這個比蕭文逸俊美一千倍、如今權勢滔天的男人會對閔窈這麼好？為什麼她今天才見到這個男人？閔窈何德何能，憑什麼竟是這般命好?!而她從小就比閔窈美、比閔窈聰明，卻混到如此地步……

「都是一家人，妳不必如此。」閔窈淡淡看了閔玉鶯一眼，儘管心裡厭惡，可是場面上她也不想弄得閔方康太難看。「行了，妹妹不必站著了，快回席位上吧。」

東方玹卻是一言不發，看在閔窈的分上，他朝閔玉鶯漫不經心地點點頭，意思是她可以退下了。

閔方康偷看了下東方玹，心中奇怪。就他家玉鶯這般嬌弱嫵媚的身段、閉月羞花的臉蛋，比起宮中美人都略勝一籌，為何這太子女婿竟連第二眼都不肯看？

然而礙著閔窈在，有些事他也不便太過明目張膽，讓閔玉鶯下去之後，閔方康就笑呵呵地上前與東方玹敬起酒來。

酒過三巡，閔窈與乳母抱著小圓去後宅歇息，東方玹獨自坐了一會兒覺得無趣，便也往後宅尋去。

進了閔窈閨房卻不見媳婦兒的人影，他這時有了些醉意，便歪倒在閔窈的小床上瞇眼歇息。瞇著瞇著，朦朧間有輕微的腳步聲走進來，東方玹以為是自家媳婦兒，立即裝出一副熟睡的樣子，想乘機逗逗她，與她重歸於好。

他閉眼滿心期待地等著，冷不防，一隻柔若無骨的小手帶著撩撥的意味，就滑上了他的小腿。

第五十三章

那小手如同一條靈活的小蛇般，隔著衣料摩挲他小腿上的肌肉。

東方玹背上起了一層雞皮疙瘩，心想自家傻媳婦兒什麼時候轉性了？平素他稍微孟浪些，她就含羞躲閃不及，怎麼今日卻像是個調情高手，如此大膽地來引誘他？

感覺那手慢慢就朝腿間的方向遊去，與此同時，一股濃烈催情暖香飄進他的鼻端。東方玹聞到味道登時酒醒，睜開一雙含怒的鳳目，猛地制住快要攀上他胸口的女人。

「大膽——」

閔窈帶著閔盛，和秋月、乳母一行人說說笑笑，剛到了自己閨房小院門口，就聽見裡面傳來東方玹的一聲暴喝。

「這是這麼回事？秋畫呢？我不是讓她在這裡等著嗎？」

藉著回娘家慶祝生辰的機會，閔窈本想要撮合秋畫和閔盛，無奈秋畫害羞不肯見他，閔窈只好讓這小丫頭留在自己以前的閨房等消息。

閔窈去東廂房替秋畫轉交她繡給閔盛的香囊，沒想到閔盛也是紅著臉，扭扭捏捏的沒一句準話。

自從宮變那次差點為閔窈丟了性命之後，閔盛在養傷的日子裡漸漸將心裡的事情放下，當閔窈說想把秋畫許給他時，閔盛想起秋畫嬌俏可愛的樣子，隱隱有些心動……可是當著曾經傾慕之人的面談論自己的婚事，閔盛臉皮薄，實在開不了口應承。

閔窈看出他心中的小彆扭，她生怕好事多磨，於是索性把閔盛帶過來，讓他自己和秋畫說個明白。

只是讓閔窈沒想到的是，她回到小院門口的時候沒有看到秋畫，反而是兩個滿臉橫肉的粗使婆子守在那兒。

「娘娘！」

「哎呀，娘娘……秋畫姑娘她……她、她去別處了！」

兩個婆子見到閔窈來了，面上都露出慌張的神色。閔窈一看就覺得不對勁，這兩個婆子似乎有些眼熟，她眯眼仔細一想，忽然記起她們原是在西院柯姨娘手下當差的人。

「娘娘！娘娘！」

閔窈正要盤問兩個顫抖不已的婆子，突然聽到不遠處傳來秋畫的呼喊聲，她一抬頭，只見秋畫掙脫了幾個家丁的束縛，氣憤不已地奔到閔窈跟前控訴道：「娘娘，這幾個婆子要造反了！剛才殿下醉酒進了您的閨房歇息，奴婢正想去請您回來照料，沒想到她們卻讓家丁把奴婢扣了起來！然後老爺就帶著二小姐進了您的院子……」

什麼？殿下醉了，而父親帶著閔玉鶯進了她的閨房?!難不成東方玹剛才的那聲呵斥，是在斥責閔玉鶯……勾引他？

這個可怕的想法在腦子裡一閃而過，閔窈只覺得兩眼一黑，登時整個身子都微微發起抖來。她一想到閔玉鶯糾纏東方玹的畫面就火冒三丈，這時也顧不得什麼禮儀規矩，撩起裙襬就氣沖沖進了自己的院子。

「哎呀，窈兒？妳、妳怎麼進來了？」

聽到閨房裡的動靜，閔方康正憂心忡忡，不經意回頭看見閔窈滿面怒容地殺過來，他下意識地張開雙手，試圖阻攔閔窈進去。

「父親，您真是太糊塗了！」

閔窈眼圈通紅地看著眼前這個被她喚了兩世父親的男人。如果說以前父親那些寵妾滅妻、偏愛閔玉鶯的行徑，只是讓閔窈越來越失望的話，那麼今天他親手將閔玉鶯送到東方玹床上的這事，可真的教閔窈徹底心寒了。

「窈兒妳別生氣啊！為父做的一切都是為了妳、為了咱們閔家好哇！」見閔窈就要往閨房裡衝去，閔方康竟厚著臉皮攔住她，嘴裡還在低聲狡辯道：「玉鶯可是妳親妹妹，殿下就算收了她，她也不過是個小的，絕不會妨礙到妳的位置呀！窈兒，妳做姊姊的氣量要大些，反正殿下總要納妾的，還不如納了玉鶯，便宜自家人呢！」

「父親，您真的是為了女兒嗎？」閔窈含淚氣憤道：「恐怕說到底，還是為了您自己吧！父親這麼做的時候，有沒有想過我的處境會如何？」

「哎，窈兒，妳怎麼可以這麼想父親呢？」

「讓開！我要進去！」

「窈兒，妳聽父親一回，殿下在裡頭正忙，咱們等會兒再進去……」

閔窈聽見他這些無恥言論，簡直要氣得發狂！她倒是很想進去看看，不久前在宴席上還口口聲聲說要報答自己的閔玉鶯，這會兒究竟是在裡面怎樣報答自己的?!

父女倆正在院子裡推搡之際，忽然聽閨房門砰的一聲，從裡面被踢開了。

「殿下……」

閔方康死死扯著閔窈站在原地，只見東方玹身上的玄色交襟龍紋長袍半分不亂，腰間的浮雕獸紋玉帶也好好地繫著，俊美無雙的臉上沒有一絲表情。

而他身後的閔玉鶯跪在地上，衣衫不整，一件半透碧紗抹胸裙鬆垮垮地掛在身上，酥胸半遮半掩，妝容媚豔，神情卻是驚懼惶恐。也不知東方玹方才對她說了什麼，竟把她嚇得好像丟了魂，此時眼神呆滯，縮著身子，戰慄不已。

適才席上她還穿著交襟素紗裙做端莊正經狀，然而距閔窈離席不到一盞茶的工夫，她卻已經裝扮得比勾欄女還要輕浮，花枝招展地去勾引她的姊夫了！真是江山易改，本性難移啊！

「岳父大人，下次本宮過來的時候，不想再看見這個女子出現在本宮眼前。」

東方玹沈著臉走到閔方康和閔窈邊上，拉起閔窈就往外走。

「殿下！玉鶯年紀輕、不懂規矩，冒犯了殿下，還請殿下看在老夫和太子妃的分上，就寬恕她一回吧！」

「岳父大人，本宮說過的話不想說第二遍。」

感受到東方玹身上隱隱散發出肅殺之氣，閔方康很沒出息地兩腿一軟，砰的一聲就跪倒在地上。「是是是，臣該死多嘴，還請殿下息怒！」

「今日是太子妃生辰，本該是闔家團聚的良辰吉時，可惜朝中事務繁多，本宮就先帶太子妃回去了，岳父請起吧。」

「謝……謝殿下……」

等閔方康摸了把額間的冷汗，簌簌發抖地從地上爬起來時，東方玹已經拉著閔窈走出了院門。

「窈兒真是好賢慧。」上了馬車，東方玹冷冷地放開閔窈的手，修長的丹鳳眼中滿是嘲諷。「既然妳這麼大度，那我就如妳所願，等下月選秀時幫妳多納些妹妹進來，這樣妳可滿意？」

「殿下，妾身事先真的不知道，是父親他……」

「哼，妳不知？那為什麼我去妳閨房的時候妳不在，還不是妳默許的？窈兒，為什麼？為什麼妳這麼急著要把我推給別的女人?!」

見他繃著張俊臉惱怒至極，閔窈急得眼淚都掉下來，忙上去拉住他的手解釋道：「不是的！我那時候去了盛哥哥的住所……我、我不知道父親他會這樣……」

聽她說到閔盛，東方玹眼中的怒意更盛。剛才出來的時候，他看到閔盛紅著臉站在院門口，手裡緊緊捏著個香囊，那香囊上的圖案，分明就是閔窈之前在繡的那幅鴛鴦荷葉圖！

「哼，盛哥哥？叫得那麼親熱，他為了妳連命都可以不要，妳心裡其實一直很感動，對不對？」

「殿下，你在說什麼？妾身找他只是因為——」

「好了，什麼都不用說了，我不想聽！」

東方玹很受傷地別過頭，聽到閔窈在一旁小聲地哭，他硬逼著自己狠下心腸，背對著她，委屈地合上了眼。

藺氏得知後院紛亂，急忙趕來，聽閔盛說完閔方康做的糊塗事後，她當場氣得暈過去。

整個閔府上下登時亂成一團。

面對藺氏的指責、柯姨娘和閔玉鶯的哭泣，還有下人們異樣的眼神，閔方康心煩氣躁，覺得這個家真是一刻都待不下去了。他開始在外尋花問柳，沒多久就勾搭上一個姓吳的小寡婦。

自閔府生辰宴之後，東方玹便與閔窈再度陷入冷戰。

他雖然仍回椒蘭殿就寢，卻每晚都用冷漠的後背對著閔窈，也不主動湊近她糾纏了；閔窈幾次想要與他解釋，可一見他那副拒人於千里之外的樣子，就心中抽痛，不敢上前……

兩人之間這一僵，就僵到了三月中旬的選秀。

開選那天，閔窈應邀便陪著皇后去了。

得知她去幫著主持選秀，東方玹氣得晚上就沒回來睡。那晚閔窈一個人輾轉反側地想了很多，天亮起床的時候只覺得暈頭轉向，請周老太醫過來一看，說是著了涼。

宮人煎了湯藥服侍閔窈喝下，她昏昏沈沈地睡了過去，等到下午藺氏進宮來探望時，秋月才把她叫起來。

「窈兒啊，一個月沒見，妳怎麼就瘦成這樣了?!」

看著女兒昔日圓潤的臉瘦得下巴都尖了起來，藺氏心疼得直掉眼淚，摟著閔窈嗚咽道：「可憐的孩子，都是妳父親造的孽呀！聽兩個丫頭說，因為妳父親做的糊塗事，殿下到現在還生妳的氣？」

閔窈一聽藺氏提起這個，什麼話都沒說，只是撲進藺氏懷裡大哭起來。

「阿娘的傻窈兒！」藺氏一邊抹淚，一邊摸著女兒的頭髮，咬牙切齒道：「這死老頭子，明明知道他那寶貝庶女是個名聲敗壞、狐媚輕浮的東西，還巴巴地往殿下跟前送！他把殿下當成什麼了？這也怪不得殿下會生氣，只是可憐了阿娘的窈兒，被殿下遷怒，看看都委屈成什麼樣兒了！」

經過生辰宴風波之後，藺氏總算看清了閔玉鶯。

「殿下放話之後，妳父親很快把她的親事定了下來。新女婿姓趙，是太常寺裡新來的從七品主簿，聽說他們趙家原先在洛京也是有些名頭的，不過如今沒落已久，也沒什麼親戚了。那趙郎君文質彬彬，玉鶯偷偷看過一回也同意了，就是那柯姨娘，不知是怎麼想的，竟然死活不贊成這門親事，說趙郎君配不上她女兒。」

閔窈聞言，吸了吸鼻子問道：「那趙家知道閔玉鶯從前的事嗎？」

「傻窈兒，要是知道了，他們還會讓玉鶯進門嗎？」蘭氏刮了刮閔窈的鼻子，破涕為笑。「這事都是妳父親在搞，阿娘不想摻和。只是聽妳沈姨娘說，趙郎君家裡本有個原配孫氏，與趙郎君育有兩子一女，現在趙家想攀咱家的親事在洛京站穩腳跟，已經把那孫氏貶作妾了。她閔玉鶯在外頭打著妳這個太子妃妹妹的名號，嫁過去是一定要做大的。」

「她憑什麼打著我的名頭做缺德事?!趙郎君的原配孫氏何其無辜，好好的正室居然被貶作妾！」閔窈聽得心頭火起，噌地一下從蘭氏懷裡掙扎起來。「不行！我要回府去好好教訓一下閔玉鶯！還有父親，我一定要……咳咳咳！咳咳……」

她說著說著，喉嚨間一陣氣逆，登時被嗆得劇烈咳嗽起來。

「哎呀窈兒，可別氣壞了身子！」

蘭氏慌忙給女兒揉背順氣，嘴上不住寬慰她道：「隨他們去吧！趙家的事咱們管不了，反正等她過一陣嫁出去，咱們就眼不見、心不煩了。」

閔窈一口氣被順了下去，仍是有些介懷。「母親您幫我帶句話給父親，要是他們以後敢再打著我的名頭做壞事，可別怪我翻臉不認他們！」

「唉……」藺氏無奈道：「阿娘知道妳心裡惱火，可妳父親現在就像是變了個人，什麼都聽不進去。前陣子，他又納了一個小寡婦吳氏進府來，如今柯姨娘和綠菊，還有這個新來的吳氏，把府中攪得雞飛狗跳，烏煙瘴氣！」

「父親和以前是大不同了。」以前他身上還有股書生氣，時常做出一副清高的姿態，可是自從他步步高升之後，卻和那些曾經被他自己鄙視的腦滿腸肥、貪戀權力和美色的官老爺沒什麼分別。

「幸好妳舅舅前日從西疆回來了，他此番立下赫赫戰功，又是平叛功臣，陛下已經下旨晉他為從四品刑部侍郎、宣威大將軍；妳外祖母也沾了他的光，晉封為正三品誥命夫人。」

藺氏說到這兒，面上露出欣慰之色。「要不是妳舅舅爭氣，還有妳在後邊給阿娘撐著，咱家後院那些女人呀，早就爬到阿娘頭上來了！阿娘現在見到妳父親和她們就心煩，真是一刻都不想待在家裡了。」

小圓現今七個多月大，嘴裡已經開始咿咿呀呀想說話了。

下午藺氏走後，閔窈逗了會兒兒子，餵完奶哄他睡下之後，忽然覺得身上陣陣發冷。

等太醫來時，閔窈已經躺在床上迷糊了起來，她整個人一會兒冷、一會兒熱，渾身上下卻是一滴汗都沒有。

周老太醫立刻緊張起來，又重新給閔窈換了個方子。

晚上喝了藥洗漱之後，閔窈一個人躺在偌大的床榻上瑟瑟發抖。知道她怕冷，秋月已經命人加了兩床鵝毛軟衾，可是閔窈總覺得手腳怎麼都焐不暖，唯有胸口處有一絲溫熱。她太陽穴附近隱隱作痛，渾身痠疼不已。

入夜後的寢殿寂靜得有些可怕。

望著碧色紗帳上那一道道閃閃發光的銀線珍珠墜子，聽著殿內櫥架上的沙漏發出連續不斷的輕微聲響，閔窈睜著眼，只覺得天地間好像忽然只剩下她一人。

孤獨在黑夜裡被無限放大，白日裡所有偽裝出來的堅強在這一刻終於崩塌。想起東方玹連日來的冷漠，閔窈把頭埋進軟衾裡，摀著嘴、顫抖著身子，哭了出來。

不知道哭了多久，她終於哭累了，抓著軟衾縮成小小的一團，抽抽噎噎地睡了過去。

殿內夜明珠瑩白的光輝下，重重帷帳上忽然映出一道修長影子。那影子幽幽嘆息一聲，十分矛盾地注視著床上的人兒，最後終於忍不住，偷偷摸摸地爬上床去。

第二天早上，當閔窈睜開眼睛的時候，只覺得渾身上下通透無比。

三天後，閔窈的風寒已經完全好轉，閔盛下了早朝來東宮看望她。

閔窈看他一副扭捏樣，就知道他是來找秋晝的，於是就找秋晝出來招待。

在閔窈的熱情挽留下，閔盛用了一頓豐盛的午膳才走。

出了椒蘭殿，閔盛想起秋晝可愛的模樣，嘴角微微彎著。原來被人喜歡和惦記的感覺是這樣美好，先前都怪他執迷不悟……

走著走著，前頭忽然出現了個又高又壯的蒙面侍衛擋住他的去路。閔盛彬彬有禮道：

「這位大哥，麻煩讓一下。」

「不讓。」

低沈的聲音在銀絲面具後陰冷地響起，不等閔盛再度開口，蒙面侍衛便一把拎起閔盛的後衣領子，像是老鷹抓小雞般，把他提到朝雲殿附近的無人角落。

「啊！你幹麼？為何打人？……哎喲！啊！哇！……」

一頓狂風驟雨般的暴打之後，蒙面侍衛從閔盛腰上粗暴地扯下他的香囊，氣勢洶洶地就往椒蘭殿飛去。

第五十四章

春日的午後暖風習習。

閔窈用過午膳後有了些倦意，正想起身往寢殿內歇息，忽然見正殿門口一道修長高大的身影如風一般閃了進來。

「雲十九？」

「小的見過娘娘。」

久違的低沈嗓音從銀絲面具後幽幽地傳入她的耳中，閔窈頓時又驚又喜。「真是好久不見了！自宮變之後，你就陪著殿下去了西疆打仗，如今是調回東宮了嗎？你家裡的老祖母和妻子可都還好？」

「娘娘如此關懷，小的真是受寵若驚。是的，小的才剛調回殿下身邊不久，今日特地過來向娘娘請安。」一見她對自己如此關懷，雲十九有些彆扭地別過臉，放緩語氣說道：「至於家裡……唉，祖母年事已高，身體越來越不好了……小的久不回家中，那傻媳婦兒也與小的生疏很多，根據小的觀察，她似乎有出牆的徵兆……」

「什麼？怎麼會有這等事?!」

閔窈聞言吃驚不已。她活了兩世，還是第一次聽一個男人在自己面前說這種事，當下不由用憐憫的目光望著雲十九。

「十九，你快坐下說話。」

見雲十九站在殿中十分拘束和苦惱的樣子，她忙招呼雲十九在軟墊上坐下，讓秋月、秋畫給他上茶。

「十九，這裡頭是不是有什麼誤會啊？」

「唉，這個小的也不是很確定，只是有所懷疑……現在小的在家裡也不敢問她，就怕問出個什麼來，惹得自己傷心。」

雲十九面前的小几案，被侍女們依次擺上數盤精緻的點心還有熱氣騰騰的茶水，可是他戴著面具不方便吃喝；而且隔著三丈遠的距離，雲十九一直轉著身子看閔窈的臉，根本就沒有摘下面具的意思。

「娘娘，您是女人，應該瞭解我那傻媳婦兒的心思……」

兩道爍爍的目光從面具眼部的孔洞中直直打在閔窈身上，閔窈被他盯得有些發毛，本想讓秋畫過來在她和雲十九之間加一道珠簾，可是一見殿中的宮人、太監都在四處站著，她又覺得自己多慮了。

雲十九以前保護她的時候就見過她的容貌，現在遮遮掩掩的，反倒不自然了。再說，人家是來找她訴苦的，本就是不把她當外人，她也應該大大方方的才是。

「娘娘，小的有幾個問題想要請教一下。」

「哦？是什麼問題？說來聽聽。」

雲十九看著她定定問道：「娘娘是真心喜歡殿下的嗎？」

閔窈本來端著一只三彩琉璃茶碗正想喝一口，被他這麼一問，她心顫了下，碗中的幾滴茶水不小心就晃到了手上。

「呀！」

滾燙的茶水沾到手腕白嫩的肌膚上，閔窈驚得輕呼一聲，雲十九見了，瞬間飛身上前捏住她的手，焦急地上下查看起來。「燙到哪兒了？妳別動，讓我看看！」

「好像是在手腕上……」

「怎麼總是咋咋呼呼的？妳看都燙紅了！」

「誰叫你剛才……你、你放手！」被他沒頭沒腦地訓斥了幾句，閔窈終於回過神來，驚慌萬分地把手從他的手裡抽出來。

天哪！她在做什麼？她竟然讓雲十九那樣捏著她的手！

「雲十九！你下去！」

雲十九身子一僵，好像不敢相信閔窈會對自己說這樣的話，骨節分明的右手尷尬地懸在半空中。

「你沒聽見我的話嗎？還不快……」閔窈羞惱地側頭，這才發現他今日沒有戴銀絲手套。

她微微瞪大了眼，看著雲十九的右手，閔窈的心跳在瞬間就加快兩倍——因為她發現，他裸露在外的右手腕與手臂的交界處，居然有一圈淡淡的牙印在上面！

怎麼會這麼巧？這樣的牙印，東方玹右手也有一個，那是她親口咬出來的，也是在這同樣的位置！

「您怎麼了？……娘娘？」

「你別碰我！」

閔窈的身子在絳紅色的薄紗大袖下隱隱發抖，忽然像隻炸了毛的貓一樣不讓他靠近。

雲十九急躁地圍在她身邊轉了幾圈，以為她是礙著男女大防，他心中既安慰又焦心。但是轉了一會兒見閔窈面色越來越不好，他心一橫，上前就想抓她手給她診脈。

然而就在這時，屏風後的秋畫聽到動靜跑進來，衝著他大聲呵斥道：「大膽雲十九！你這是想對娘娘不敬？來人哪——」

「秋畫，這裡沒妳們的事，都先下去。」

閔窈深吸了一口氣，努力平復心中驚天駭浪的震驚，她抖著手，示意秋畫退下，然後從自己几案前拿起一塊玉露糰子塞進嘴裡，背對著雲十九，細細咀嚼起來。

「娘娘？」

低沈的聲音裡帶著滿滿的擔憂，在她背後試探著響起，聲音中不經意摻雜的一絲甜糯，使閔窈更加確定了她心中那個不敢置信的猜想。

雲十九……雲十九？好一個雲十九！怪不得，她總覺得他有些不對勁！

閔窈氣得牙癢癢，直把嘴裡的那塊玉露糰子當成某個可惡的傢伙，狠狠地嚼了上百下，恨不得馬上就回身撲過去掐死他！

他是在試探自己？原來他一直在試探自己！可是他之前不是……難道，他一直是裝的？

「娘娘？」

見閔窈一直背對著自己不說話，雲十九不知怎的，竟然感覺後背漸漸冒出一絲冷意。他小心地往閔窈邊上靠近了一些，沒想到閔窈忽然轉過身，給了他一個大大的笑容。

「……娘娘？」雲十九彷彿一個犯了錯當場被抓住的小孩般，愣在原地，手足無措地看著閔窈。「娘娘這是怎麼了？為何這樣看著小的？」

「呵呵，我沒事，你不用擔心。」

閔窈心中氣極，面上卻是笑吟吟的，對雲十九親切地說道：「你剛才不是說有幾個問題要問我嗎？這才問了一個，繼續問吧，我聽著呢。」

「咳咳，娘娘真的沒事了？方才您的臉色……」

「喔，不礙事，咱們繼續。」

雲十九見閔窈面上沒有異樣，這才輕咳一聲，壓低嗓子說：「剛才第一個問題，娘娘還沒回答小的呢！」

「你這問題問得唐突，我對殿下喜不喜歡、真心不真心，又干你什麼事？」

「娘娘誤會小的了，小的沒有別的意思，之所以會這樣問，完全是因為殿下也有段時間不在娘娘身邊，您的經歷和小的那傻媳婦兒有些相同，所以想通過您瞭解一下她的想法。」

一口一個傻媳婦兒？雲十九，你可真是好樣的！

閔窈竭力按捺咬人的衝動，面上的笑容越發燦爛。「哦？原來是這樣，那這個問題我可要好好想想才能回答你了。」

「這還需要想?!」聽閔窈漫不經心的語氣，雲十九登時就急了。「難道娘娘連自己的心都不清楚嗎？」

閔窈彎嘴笑道：「以前很清楚，不過現在聽你這樣問，我覺得這事還真的需要好好想一想。」

「您……」

見他被自己噎得說不出話來，銀絲面具後的那張臉似乎在咬牙切齒的，閔窈笑得更開心了。「快說吧，下一個問題是什麼？」

「……沒有了！如果娘娘不回答這個問題，那小的也不知道後面的問題該怎麼問了！」

見他像小孩吃不到糖一樣賭起氣來，閔窈瞇著眼睛站起身，盈盈走到他跟前。「既然你這麼想知道『你家傻媳婦兒』是如何想的，那麼還是先跟我去一個地方吧！」

雲十九迅速抬頭。「娘娘要去哪兒？」

「出宮去秦王府，我忽然想起有幾件東西落在那兒了。」

「這就是娘娘落在這裡的東西？」

半個時辰後，雲十九跟著閔窈走進秦王府的糖庫，見閔窈抱著兩個裝滿各色糖品的八卦多寶盒走了出來。

「對，還有寢房那邊，我記得殿下的魯班鎖還放在地毯上，之前走得匆忙，我沒來得及收拾。」閔窈一邊走，一邊顧自說道：「現在殿下和以前大不同了，他不玩魯班鎖，也不吃糖了。」

「既然殿下不需要了，那娘娘您為何還特地過來拿這些東西？」

閔窈徑直往之前住的寢房小院走去，頭也不回道：「我留著做個念想，不行嗎？」

「念想？什麼念想？……是什麼意思？娘娘？」

難道她想和閔盛那死小子私奔？反了反了，他絕不允許這種事發生！就是連半個念頭也不准她有！雲十九邁著大長腿，心中燃起一把酸溜溜的大火，迅速跟著閔窈進了王府寢房的小院。

自東方玹被冊立為太子搬去東宮後，秦王府原先的僕從減了大半，如今雖然只留下百餘個僕從維持王府日常灑掃，可是閔窈一路走來，見到王府中各處和她以前住在這裡的時候一模一樣。

這個王府承載了她很多美好的回憶，然而故地重遊，好像很多事情都不是她原先想的那樣了。

「汪汪汪！汪嗚！」

一踏進寢房小院的門口，角落裡的一大團雪白物體，立刻就像是箭一般朝閔窈熱情地撲上來。

「白糖！哎呀白糖！」摟著直起身子來半人高的白糖，閔窈眼中一下子歡喜起來。

本來搬去東宮時她也想把白糖帶去，可是當時白糖那會兒剛好產了一窩小崽，閔窈念牠產後體虛不忍折騰牠，就留了兩名獸醫在這裡照看。進了東宮後又發生一系列的事情，閔窈也就忘了將白糖母子接走的事了。

現下小半年過去，白糖這窩小獒犬也長大了不少，這會兒見牠們母親抱著閔窈直撒歡，那一隻隻或黑或白的小獒犬們，也好奇地往閔窈身邊奔過來。

「乖！白糖真乖！」白糖伸出舌頭歡快地想要往閔窈手上舔，閔窈笑嘻嘻地避開牠，回頭把手裡兩個八卦多寶盒往雲十九手裡一塞。「拿著！」

雲十九無奈地接過，閔窈騰出兩隻手來，可勁兒地在白糖毛茸茸的腦袋上摸起來。

白糖抱著閔窈大腿咿嗚咿嗚的，彷彿在委屈地控訴閔窈扔下牠不管。被閔窈安撫了好一陣之後，牠的情緒才平復許多，這時候才注意到閔窈身邊的雲十九。

都說狗的鼻子靈光得很，白糖湊到雲十九腳邊嗅了嗅，馬上就蹭著雲十九親暱地搖起尾巴來。

「汪汪汪！汪汪汪！」

白糖朝雲十九的面具一陣吠，不過牠叫了一陣後，見雲十九並沒有要摘下面具和牠相認的意思，白糖鬱悶地圍著雲十九轉了幾圈，只是瘋狂地衝著他搖尾巴。

「看樣子，白糖跟你很熟啊。」

聽到閔窈在自己耳邊似笑非笑地說了一句，雲十九悄悄離白糖遠了一些，訕訕笑道：「小的以前經常出入這裡，牠認識小的也不奇怪，對吧白糖？啊哈哈……啊哈哈……」

「可是我突然想起來，以前你進這個院子的時候，白糖一次都沒有咬過你；不僅如此，現在牠對我這個主人有多熱情，對你也同樣就有多熱情，雲十九，你不覺得奇怪嗎？」

「可能、可能是小的以前在王府中出入得多了，經常和牠打照面，所以牠和小的比較熟……」

裝！繼續裝！

「是嗎？可是牠為什麼對府中其他侍衛就沒有對你這般熱情呢？」

「這個……小的委實不知，或許是牠和小的有緣分？」

雲十九一手各拿著一只沈甸甸的八卦多寶盒，他騰不出多餘的手來，見白糖又樂呵呵地往他腳邊撲來，他心中叫苦不迭，正想挪腿開溜，沒想到閔窈卻在這時猛地竄到他的面前，踮起腳，伸手飛快地摘下他面上那個銀絲面具！

霎時間，那張熟悉的、俊美如謫仙般的臉，就這麼毫無防備地出現在閔窈的眼前。

「……殿下，果然是你！」

閔窈心中百感交集，杏眼一紅，扔下那面具就哭著往小院外跑。沒想到東方玹的動作更快，他把兩個八卦多寶盒往自己袖子一塞，提氣一縱，就追上了閔窈。

「窈兒妳不要走！妳聽我解釋！」

「我不聽！你走開！啊！……你無恥、你不要臉……唔！」

仗著自己身強力壯，他不費吹灰之力就將閔窈摁到小院的牆上，然後埋下頭，迅速地堵住她那張紅潤的小嘴。

「唔……」

閔窈被他吻得喘不過氣來，唇齒交纏間，恨恨地用貝齒在他唇上咬了一口，東方玹吃痛，悶哼了一聲，卻是不肯放開她，反而捉著她的唇越發大力地碾了下去。

這可惡的傢伙！他就想這麼糊弄過去，一點解釋都沒有嗎？

閔窈憋得滿臉通紅，兩隻柔軟的小手不斷在他堅實的胸口又捶又打，直到一雙雪白的小拳頭打得泛紅，東方玹才不捨地離開她的唇，望著她紅通通的拳頭問道：「手痛不痛？」

「不痛！」閔窈紅著眼喘著氣，感受到他兩條鐵箍似的手臂還牢牢地縮著她的腰身，她奮力扳著他的手臂怒道：「放開我！你讓我走！你讓我走！」

此時正在氣頭上，她也忘了稱呼上該有的敬畏，完全像是頭暴怒的小老虎般在他懷中炸毛。

「我不放。窈兒，妳這輩子都休想從我身邊逃走。」

「你！」他這話無異於火上澆油，直把閔窈激得杏眼圓瞪。「你這可惡的傢伙！不僅一直在騙我，你還試探我！」

閔窈一邊眼淚橫飛，一邊舉手在東方玹身上使出渾身的力氣打他、捏他、推他。見他一聲不吭地任由她發洩，對她的指控完全是一副默認的樣子，閔窈氣得渾身發抖。「以前的時候，你還慫恿我和盛哥哥私奔；你當著我的面傻媳婦長、傻媳婦短的！要不是我今天揭穿了你，你是不是想永遠把我當傻子來戲弄?!你說！你說啊！」

「不是的窈兒！妳現在正在氣頭上，等妳冷靜下來，咱們再慢慢說好不好？」

「不好！你又想哄我、糊弄我！」

一想到自己以前被他騙得團團轉，還掏心掏肺地照顧他、牽掛他，拚著命生下了兩人的孩子……他從西疆回來後，她還要小心收起自己的心，裝出大度的姿態為他選側妃。而他，卻懷疑自己紅杏出牆，不止一次裝扮成雲十九來試探自己對他的心意！

閔窈只覺得心裡透涼透涼的，推開他想要往自己靠近的胸膛，冷笑道：「殿下，你放開妾身吧。既然你一直懷疑妾身對你的心意，那又何苦這般？不如今日就給妾身一封和離書，咱們就此別過，也算是好聚好散。」

第五十五章

「妳敢！」和離都提出來了，看來她是鐵了心要和閔盛那小子過了？

東方玹兩眼中染上一抹嗜血的寒光，胸腹中登時怒意滔天，他二話不說就把閔窈攔腰扛到肩頭上，陰沈著臉往小院裡的寢房走去。

「殿下！你這是做什麼?!快放我下來……」

閔窈又惱又羞地伏在他肩頭上撲騰著，東方玹卻對她的呼喊充耳不聞，扛著她進了寢房後，直接就把閔窈壓在床榻前的那片白羊毛地毯上。

「妳為了他要跟我和離？好，很好！閔窈，我告訴妳，這輩子妳都不用想──不！下輩子、下下輩子都沒可能！」

「……你在說什麼？『他』是誰?!」閔窈氣得渾身發抖。「為什麼一直誣衊我又不肯放我走！東方玹，你到底想怎麼樣?!」

「我想怎麼樣？窈兒，我只想要妳……我不會放妳走的，就算是用綁的，我也要把妳永遠綁在身邊！」

「你……」聽他這樣說，閔窈頓時一愣，覺得自己有些搞不懂眼前是什麼狀況了。

而東方玹伏在她耳邊，修長的丹鳳眼中帶著一絲苦澀，卻是輕輕地咬住她粉嫩的耳垂。

「窈兒，再為我生個女兒好不好……我都忘了有多長時間沒有與妳……嗯？妳都不想？」

他的聲音充滿誘惑的味道，低沈而沙啞，不經意中還摻雜了幾絲可憐巴巴的甜糯。

閔窈看著他那黑曜石般幽黑透亮的瞳孔，差一點就淪陷了。

「不想！」他這樣疑心自己……閔窈心中抽痛，別過臉，生硬而疏離地拒絕。「殿下，請您現在就放開妾身。」

「……由不得妳！」很好！現在是要為了那死小子守身如玉了是吧?!

東方玹面色沈冷，左手微微用力就控制住她的雙手，然後用右手捏住她的下巴，不管不顧就啃了下去。

「不要！你不要這樣……」

下巴被他捏得生疼，閔窈躲不開，羞憤地承受著他狂躁親吻的同時，忽然耳邊傳來「哧啦」一聲裂響，她身上那件絳紅色的薄紗大袖瞬間支離破碎，被他一把拋到半空中，緩緩落到羊毛地毯的邊緣。

閔窈感覺自己此時彷彿是釘在砧板上的一條魚，雪白的魚肚皮被堅硬無比的刀尖比劃著，她竭盡全力的掙扎都是徒勞，只能咬牙流著淚認命。

可是東方玹不肯輕易放過她，見她哭了，他有些惱，使出渾身的手段折磨她，直到閔窈咬著他的手縮在羊毛毯上不住嗚咽，整個人都快化成一顆鮮美多汁的紅櫻桃，他才收手，然後霸道無比地占有了她。

「說！……說妳喜歡我，說妳心裡是有我的！」

他一邊狠狠地欺負她，一邊在激烈的晃動中，捉著閔窈紅腫的唇不停地啃咬著，修長的丹鳳眼中染滿了情慾、嫉妒和怨懟。

閔窈滿心滿眼都被他燙得脹疼，可是一想到他心裡竟是那樣看自己的，她倔強地咬著唇，愣是不肯再發出半點聲響來。

見她不肯妥協，東方玹狠下心來，不管不顧地加重了力道。

「啊！……東方玹！……我、我恨你！我討厭你！」

「說妳喜歡我！」

「我恨你……不要……不……」

像是一葉孱弱的小舟不斷被狂暴的海浪拍打衝撞，閔窈渾身戰慄，被迫攀著他起起伏伏間，才發現以前他對自己是多麼克制……

不知過了多久，當眼前閃過一片耀眼的白光，她到底是熬不住那深入骨髓的陣陣歡愉，顫聲嬌吟著昏了過去。

夕陽昏黃的餘暉從寢房的小窗外打了進來，落到大床頂的百子帳上。

閔窈幽幽醒來，看到東方玹換了一身玄色寢衣，正伏在枕邊定定地看著自己。她愣了會兒神，才想起昏過去之前他對自己做的那些事，又發現自己此刻半絲不掛，她登時羞惱極了，抓著身上的軟衾就往床榻裡頭挪。

「不准逃！」東方玹長手一勾，就把閔窈連著軟衾都抱到懷中，絕美的面龐從身後抵住閔窈的耳側，帶著些懊悔低聲道：「窈兒，方才是我太粗魯了……不要離開我，我以後再也不會那樣了……」

他這麼一說，腰腹間那幾近痲木的脹痛隱隱湧了上來，身上各處像是散了架似的痠痛，閔窈不用低頭查看都能想到那是怎樣一番羞人的景色，嬌豔的小臉立時脹得緋紅。

身後強壯有力的心跳像是小鼓在擊打著她柔軟的心房，聽出他帶著祈求意味的挽留，閔窈不由微微嘆息一聲。「為什麼？殿下，為什麼你這麼堅定地認為妾身會出牆？」

「窈兒……」見她到現在還不肯承認，東方玹從床頭拿過香囊，又是憤怒、又是嫉妒地遞到閔窈眼前。「這香囊是我從閔盛身上搶來的，妳自己看！」

言下之意，已經是不能再明顯了。

「這香囊……」閔窈拿著香囊端詳了會兒，騰地一下轉過身來，一雙杏眼哭笑不得地望著東方玹。「所以，說來說去，殿下是覺得妾身要出牆盛哥哥？」

「以後不准妳再叫他『盛哥哥』，也不准再見他！我要把妳關在東宮生很多很多孩子，不准妳隨便出門！」

望著他滿是嫉妒的小表情，閔窈一時沒忍住，噗哧一聲笑了出來。

「妳笑什麼？我一定會說到做到的。」

「哈哈哈……妾身相信殿下會做到，妾身……只是覺得殿下現在的樣子很可愛！」閔窈窩在東方玹懷裡忍俊不禁。「這是人家秋畫託我送給盛哥哥的定情信物，殿下怎麼把這個給搶來了？你讓盛哥哥回去怎麼和秋畫交代啊！」

「什麼？他不是一直對妳有不軌之心嗎，怎麼又和妳的侍女勾搭上了？」東方玹一愣，滿臉不解。「他不會是醉翁之意不在酒吧？還有香囊上的鴛鴦荷葉圖，不是妳繡的嗎？」

「原來我在你眼裡就是這樣的？好好的我為什麼要和別人私奔？」

「哼！他有前科，以前就想拐妳走！還有宮變那日他為了妳差點死掉，我看妳一直挺感動的，再加上這陣子妳又直把我往別的女人身上推……我能不往那方面想嗎？」

閔窈聽他說得有理有據，氣得往他胸口捶了幾拳，紅著臉咬唇道：「你個不要臉的！我當時繡的圖，那晚不是被你給弄髒了嗎……是秋畫那小丫頭說我這圖不錯，早就照著我的繡了一幅，後來才做成香囊給盛哥哥的。你呀，你這小心眼……唉！」

發現自己原來吃錯了醋，東方玹一點都沒帶臉紅的，反而厚著臉皮歡樂地摟過閔窈，壞壞地問道：「原來是那晚咱們一起在上頭滾過的，可我記得，好像是媳婦兒妳自己把整疋素緞給浸得……」

「別說了！」閔窈羞憤地摀住他的嘴，生怕他說出什麼沒遮攔的話來；東方玹乘機伸出舌頭舔了舔她的手心，閔窈渾身一顫，嚇得縮回手，卻被他又快又準地捉住了。

「這麼說來，傻媳婦兒沒有出牆，心裡還是有我的！可是妳為什麼老是要把我往別的女人身上推呢？」東方玹低頭，全然不顧自己的身形起碼比閔窈大了一倍，像隻小動物似的就往閔窈懷裡鑽，一邊鑽，他還一邊悶聲悶氣道：「我只喜歡媳婦兒，不喜歡別的女人。」

「殿下方才說什麼？妾身沒聽清楚。」

「我說，我只喜歡我的傻媳婦兒！」

閔窈不滿地把他那張俊臉從自己懷裡推開，氣呼呼道：「誰是你傻媳婦兒？我可不傻！」

「好！媳婦兒不傻，不傻。」東方玹用下巴蹭著閔窈烏黑光滑的秀髮，柔情萬分地低喃。「窈兒，我喜歡妳，這世上除了妳，其他女人我一個都不想要。」

「真的？」

聽著他用清醇低沈的嗓音宣告心意，閔窈心頭先是一陣喜悅，接著心跳如小鹿般奔撞不已，最後還有些不敢置信，垂眼含羞道：「妾身家世不好，又沒有傾國傾城的容貌，妾身怕若是像個妒婦拈酸吃醋，很快就被厭倦，不知道……殿下喜歡妾身什麼呢？」

這個傻媳婦兒，說她傻她還不承認！

東方玹撫著閔窈柔順的長髮，抓著她的小手放到自己嘴邊親了一下，甜甜地說道：「我喜歡妳傻傻的樣子、為了我不顧一切的樣子，還有，像現在這樣……不穿衣服的樣子。」

「你就知道欺負我！」閔窈聞言又羞又惱，伸出兩隻手在他臉上各捏了一把，看著他那張絕美的臉在自己手中微微變形，她不由抿嘴一笑。

東方玹乖乖地仍由她捏著，修長的丹鳳眼卻是一眨不眨地盯著她身上的某處，目光迅速就變得炙熱起來。她順著他的目光低頭一看，發現兩隻大白兔隨著她的動作，不知何時已在軟衾外探頭探腦。她羞得驚叫一聲，忙拉高身上的軟衾。

「我……我要穿衣服！」

「好吧，我讓人給妳找一套來。」

沒一會兒，東方玹果然端著個裝了裡外衣物的托盤過來。閔窈抬眼一瞧，認出這外衣是自己以前留在王府沒帶走的一套碧紗齊胸大袖衫，配著繡荷葉圖的白底珠光織緞訶子和淡青色的織金披帛。

她放下床帳飛快地穿好衣服，這時候肚子不合時宜，居然咕嚕咕嚕地叫了起來。

東方玹一聽就在帳外壞笑道：「哎呀，媳婦兒餓了？」

「嗯。」晚膳時間都過去好一會兒了，能不餓嗎？

閔窈掀開百子帳，抖著腿兒下了床，誰知她腳剛著地，兩條強壯的手臂就從後頭抱起她嬌軟的身子。

東方玹拿過一個八卦多寶盒塞到閔窈手中。「已經吩咐廚房做了，先吃點糖吧。」

「喔。」

閔窈打開多寶盒，從裡頭挑了個梨膏糖放進嘴裡，她低頭在盒子裡翻了翻，找出他以前最愛吃的粽子糖，很自然地就往東方玹嘴裡餵過去。

這時窗外的天色已經暗透，寢房四壁的夜明珠發出道道瑩白色的暖光。

閔窈用舌尖吮著梨膏糖，嘴裡充滿清甜馥郁的味道，房外蟲聲唧唧，而房內卻安靜極了，安靜得能聽見兩人的呼吸聲。

這一刻，天地之間好像只有他們兩人，就那麼互相依偎在一起，彷彿世間所有的美好都定格在彼此身上。

「殿下還記不記得大婚那晚，妾身餓得睡不著，殿下也是給了妾身一個八卦多寶盒，讓妾身吃糖充飢？」

「記得，媳婦兒太能吃了，那時候真是把我嚇了一跳，一盒子糖，沒一會兒就被妳給吃光了。」

「……所以那個時候，殿下其實是不傻的，對吧？」或者說，他一直就是不傻的，不然他化身雲十九時的那一身功夫是哪來的？

「窈兒，妳不要生我的氣。」

東方玹緊緊地抱著閔窈，火熱的胸膛隔著兩層薄薄的衣料貼到閔窈的後背上，她緩緩轉過身，看見他在夜明珠暖光下那雙迷人的丹鳳眼，此刻正隱隱閃爍著些許光芒。

「九歲那年，母后被人害死，而我被廢太子從數百格高的臺階上推下去……昏迷的時候我心中卻很清醒，聽到了宮人在我床邊的竊竊私語——從那時起我就明白，如果我想要活到替母后報仇的那天，就必須隱藏自己。」

九歲?!天哪，一個九歲的孩子，竟然要承受這麼可怕的事情！

閔窈聞言，忍不住伸手摸著他的臉，她滿是心疼地紅了眼圈，哽咽得差點說不出話來。

「廢太子那時也是個孩子，他怎麼能這麼歹毒?!殿下……那……那你現在找到殺害母后的凶手了嗎？」

「找到了，可惜找到的時候，她已經死了。」

東方玹低頭，用自己的額頭抵住閔窈的，兩人互相凝視，彼此之間的呼吸交纏在一起。

「這是我心底最深的秘密，除了和我出生入死的那些人，連皇祖母都不知道。現在我把它告訴了妳，窈兒，妳會從此害怕我嗎？」

「不！不會。」

閔窈用力搖搖頭，兩顆晶瑩的淚水反射著夜明珠的光，從她眼中迅速滑落下來。

「傻媳婦兒，哭什麼？」

「妾身只是覺得這些年，殿下心裡肯定很苦。」

宮門深似海，一想到曾經幼小的他無助隱忍的模樣，她真恨不得穿過逝去的時光，去抱住那個弱小而堅韌的孩子。心底猛地生出一股強烈想要保護的他的慾望——儘管他現在已經強大到足夠讓所有人畏懼。

「殿下頭上的傷疤在哪兒？讓妾身看看。」

東方玹低下頭，勾唇道：「在後腦勺上，早就癒合了，也長了頭髮。」

閔窈含著淚，將柔軟的手指輕輕插到他綢緞般光亮的髮間摸索，果然在後腦勺的地方摸到一處不同尋常的痕跡——她嫁給他後，還是第一次這麼仔細地摸他的腦袋。

發現他身上不完美的地方，他卻更令她心疼到骨子裡，也愛到了骨子裡。

「為什麼今天才想起要告訴妾身？」閔窈摟著他的腦袋，輕輕地摸著他的後腦勺，眼淚止也止不住。「是不是妾身今天沒有發現你的身分，你就打算一輩子不告訴妾身？」

「不是，之前有好幾次想說，可是怕嚇著妳。」

「那現在不怕了？」

「還是有點怕，怕妳離開我……窈兒，在妳沒有來到我身邊之前，我一直覺得自己會孤獨終老。可是上天藉著皇祖母的手把妳賜給了我，我便再也不想放手了。」

「殿下真傻，妾身不會離開你的。」

「真的？那妳答應我，以後不准看別的男人、不准只顧著孩子冷落我、不准再給我選側妃……我不希望我們變成父皇和母后那樣，我捨不得讓妳受半點委屈，也不願讓咱們的小圓過像我一樣的生活。」

「好，妾身答應你，都答應你！」

閔窈捧著東方玹的臉細細看了一遍又一遍，心中頓時生出萬千柔情來，她仰起頭，溫柔而堅定地吻上了他柔軟的唇。

第五十六章

兩人在秦王府甜甜蜜蜜地睡了一晚，第二天回東宮的時候，東方玹就向帝后表明了自己絕不納妃的堅定態度。

於是不到半天工夫，洛京城中幾乎所有人都知道了。

一時間謠言四起，大昭百姓們紛紛驚嘆他們這位俊美尊貴的太子殿下，竟只對容貌、家世都平平無奇的太子妃娘娘情有獨鍾。

有些惡毒的人，甚至還造謠太子妃閔氏給太子種了情蠱。

然而，太子夫婦絲毫不受外頭各種言論的影響，自從那夜之後，小倆口是越發如膠似漆了。

這天下午，閔窈與東方玹帶著兒子去看望錢太后，錢太后抱著胖嘟嘟的小圓笑得那叫一個合不攏嘴。

「瞧這孩子！哎喲，李尚宮、藺妃，妳們看，他對著哀家直笑呢！」

錢太后喜得眼睛都瞇成了一條縫，那眼角的魚尾紋更是深刻。「小圓的眼睛、鼻子像玹兒，嘴巴像窈兒，長得真是又機靈又可愛，這小子長大了，定要禍害不少小姑娘！咳咳咳！

咳咳咳……李尚宮，快把小圓抱去給蘭妃也樂樂。」

李尚宮也由衷為太子夫婦感到高興，笑著接過小圓道：「是。」

「皇祖母！」

見錢太后又拿著手帕捣嘴咳嗽起來，東方玹和閔窈忙一左一右扶在她兩邊，慢慢地把她扶到几案前的墊子上坐下。

「咳咳咳……你們也坐。」錢太后讓東方玹和閔窈坐在自己身邊，因為剛才那一陣猛烈咳嗽，她蒼白的面色中帶了點異樣紅光。「看到你們兩個恩恩愛愛，窈兒又生了個如此可愛的皇長孫，哀家……哀家就是現在馬上過世，也能含笑九泉了。」

「皇祖母！」

「皇祖母，您可不能這麼說……」

「太后娘娘！」

「看把你們給急的。」錢太后喘著氣，琥珀色的眼中閃動著兩道豁達的光芒。「哀家的身體，哀家自己難道不清楚嗎？你們一個個的這麼緊張做什麼？哀家這一生，該經歷的都經歷了，向老天祈求的老天也給了，真真是一點兒遺憾都沒有，你們應該為哀家感到高興才對啊。」

她話音剛落，殿中眾人紛紛難過地垂下頭，就連在蘭妃懷中咯咯直笑的小圓，似乎都察覺到周圍大人們悲傷的情緒，睜著一雙稚嫩的丹鳳眼，滴溜溜地四處打量起來。

「一個個低著頭做什麼？哀家這幾日好不容易精神了些，都給哀家高興點兒！」

錢太后不滿地環視眾人，接著伸手撈起身邊閔窈的手，彎眼笑道：「看咱們窈兒面若桃花，可是身上又有好消息了？若是有什麼喜事，可得說來聽聽，讓哀家這老婆子也跟著樂呵樂呵。」

「皇祖母，窈兒哪有！」

「沒有嗎？唉，那可不行喲，玹兒他只認妳一個，窈兒身上可是擔負著為皇家開枝散葉的重任，接下來要加把勁才行啊！」

「是，皇祖母。」閔窈羞澀地低下頭，忽然又想起什麼，抿嘴微微一笑。「說到喜事，窈兒最近正張羅著秋月、秋畫兩個小丫頭的親事呢！」

錢太后一聽驚訝道：「這兩小丫頭一個活潑、一個文靜，年紀不是還小嗎，怎麼突然就要嫁人了？」

「皇祖母，秋月和秋畫同歲，今年十六了。」

「哦……十六了，時間過得真快。是該嫁人了，那窈兒都把她們許給誰了呀？」

「秘書郎閔盛屬意秋畫，太醫令茅輕塵屬意秋月，他們兩對人各自情投意合，兩位大人前不久都託人來東宮提過親。」閔窈說到這裡，面上有些為難道：「只是這兩個小丫頭雖是侍女，可我們三個從小一起長大，窈兒早就把她們當妹妹，窈兒不忍委屈了她們，想讓兩位大人以正妻之禮迎娶，然而……兩個小丫頭又因為她們侍女的身分，怕被外邊的人說三道四，所以這兩門親事遲遲定不下來……」

「這有何難？」錢太后一拍几案。「既是兩情相悅，實為良緣！哀家常聽薛夫人說，那兩個小丫頭機敏伶俐，平素伺候妳時盡心盡力，哀家的小圓能順利出世，也有她們的一份功勞在裡頭。藺妃，妳入宮多年無所出，不如哀家今日就賜妳兩個義女如何？」

閔窈一聽面露喜色，趕緊轉頭看她姨母藺妃。

「妾身謝過太后娘娘。」藺妃面上動容，知道太后是在為她以後打算。

雖然這一年來皇帝對她寵愛有加，可是她如今已經年近四十，早已過了適合生育的年紀，再加上在冷宮那幾年傷了身子……茅輕塵替她把脈後曾經直言，她這輩子恐怕都不會有孩子了。

而今皇帝的身體也越來越不好，錢太后這個提議，表面上看是在為閔窈解決秋月、秋畫的身分問題，實際上卻是希望藺妃收了兩個義女之後，能夠得到兩個小丫頭的感激，將來不至於老無所依。

「秋月、秋畫這兩個孩子聰明可人，妾身本就很喜歡，只是不知道她們自己願不願意認妾身做乾娘呢？」

錢太后笑道：「李尚宮，快去把她們叫進殿來。」

兩個小丫頭一進來，聽說竟有這等好事，兩人均是又驚又喜，差點都以為自己身在夢中。在閔窈的提醒下，才連忙跪下給藺妃磕頭。

錢太后見了開懷不已，立即命人擺上香案，讓秋月、秋畫對蘭妃行了隆重的跪拜之禮。看著蘭妃摟著兩個丫頭喜不自勝，錢太后眼底滿是笑意，覺得她心裡牽掛的事又少了一件。

三天後，皇帝頒下賜婚聖旨，冊封秋月為淑嫺鄉君，賜婚於太醫令茅輕塵為妻；冊封秋畫為淑惠鄉君，賜婚於秘書郎閔盛為妻。

隨聖旨下後，又給兩位鄉君賞了豐厚的嫁妝，禮部見上頭如此重視，也很快擇出一個吉日，為兩對新人舉行了婚儀。

就在秋月和秋畫風光出嫁後，到了三月底的某日，閔府上下也是一片喜氣洋洋，迎來了閔玉鶯出嫁的日子。

「二小姐，這是太子妃娘娘賞的三套點翠金玉步搖頭面，說是為您添妝。」

西院閨房內，閔玉鶯濃妝豔抹，穿著開襟大喜服坐在銅鏡前，她斜眼盯著喜娘手上捧著的價值不菲的頭面首飾，一雙大眼睛滿是扭曲和憤恨。

「哼！三副點翠金玉頭面……」閔玉鶯幾步上前，嘩啦一下，就把喜娘手上的首飾盒子全部甩到地上，她瞋目切齒地大叫道：「兩個貼身奴婢都可以頂著鄉君的封號出嫁，我可是她的庶妹，她居然只讓人送了三副頭面過來？她這是看不起我，是在故意羞辱我！」

「玉鶯！」柯姨娘剛進來就聽到裡頭動靜，她讓喜娘收拾地上的首飾，等喜娘退下後，柯姨娘忙拉著女兒，面帶哀求地焦聲道：「玉鶯，咱別嫁了好不好？妳聽姨娘說，那趙郎君只是個小官，他配不上妳啊！趁趙家的轎子還沒來，姨娘讓妳父親替妳退了這門婚事，好不好？」

「姨娘，您夠了！趙郎君到底有什麼不好？是，他現在官是小了點，可是有父親在上頭照應著，他將來一定會升官的啊！」

閔玉鶯滿是不解地望著柯姨娘。「您這是怎麼了？為什麼從這門親事開始就拚命反對，到現在女兒要出嫁了，居然還鼓動我悔婚！姨娘，您不知道趙郎君是女兒能找到的最好歸宿嗎？您為何如此不喜歡趙郎君？」

「玉鶯……姨娘現在不能告訴妳。但是玉鶯，妳是姨娘的親生骨肉，妳只要知道姨娘無論如何不會害妳就是了。妳從小就是個有主意的孩子，可是今天，姨娘求妳，就聽姨娘這一回吧！」

「姨娘，有什麼話連女兒都不能說嗎？」

「當然不能說嘍！」

就在閔玉鶯和柯姨娘在閨房中拉扯之際，忽然見一道妖嬈的身影帶著數十個家丁，招搖地閃了進來。

「吳姨娘？」看著眼前這位剛進門不久，就和她娘鬥得昏天黑地的小寡婦吳秋憐，還有她邊上跟著的躲躲閃閃的綠菊，閔玉鶯沒什麼好臉色。「今天是我大喜的日子，吳姨娘帶這麼多家丁進來做什麼？」

「有人給老爺戴了一頂好大的綠帽子，趁著夫人今日在府中，我特地過來帶這賤人去老爺、夫人面前揭穿她的真面目！」

閔玉鶯聞言大怒。「吳氏，妳算個什麼東西！自己不要臉皮勾搭我父親進的門，妳罵誰賤人呢?!今天是我大喜的日子，妳敢來找我的晦氣，我跟妳沒完！」

她說著，掄起胳膊就要撲上前打吳姨娘的耳光，不料卻被吳姨娘身邊兩個粗壯婆子一左一右地制住了。

「來人！快把柯氏這賤人拖到正堂去！」

吩咐罷，吳姨娘才扭著水蛇腰走到動彈不得的閔玉鶯跟前，伸手就在她面上重重甩了一巴掌，瞧著閔玉鶯憤怒的眼神，吳姨娘勾嘴冷笑道：「小雜種，妳的好日子也到頭了！來人，把她也一併拖去！今天咱們就讓老爺好好看看她這惹人憐愛的小模樣，到底是長得像誰？」

閔方康與藺氏正坐在堂屋裡商議著閔玉鶯待會兒出府的禮儀事項，突然聽屋外傳來陣陣聲嘶力竭的尖叫。夫婦倆有些詫異地望向門口，只見一幫下人抓著柯姨娘和閔玉鶯，在吳姨娘和綠菊的帶領下嘩啦一下湧進屋來。

「這是怎麼回事？」

「老爺、夫人。」

閔方康稍稍瞪大了眼睛，只見平日千嬌百媚的吳姨娘冷笑著瞥了柯姨娘母女一眼，然後規規矩矩向著他和藺氏行禮，對兩人稟告。

「有人把老爺當猴耍，讓老爺這麼多年給別人白白養了個女兒，又戴了頂天大的綠帽子！請老爺、夫人一定要嚴懲這恬不知恥的娼婦和小雜種，以正閔家家風啊！」

「什麼?!」

閔方康與藺氏聞言面色一變，特別是閔方康，聽完吳姨娘的話後，那滾圓的老臉頓時就繃了起來。「秋憐，妳說的可是真的？」

吳姨娘篤定道：「老爺，此事事關重大，妾不敢扯謊。妾敢用性命擔保，今日所說句句屬實！」

閔方康聽吳姨娘這般肯定，不禁腳下一軟，連連往後退了數步，他太陽穴上的青筋突突直跳，只覺得喉嚨裡堵得慌，登時半句話都說不出來，氣得一屁股就跌坐到椅子上。

「哎！老爺！」見閔方康氣傻了眼，屋子裡的女人們忙急吼吼地圍到閔方康邊上。

「老爺、夫人，你們別聽這小賤婢胡說八道，她那是血口噴人啊！」

「是啊，父親、母親，這該死的小寡婦是想要造反了！她不安好心冤枉我姨娘，不就是挑著我出嫁的日子鬧事、見不得我好嗎？吳秋憐，妳夠狠啊！」

就在閔方康緩過一口氣來的時候，閔玉鶯在兩個婆子的壓制下蠢蠢欲動，與柯姨娘一起衝著閔方康梨花帶雨地喊起冤來。

「老爺、老爺！妾跟了您快二十年，妾對老爺如何，老爺自己心裡難道還不清楚嗎？」柯姨娘一邊哭，一邊用軟藤般的兩手慢慢纏上閔方康的大腿。「那小妖精才進門多久？她紅口白牙的，說什麼便是什麼了?!求老爺、夫人明鑑，千萬別讓妾給歹毒之人誣陷了啊！」

閔玉鶯也趕緊在邊上繼續淒聲哭嚎起來，想要給她娘助助威。「父親，姓吳的賤人居心不良哪！嗚嗚嗚……您可不能讓我可憐的姨娘就這麼被人冤枉了啊……嗚嗚嗚……」

吳姨娘輕蔑地看了柯姨娘母女一眼，伸手在半空中拍了三下。「來人！把人證、物證都帶上來，給老爺、夫人過目！」

話音剛落，堂屋門處陸陸續續走進來三、五個穿著粗布麻衣的老婆子，以及兩個手捧著幾圈畫軸的半老奴僕。

「綺夫人，多年不見，妳可還認得老奴兩個？」

另外一個髮髻花白的老僕人把手裡的畫軸遞到柯姨娘面前，似笑非笑道：「看綺夫人的臉色，大概是不想認老奴了。妳現在做了大官的貴妾，不認得老奴兩個也是應該的。不過，我們家趙公子妳總該記得的！十八年前，他為了妳差點散盡家財，可惜還沒消受夠妳這大美人就撒手人寰了……」

柯姨娘見了那兩個老僕，臉上是掩不住的驚恐。

吳姨娘冷冷說道：「兩位老人家，還不快把手中的畫像給我們老爺瞧瞧？」

「是是是！」

幾幅畫卷被老僕從枯樹般的手，徐徐展開在閔方康的眼皮子底下，只見一幅畫中的趙公子，風流俊朗地靠在庭院的假山上，懷中擁著個妖媚的小婦人。閔方康眼神一滯，只看了那麼一眼，他便認出那小婦人正是十八年前的柯姨娘！

當年柯姨娘說她身子弱才早產的閔玉鶯，可是現在看來，似乎並不是那麼回事啊……尤其那幾幅泛黃畫像上的趙公子，那俊朗標致的眉眼唇鼻，居然和閔玉鶯長得有八分像！

「老老老……老爺，您聽我說……」

「賤人！妳這賤人！妳還有什麼話好說?!」

閔方康暴喝幾聲，他怒目圓睜，沒頭沒腦地就把手上的幾圈畫軸往柯姨娘頭上狠狠砸去。

此刻他終於明白，為什麼閔玉鶯長得一點都不像他？為什麼閔玉鶯要比他的嫡女閔窈嬌媚那麼多？原來他閔方康，竟然替姓趙的短命鬼白白養了這麼多年孩子！

第五十七章

「哎喲，老爺當心氣壞了身子，為這種賤人可不值當！」見閔方康怒容滿面，吳姨娘假惺惺地安慰幾句，末了還不忘再添一把火。「不瞞大家說，原來二小姐今日要嫁的趙郎君，就是當年包了柯姨娘的那位趙公子的親生兒子！他們趙家今年剛搬回洛京，沒想到……嘖嘖，真是孽緣啊，二小姐和趙郎君竟是同父異母的兄妹！唉，怎麼老爺當初千挑萬選，偏偏就選中這個趙家呢！」

閔方康聞言，果然是怒上加怒。他這人生平最好面子，沒想到今天卻因為柯姨娘母女在眾人跟前顏面盡失。

正所謂好事不出門，壞事傳千里。

現今在場的，不是他的後院女眷就是家丁僕婦，黑壓壓的一大群人……如何才能堵住這些人的嘴，讓他們不到處亂說，也是讓閔方康頭疼的一個大難題。

柯姨娘似乎被閔方康剛才一通亂砸給砸壞了腦子，這會兒竟只知道跪在地上瑟瑟發抖地流淚，連喊冤都不敢喊了。

「姨娘、姨娘！妳倒是說句話啊！」

閔玉鶯登時撕心裂肺地嚎叫起來。她終於明白柯姨娘為什麼一直阻撓她和趙郎君的婚事了。可一時之間，她怎麼也不肯相信自己是趙家的私生女，她明明就是閔家的二小姐閔玉鶯啊！

雖然她從小到大都很討厭自己這個庶女的身分，可是若和趙家的私生女、她準夫君的妹妹比起來，閔玉鶯覺得，她還不如繼續做閔家的庶女呢！

可看到柯姨娘心虛失語的樣子，她的心一下子涼了。

「劉管事，你帶這兩個老僕人去趙家一趟！」

「是，老爺。」

兩個趙家老僕被劉管事帶出去後，閔方康厭惡地看了閔玉鶯和柯姨娘一眼，他胸悶氣短地走到吳姨娘邊上，指著剛才與趙家老僕一同進來的三、五個老婆子問道：「妳們是幹麼的？」

「老爺，奴婢幾個是來指證柯姨娘的，她之前給您生的庶少爺，不是您的親骨肉！」

其中一個豁牙婆子衝到閔方康跟前，朝他口水橫飛地大叫道：「那是她在祖宅受罰之時偷漢子懷的野種！」

「什麼?!」閔玉鶯不是自己親生的就算了，連死去的庶子都不是他的種?!

閔方康頓時氣血上湧，艱澀地開口。「妳們說的可是真的?!」

「老爺，柯姨娘偷人借種之事，奴婢曾親耳聽到她與二小姐說過。」就在這時，一直躲在吳姨娘身後的綠菊不甘示弱地站出來作證。「只是柯姨娘母女一直用奴婢的家人威脅奴婢，奴婢只能屈服於她的淫威之下……」

閔方康聽完綠菊的話，立時雙目發紅。「柯香綺，她們幾個說的都是真的？妳怎麼不說話了，妳平日不是挺能說的嗎？怎麼，心虛了？啞巴了?!妳說啊賤人！妳個賤人，如此愚弄我這麼多年……我要殺了妳！我要殺了妳才能泄心頭之恨！」

「老爺不可！」

「老爺冷靜啊……」

閔方康怒目切齒，衝到柯姨娘邊上嘶吼著就是一頓拳打腳踢，藺氏、沈姨娘還有幾個管事七手八腳地在他後頭拉扯，竟然也制不住他的狂怒。

「啊！老爺饒命、老爺饒命啊！……妾再也不敢了！」

「姨娘……姨娘！」閔玉鶯聽到她娘的慘叫，霎時肝腸寸斷，可是兩個制住她的婆子絲毫不肯放開她。閔玉鶯心急如焚，眼睜睜看著綠菊在人群中回頭對她得意一笑，她立即齜牙咧嘴。「綠菊妳這賤婢！妳出賣我和姨娘，我一定要殺了妳！我一定要殺了妳！」

「好呀，那奴婢就等著二小姐。」綠菊帶著陰暗的笑容挪到閔方康身邊，趁亂在柯姨娘肚子上踹了幾腳。

閔玉鶯怒得雙眼幾乎要滴出血來。「姚綠菊，妳不得好死！」

「不要打了……不要……老爺，妾一直不敢說，妾肚子裡……嗚嗚嗚……」紛亂的團團人群中，一股濃重的血腥味在屋裡很快蔓延開來，柯姨娘的聲音很快變得氣若游絲。「快兩個月了……嗚嗚嗚……本來打算三個月之後胎穩再說的……這回，真的是老爺的骨肉啊……」

「妳說什麼?!」閔方康停下手，對著身上滿是血污的柯姨娘怒目而視。「妳再說一遍！」

「沒有了……呵呵呵……現在沒有了……」柯姨娘癲狂地笑了起來，身下的地板上漫出大片讓人觸目驚心的殷紅。「被你親手打沒了……哈哈，哈哈哈……哈哈哈哈哈……」

「為、為什麼——」

閔方康兩眼翻白，面上一陣青、一陣紅，他抖著手忽然捂住胸口，哇的一聲從嘴裡噴出大片血霧來。

「老爺?……老爺！」

閔窈得知家裡這場鬧劇，已經是三天之後。

茅輕塵說，閔方康是受了巨大刺激，一時氣血逆行才導致吐血，喝了幾服調養藥之後，如今已沒什麼大礙，往後好好靜養就能痊癒。

柯姨娘被閔方康打殘了身體，目前暫時關押在柴房等候閔方康的發落。

經此一役，綠菊正式被閔方康抬為姨娘，她搬進了西院，與吳姨娘兩人成了閔家後院裡一對得意的姊妹花。至於閔玉鶯，閔方康好轉些之後，就命人把她塞進大紅花轎，強行送去了趙家。

「父親莫不是氣糊塗了？」閔窈跪坐在椒蘭殿的正殿，拉著蘭氏驚奇道：「母親不是說閔玉鶯是趙家的私生女，她和趙郎君可是兄妹！父親這樣做，豈不是要他們兄妹倆亂了倫理綱常？」

「唉，這事妳父親說了，不管是做兒媳還是做女兒，都讓趙家人自己看著辦。他反正是容不下玉鶯了……他死活不讓阿娘插手，阿娘也沒辦法。」

蘭氏嘆了口氣，解釋道：「現在趙家也知道了這事，相信他們不會亂來的。不過趙家老爺當年因柯姨娘散盡家財，又死在他買給柯姨娘的外宅裡頭……趙老夫人對柯姨娘母女恨之入骨，而趙郎君原配孫氏也恨玉鶯奪了她正室的名分，玉鶯這一去，想想也知道往後在趙家是沒什麼好日子過的……」

蘭氏神色複雜，沈默了一會兒又接著說：「妳父親之前為了撮合這樁婚事，有一晚灌醉了趙郎君，故意讓他和玉鶯一起過夜……那晚雖然什麼都沒發生，可是為了掩蓋玉鶯不是完璧的事實，妳父親和玉鶯當時還弄了塊帶紅的元帕逼趙郎君負責，要他明媒正娶玉鶯。現在趙郎君得知玉鶯是他同父異母的妹妹，還以為自己做下了造孽之事，聽姚姨娘說，他為此差點得了失心瘋呢！」

「姚姨娘？」

「就是玉鶯以前的貼身侍女綠菊啊，她娘家姓姚。說起來，這姚姨娘的年紀和秋月、秋畫一樣大呢。」

蘭氏說到這裡的時候，面上早已波瀾不驚。閔窈欠起身子，有些心疼地挽住蘭氏的胳膊，淡淡道：「母親，姚姨娘雖然年少，可是她心腸不好，您以後千萬別和她走得太近。」

前世閔窈臨死前，綠菊那囂張惡毒的嘴臉讓她至今無法忘懷。

「窈兒妳別擔心，阿娘心裡有數的。」蘭氏面色柔和地握著閔窈的手說道：「對了，妳舅母近日就要生產了，左右妳父親身邊有吳姨娘和姚姨娘照料著，更稱他的心意，不如阿娘就去妳外祖家住一陣，順便也能照顧妳舅母的月子。」

「後院烏煙瘴氣的，母親去外祖家散散心也好。要是照顧舅母的人手不夠，女兒可以多派些人去外祖家。」

「人數夠得很，蘭家又不是沒人。」見閔窈仍有些不放心，蘭氏展顏一笑。「阿娘這回打算帶妳弟弟、妹妹一塊兒去，光是窕兒和澤兒的乳母和僕從就有幾十人，再加上妳沈姨娘和阿娘房裡的那些人，這都百十號人啦！」

「這麼多人，母親莫不是打算去外祖家長住？」

蘭氏回娘家帶些乳母、僕從住還說得過去，可是連沈姨娘也帶去就有些奇怪了，閔窈疑惑道：「母親，您怎麼把沈姨娘也帶上了？」

「嗯，妳剛才也說了，後院裡烏煙瘴氣的，沈姨娘如今又懷著六、七個月的身子，她性子急躁，萬一和吳姨娘、姚姨娘她們一個不對眼鬧起來……至於常住的事，妳舅舅一向看不慣妳父親，他早說過，阿娘願意回家住多久就住多久。」

蘭氏說到這裡，眼中滿滿都是快慰。「阿娘這輩子，幸好有妳這麼個女兒，還有妳舅舅這麼個兄弟給阿娘撐腰，要不然，阿娘真不知道自己現今會怎麼樣……」

「母親快別這麼說……」

閔窈紅著眼圈抱住蘭氏。前世蘭氏早逝，多半與閔方康的濫情無度有關；這一世閔窈有能力護住母親，心想只要母親高興，她想住外祖家就住外祖家吧。

現在父親納的幾個姨娘裡頭，只有曾經做過母親侍女的沈姨娘始終與她母親共進退，她每次見沈姨娘都是衣著簡雅，舉止得體。而且最難得的一點是，沈姨娘在父親跟前從不主動爭寵，為父親生下一女後，竟在紛亂的後院爭鬥中，又不聲不響地再度有了身孕。

閔窈心中覺得，恐怕這沈姨娘是後院幾個女人裡想得最通透的人了。她大概早看出父親不是個可以依靠的男人，所以就把自己的籌碼全都壓在靠山硬實的蘭氏身上……

到了六月初，沈姨娘在蘭府生下個大胖小子，蘭氏託人去東宮報喜，得了東方玹親筆，賜這小子的大名為閔承安。

閔窈又命人賞賜些珠寶玉器及滋補珍品與她調養身子，沈姨娘感激涕零，對蘭氏越發一心一意。

之前閔窈的舅母沈氏也生了個兒子，閔窈在皇帝那兒給沈氏求了個四品誥命夫人的封號，另外還給沈氏賜下大批寶石頭面、金銀珠玉、綾羅綢緞、滋補藥材及數十間臨街鋪面。沈氏得封誥命夫人後大喜，敞開腰包給府中一眾家丁僕從們都發了賞銀。自此，藺府上下一片歡騰，人人都心滿意足。

然而，相比起藺府的豔陽高照，閔府就顯得一片烏雲暗沈了。

自藺氏和沈姨娘搬出去後，閔方康越發無拘無束。他先是找牙婆子將柯姨娘賣進勾欄，後來又從牙婆子手中，新買了一批年輕貌美的女子養在府中供自己作樂。

吳姨娘和姚姨娘兩人都不是省油的燈，為了爭寵，居然動起了歪腦筋，暗地裡弄了許多壯陽催情的藥粉爭相哄閔方康服用。閔方康服藥初時驚喜不已，他開始不分晝夜地與兩位姨娘還有眾女尋歡作樂，每每只覺如登仙境。

只是閔方康年紀畢竟在那兒擺著，之前又因為柯姨娘偷人的事受刺激吐過血。如今他不聽茅輕塵的告誡好好調養，反而在身體尚未復原時就拚命鬧騰。

長此以往，數月之後，閔方康身上的精氣神彷彿被抽乾了，整個人看上去比以前老了二十歲。

閔窈從青環口中得知閔方康的狀況，氣得一連幾天都吃不下飯。卻又因為閔方康是長輩，她作為女兒總不能訓斥他，當下也只能憋著滿腔怒火，請茅輕塵開了調養的方子，又吩咐青環和她夫君劉管事，在閔家幫她多照看著點父親，省得他又做出什麼丟人現眼的事來。

這晚東方玹忙到一更天才回來，一進寢殿他就見自家媳婦兒凹凸有致的身影在半透明的碧色紗帳裡翻來覆去。

閔窈只覺得背上倏然一熱，與此同時，一雙大手從她身後繞過來，在她雪嫩的肌膚上肆意遊來遊去。

「媳婦兒。」

「殿下……」閔窈回過頭，一雙杏眼泛著水光，秀氣的鼻尖紅通通的。

「怎麼哭了？誰欺負妳了？」東方玹的聲音一下子低沈起來，摟著閔窈滿眼心疼道：「窈兒，妳快告訴我。」

如今世人誰不知道大昭皇太子愛妻如命——哪個不長眼的居然敢欺負他媳婦兒?!

閔窈窩在他懷裡抽抽噎噎。「殿下……是……是妾身的父親……」

東方玹聞言一愣，嘆了口氣，無可奈何地安撫她道：「媳婦兒乖，別哭了，岳父他……唉。」

其實岳父那些糊塗事他早有耳聞，可那畢竟是岳父內宅之事，他這個做女婿的不好插手。再者，閔家是閔窈的母家，若是閔家怎麼樣了，到頭來受害的還不是他媳婦兒？

「殿下，你……能不能答應妾身一件事？」

東方玹摸著閔窈的臉道：「說，只要妳不哭，就是十件都答應妳。」

「殿下……」閔窈被他這句話中的寵溺給感動了，抹了把淚，鑽到他溫暖的胸膛下，想了想，還是猶猶豫豫道：「殿下能不能答應妾身，將來不管怎樣，都不要讓妾身的父親居於朝中的重位？父親他近來行事越發荒誕，照此下去，他一定會連累殿下的……是妾身對不起殿下……」

身為太子妃，母家沒什麼勢力，不能給他助力也就算了，可總不能給他拖後腿啊！照父親這種作死的玩法，不僅閔家遲早要玩完，就連東方玹這個女婿都要陪著他丟盡顏面。

閔方康已然無可救藥了，可東方玹忍辱負重多年，好不容易能做成一番事業，閔窈真的不忍心讓他無辜受挫。

「傻媳婦兒，就這麼點事，哪裡值得妳哭成這樣？」嘴上這麼說，可是知道她這是為他著想，東方玹心頭一暖，伸出修長如玉的手指刮了刮閔窈通紅的鼻尖。「看來妳對為夫的能力還不是很有信心，咳咳，為夫必須好好教訓一下妳才是。」

「不是的，妾身沒有……」

閔窈話還沒說完，他溫熱的唇就含住她的耳垂，緊接著，整個高壯的身子就甜膩地往她身上纏。

「殿下，不可以！」

「為何？」

「妾身又有了……」

「什麼?!」東方玹大驚失色，急吼吼地捏著自家媳婦兒的手腕把了下脈，片刻之後，漫漫紗帳中爆發出一聲憋屈至極的呼喊。「為什麼?!」

「別喊呀！」閔窈麻溜地抱住他的腦袋，摀著他的嘴低聲道：「外面的人該聽見了！你這傢伙！還問為什麼，還不都是因為你不知節制，一有空就……」

說到最後，她頓了頓，整張臉慢慢被羞澀染得透紅。

第五十八章

閔窈這一胎反應特別強烈，診出來的時候已經有一個月了，之前閔窈吃不下飯，整天心浮氣躁的，還以為自己是被閔方康給氣的。

她再度有身孕的消息一出，錢太后和皇帝都高興不已，隔三差五就賞賜東宮，什麼珍奇補品、滋補藥膳一股腦兒都往椒蘭殿送。

周老太醫也被專門調到東宮常駐，以便隨時照看閔窈腹中的胎兒。

閔窈的體質周老太醫是最清楚不過的了，一懷孕就瘦，加上這次孕吐得厲害，連膳食都進得很少。不到一個月的工夫，人已經清減了一大圈，可把東方玹給心疼得不行。

他現在每天一下朝就往椒蘭殿奔，甚至還專門在椒蘭殿設了小書房用來處理政務——這樣一來，他得空就能抱兒子、哄媳婦兒，還能監督媳婦兒按時用膳喝補藥。

看到平素裡高冷威嚴的太子殿下在太子妃面前居然露出如此溫柔甜膩的一面，眾宮人均是羨慕不已。

閔窈被圈起來餵養了一陣，總算圓潤回來一些，精神也比懷小圓的時候好了。到了七夕，她孕吐也好了些，就著乳母抱著小圓去慶祥宮看望錢太后。

「嘖嘖，瞧瞧咱們玹兒多疼人，把媳婦兒給養得圓潤的。」錢太后近日經過茅輕塵的竭力調養，咳嗽好了些，她一見閔窈就笑咪咪地打趣。「怎麼，玹兒終於肯放妳出來啦？」
「皇祖母，您就喜歡取笑我！」閔窈在宮人的攙扶下跪坐到錢太后身邊，伸手挽著錢太后的胳膊淺笑。「前一陣孕吐得厲害，殿下是怕我在皇祖母面前失禮……」
「喲，窈兒妳別幫他遮掩了！那小子，哀家一手帶大的，還不知道他？整一個小氣鬼！以前愛吃粽子糖，不知背著哀家偷偷藏了多少，跟他要一顆簡直跟要他的命似的。現在有媳婦兒了，更不用說，巴不得把自己媳婦兒拴在腰帶上，見都捨不得讓哀家見。」
錢太后這話一出，她殿中的李尚宮和薛夫人都在邊上掩嘴笑起來。
閔窈被她們笑得臉上飛紅，不由羞澀地扯著錢太后的手。「皇祖母……」
「行了行了，看咱們窈兒都害羞了。回去要是給玹兒知道，又該埋怨我們幾個老的欺負他寶貝媳婦兒了。」
一群人圍著閔窈尚未顯懷的肚子笑鬧一會兒，忽然殿門外有太監來報，說是華城公主過來拜見。
錢太后正色道：「傳她進來。」
片刻之後，閔窈見華城穿著身淡紫色的開襟宮裝，風風火火進了殿。
「皇祖母，華城今日過來，是特地向皇祖母辭行來的。」
「快過來哀家身邊坐！」錢太后一聽華城說辭行，一雙眼頓時就泛紅起來。「也不知皇后是怎麼想的，居然要把妳遠嫁到南疆去……那鎮南王都有三十多了吧！妳才不到二十……

哀家怎麼想都捨不得啊！」

「皇祖母，您別怪母后了，這都是華城自己的主意。」華城規規矩矩地坐到錢太后身側，對著閔窈微微一笑。「三嫂。」

「嗯。」閔窈見她氣色比年前好了很多，朝華城溫和問道：「華城妹妹真的決定要去南疆了？」

華城堅定地點頭道：「是的，我已經決定了。」

「南疆炎熱荒蕪，又多蟲害毒物。」錢太后還是很不放心地勸道：「華城，妳這般金尊玉貴，怎麼受得了那苦呢？聽皇祖母的話，再好好想想！咱們洛京城裡的好兒郎多得是，何必要去那麼遠的地方？再說，妳這一走，皇祖母恐怕這輩子都見不著妳了……」

「皇祖母……」

「太后……」

見錢太后傷心地抹著眼淚，閔窈和薛夫人幾個也忍不住跟著難過起來。

「皇祖母，是華城不孝！」華城聽錢太后說得傷心，不禁撲過去抱住她失聲大哭。「可是華城在這裡實在待不下去了！就算住在宮裡遠離蕭府，然而每天一醒來總也忘不了我那慘死的孩子……他還那麼小，我愛這孩子如同我的生命，他出生之後，我是千挑萬選都沒能給他取個滿意的名字，就這麼一直喊著他的乳名，『將兒』、『將兒』地叫著。結果、結果將兒離我而去的時候，竟連個大名都沒有……嗚嗚嗚……我的孩子，我的將兒……」

「妳這孩子，妳是要皇祖母的命嗎？」錢太后一邊哭，一邊拍著華城的後背沈痛道：「好，妳走，妳走吧！皇祖母不攔妳了。既然妳在這裡這麼痛苦，不如就走得遠遠的吧！」

「皇祖母，華城不孝！您就當白疼我一回罷了……」

錢太后抱著華城老淚縱橫。「但是皇祖母捨不得，捨不得妳啊！」

祖孫倆一通痛哭，惹得閔窈淚水漣漣，邊上薛夫人和李尚宮也面露傷感。

李尚宮忍不住上前勸道：「太后娘娘可要當心鳳體啊！」

「皇祖母別擔心，華城去了南疆，又不是不回來了。」華城用絹帕替錢太后擦拭眼淚，抽抽噎噎道：「上個月二哥在南疆染病去了，二嫂生了個女兒，華城這一去，倒可以就近照顧二嫂母女倆。」

華城口中的二哥、二嫂，正是被流放南疆的廢太子夫婦倆。

「唉，說來嫣兒這孩子也是個苦命人。」錢太后垂淚道：「哀家老了，其餘什麼都不想，就希望你們幾個小的都在身邊，都待在哀家能看得到的地方……罷了罷了，妳去吧，去吧。」

七月底，華城公主遠嫁南疆，送親的儀仗隊伍聲勢浩大，在齊天的鑼鼓喧囂中，曾經懵懂懷春的華城帶著一顆破碎的心，開始了她人生中一段全新而未知的旅途……

這年寒冬來臨的時候，皇帝被廢太子毒壞的身體終於支撐不住了。

整個臘月，乾極宮都擠滿了太醫和各路有名的大夫，然而面對油盡燈枯的皇帝，連茅輕塵也束手無策，只能盡人事聽天命。

東方玹開始整夜整夜地守在皇帝床前，一連五、六天都沒回東宮。

這時閔窈懷胎已經有六、七個月，她肚子大得出奇，常常什麼都不做就累得喘不過氣來。然而現在是特殊時期，閔窈不想讓他擔心，於是咬著牙，一個人挺著個大肚子在東宮照常養胎、主持內務。

到了臘月二十四中午，宮中忽然來了步輦接閔窈和小圓去乾極宮。

閔窈見來接她的崔公公滿面哀色，心中不由就沈重起來。

果然，等她抱著小圓進了皇帝的寢殿，就見皇帝躺在鑲金雕龍的御榻上，面如金紙地喘著氣，他喉嚨裡咕嚕咕嚕直響，這時候已然是進的氣少，呼出的氣多了。

「陛下，太子妃娘娘和皇長孫小殿下來了。」

崔公公弓著身子，沈重地走到御榻前提醒皇帝。

「來了……快……快讓朕看看他們……」

崔公公聞言，含淚回頭朝閔窈行禮。「娘娘，請您抱著小殿下近前些。」

閔窈點點頭，臉色凝重地抱著小圓剛走了幾步，東方玹高大的身影就從寢殿外閃了進來，看他的樣子，好像剛從前頭處理完什麼事情匆匆趕來的。

「窈兒……」

修長的丹鳳眼微微泛紅，東方玹從閔窈手中接過小圓，看了看閔窈高高隆起的肚子，他又騰出一條手臂，隱隱扶在閔窈的腰側。

兩人走到御榻邊上，崔公公已經小心翼翼地將皇帝扶起來，把兩只明黃長枕靠在皇帝的背後。

「你們都來了……」皇帝的手腳已經麻木，此時只能睜著一雙虎目，顫巍巍地看著東方玹懷裡的小圓。

東方玹見狀，趕緊把小圓送到他的身旁。「小圓，叫皇祖父。」

「皇、皇祖父。」

小圓這會兒有十六個月大，稚嫩清甜的童音在氣氛壓抑的寢殿內響起，皇帝虛弱地笑了一下，看著小圓軟乎乎的小臉蛋說道：「真乖……皇祖父多想看著小圓長大……咳咳咳……可惜……」

宮變那日，廢太子給他服下的砒霜分量足足能藥死兩頭牛，皇帝心裡很清楚，他的命能撐到今天，全靠茅輕塵給他吊著，如今他的五臟六腑早已被毒侵透，大限已是將至。

「父皇，您一定會看到的。」

皇帝嘆氣搖搖頭，往四周一顧。「皇后呢？玹兒，讓她進來……」

東方玹將小圓交給乳母帶下，對著身後的一個小太監揮了揮手，那小太監立刻就乖覺地往寢殿外走去，不一會兒，皇后慘白著臉慢慢走進來。

「陛下。」皇后垂著頭，遠遠地朝御榻上的皇帝跪下來，崔公公見狀，忙扶著閔窈往寢殿邊上隱。

皇帝斜眼看著皇后戰戰兢兢的樣子，咧嘴苦笑道：「皇后剛進來時，看朕的眼神又是害怕、又是憎恨……妳恨朕害死妳的兒子，恨朕這麼多年一直懷念孝仁皇后，恨朕封妳為后，卻一直冷落妳，打壓妳的家族對不對？咳咳咳……」

「妾身不敢……妾身不知皇上為何會這樣看妾身？入宮這麼多年，妾身什麼壞事都沒有做過，妾身真的什麼都沒做過！求皇上明鑑啊！」皇后說著，額頭在冰冷的大理石地板上磕得砰砰作響，潔白的額頭很快被她磕出一塊血紅的印子來。

「什麼都沒有做過……皇后，妳可知，朕最恨的就是妳的『什麼都沒有做過』?!」

皇帝喘著粗氣在東方玹的攙扶下掙扎著起身，望著皇后的方向瞋目切齒道：「當年妳姊姊孝仁皇后被人謀害的時候，妳明明知道有人要害她，可妳卻什麼都沒有做。咳咳咳……後來朕讓妳入主中宮，妳為了表現妳的賢良淑德，從不在朕跟前維護妳的兒子，也不好好管教他，害得他終日提心吊膽，以至於最後迷失心性，做出謀逆叛國之事！」

「陛下！」皇后抬頭滿臉的血淚，那表情就像是遭五雷轟頂一般驚愕。「妾身這些年來只知道盡心盡力侍奉陛下，做個表率後宮、母儀天下的皇后……難道妾身從不作惡，也成了一種罪過？」

「妳不作惡？正是妳的不作為，害了妳的姊姊、害了妳的兒子……咳咳咳！」皇帝虎目血紅，摀住嘴就是一陣劇烈的大咳。「時至今日，妳還沒有一點悔意，妳還理直氣壯?!」

「妾身因為姊姊入的宮，因為姊姊登上了后位，最後還是因為姊姊被陛下厭棄……呵呵，陛下，您說，妾身活著到底是圖個什麼呢？」皇后伏在地上悲愴笑道：「哦，對了，是為了妾身的家族，為了妾身的娘家王家！可是妾身失寵後，對他們來說也沒什麼用了……妾身這一生，想想還真是可笑呢。」

皇帝閉上眼沈默不語，再也不看皇后一眼。

崔公公使了個眼色，馬上有兩個小太監進來，將面如死灰的皇后往外拖。

「……朕去了之後，妳就和兒媳婦好好過日子吧。」就在皇后快要被人拖出殿門的時候，皇帝涼沈的聲音從殿內傳出來。「皇后，朕昨夜已赦免了廢太子妃錢氏，廢太子將會以王侯之禮下葬……妳固然有錯，可是朕確實也有不對的地方……」

皇帝話音剛落，皇后的兩行熱淚瞬間落了下來，她在殿門口抖著唇道：「妾身，謝陛下隆恩。」

說完，她就被小太監拖了出去。

皇帝氣喘吁吁地看著東方玹道：「玹兒……你會不會覺得父皇太心軟了？」

東方玹低頭道：「父皇這麼做，自然有父皇的道理。」

「那……你恨不恨父皇？說到底，還是父皇連累了你母后，還有你。」

「母后死了，謀害她的那個妃子也死了，不過兒臣已經讓她的族人代她受了懲罰。」東方玹握著皇帝的手道：「父皇，兒臣已經放下了。只是您知道，兒臣生性崇尚自由，若不是宮變那日廢太子威脅到大昭的安危，還有您的性命……」

「父皇知道，父皇一直知道……」皇帝含淚望著自己最得意的兒子。「可是父皇這麼多兒子裡，趙王不成器，江東王、楚丘王不僅年幼，而且還是庶出，難以服眾……如今，大昭皇室裡只有你才能擔起父皇留下的擔子啊！玹兒，父皇知道對不起你……但是，你一定要答應父皇，會好好守住祖宗留下的基業……父皇才能瞑目啊……」

東方玹回頭看了眼帷帳後的閔窈，心中嘆息一聲，再轉回頭對著皇帝沈默片刻，終於在他幾近哀求的眼神中堅定地點點頭。

見他答應下來，皇帝長吁了一口氣，交付完身後事，才揮手讓崔公公把蘭妃請進來。

等蘭妃來時，看見皇帝氣若游絲的樣子，她也顧不上東方玹在場，猛地就哭著撲過去抱住皇帝的身子。

東方玹深深地看了皇帝一眼，然後轉身走向帷帳後，擁著泣不成聲的閔窈小心往外走去。

「陛下！」

雖然早就知道皇帝會有這麼一天，可是當蘭妃看到皇帝無力地躺在御榻上，微弱的生命在一點點流逝的時候，她的眼淚還是像斷了線的珍珠般，啪嗒啪嗒地落了下來。

「傻女人……妳當初，就不應該進宮……」

皇帝很想伸手拭去蘭妃臉上的淚水，可是他那隻曾經強壯有力的手臂，再也使不出一點點力氣，只能用哀傷的虎目，眼睜睜在蘭妃那張讓他牽掛不已的臉上寸寸凝視著。

「朕……就要死了，妳有什麼打算……」

「不！妾身不准你死，妾身要永遠和陛下在一起！」蘭妃窩在皇帝胸口，兩手緊緊抱著皇帝無力的身子，彷彿只要她不放手，皇帝就不會離開她一樣。「你那麼可惡、那麼霸道、那麼討人煩……像你這樣的人，怎麼可能……嗚嗚……怎麼可能會……」

「萱兒，朕到現在才發現，朕是那麼喜歡妳……咳咳，可是已經太晚了……」皇帝用臉輕輕地蹭著蘭妃的髮髻，流著淚道：「朕這一生負了太多人，也負了妳……如果有來生……」

「如果有來生，妾身一定要比先皇后早遇見你！」

「不，如果有來生，妳還是不要遇見朕了。妳應該遇見一個好兒郎，被他呵護著、疼愛著……過、過甜甜蜜蜜的日……日子……」

「陛下？……陛下！」

第五十九章

元嘉六年冬，大昭元嘉帝東方鴻駕崩於乾極宮光明殿，諡號神聖明誠至純昭武孝欽皇帝。

太子東方玹奉遺詔繼位，尊太后錢氏為聖母慈恩太皇太后，追封生母孝仁皇后為哲懿溫慈孝仁皇太后，尊繼皇后小王氏為太后，尊藺妃為正一品藺惠太妃；冊立太子妃閔氏為皇后，長子東方恒為皇太子，賜封皇后父太常寺正卿閔方康為鄭國公、紫金光祿大夫，皇后母藺氏為一品鄭國公夫人。

乳母薛夫人晉為魯國夫人，皇后外祖母劉氏晉為燕國夫人，皇后舅母沈氏晉為三品誥命夫人；太醫令茅輕塵為正三品御醫，周老太醫為三品御醫；提拔皇后舅父藺廣雲為正三品兵部尚書、懷化大將軍、上護軍；提拔從六品秘書郎閔盛為從五品上秘書丞。

此外，一眾在西疆戰事中的功臣將士們都得到了應有的封賞。

翌年三月初九，東方玹正式登基稱帝，改年號為天御，與皇后閔氏、太皇太后錢氏一同於乾極宮正殿接受文武百官的朝拜。

「臣等拜見皇上，吾皇萬歲！」

「臣等拜見太皇太后，太皇太后千歲！」

「臣等拜見皇后娘娘，皇后娘娘千歲！」

「眾愛卿免禮平身，賜席。」

東方玹身穿十二章金紋玄色大袖龍袍端坐龍椅之上，冕冠前十二道華潤的白玉垂旒襯托得他俊美的五官越發出類拔萃，盡顯帝王貴極威嚴之色。眾大臣從殿中的浮雕盤龍金玉臺階向上仰望新帝，只覺他不怒自威，宛如天神臨世般，磅礴凜然的氣勢使得眾大臣不敢直視，連忙恭敬垂首，在殿中規規矩矩地按次跪坐下來。

新帝雖然年輕，然而比起先帝更加高深莫測，雄才大略。

在先帝駕崩前一年，新帝作為監國太子就已經接管了朝中所有事務。他明察善斷，整頓吏治雷厲風行，懲治貪官殺伐果斷，大力扶持寒門庶族子弟，打壓門閥世家……短短一年工夫已經讓大昭朝堂面貌一新，這樣的手腕和魄力簡直不像是個二十出頭、剛剛接觸政事的閒散王爺能有的。

聽說新帝沒入主東宮之前，還呆傻了十幾年……

眾大臣心想：騙誰呢?!怕是傳這話的人才是個傻子吧！別的不說，光是西疆大捷那十幾場漂亮的戰役，就足以說明新帝的腦子不僅不傻，而且還比朝堂上絕大部分人都要靈光好多倍。

如果新帝是大病初癒就有如此謀略和才能，那簡直可稱得上是天賦異稟；但如果新帝以前並不是如傳說中那樣呆傻的話……咳咳咳，這就涉及到很多不可說的事情了。

新帝繼位，朝堂上也經過了一番清洗。

如今能在大殿上有一席之位的大臣個個都不是簡單的角色，什麼事該說、什麼事不該提，大家心裡可都是有數得很，是以眾臣在殿中也不多話，均是各自埋頭吃吃喝喝，或是抬眼欣賞殿中的歌舞。

有幾個生性活躍的，還趁著酒興，斗膽與新帝、新后和太皇太后敬酒。

面對熱情的大臣們，東方玹也微笑著與他們交杯換盞；不過當有人向皇后敬酒時，他長手一伸奪過酒杯，二話不說就替自家媳婦兒乾了。

閔窈此時的身孕已經滿十月，根據周老太醫的推斷，她五天之內就要臨盆。

司天監呈上的吉日就是三月初九，說是十年難遇的好日子。原本東方玹怕自家媳婦兒身體吃不消，想等閔窈生產後再舉行繼位大典，然而閔窈為了能讓東方玹趕上這好日子，她咬咬牙，挺著高高隆起的大肚就陪著他上場了。

她此刻坐在東方玹身邊，穿著一身深青色大袖交領褘衣，衣上繡五色十二行祥紋，是為大昭皇后最高規格的禮服。在皇后受冊儀式前，東方玹還專門命尚服局的人加寬褘衣的腰身，免得勒到閔窈的大肚子讓她難受。

「窈兒，身上沈不沈？累不累？」

被大臣們敬了一圈酒，東方玹絲毫沒有醉意，反倒是體貼入微地伸手扶著閔窈的腰身，想替她減輕大肚子沈重的負擔。

「妾身不累。」閔窈的臉上了厚厚的大妝，當著滿朝文武的面被東方玹親密地摟著身子，她面上頓時滾燙，感覺臉紅得都要賽過面上那兩團胭脂紅暈了，當下不由微微抗拒道：「陛下……這麼多人看著呢，你別這樣……」

「那又如何？」東方玹面上一本正經，嘴裡卻無賴地與閔窈低語道：「朕抱的是自己媳婦兒，他們要是羨慕，也可以回家抱他們自己媳婦兒去——」

「你！」

此處人多，閔窈不好收拾他，只能捧著大肚子往龍椅邊上挪了挪，順便把他那隻纏人的大手從自己腰上狠狠地拽下去。

「媳婦兒……」

知道閔窈在外頭最維護他的臉面，於是東方玹肆無忌憚地就往閔窈身邊靠過去。

眾大臣這會兒都在欣賞大殿中的西域胡旋舞，有幾個眼色靈活的看到新帝冕板上的白玉垂旒紋絲不動，高大的身體卻是緊跟著皇后。皇后挪一下，他就湊上前一點，皇后再挪，他就再湊……直到皇后坐下不動了，新帝也才不動，兩人在御座上緊緊挨著，一副難捨難分的甜蜜模樣。

「……嘿！你說咱皇上以後真的不往後宮納妃了？」

坐在偏僻席位處的一個大臣藉著殿中歌舞的掩飾，悄聲與身邊另一位大臣八卦起來。

「聽說先帝就是個情種，可不也三宮六院的嗎？皇后雖然端莊秀麗，但是她這一孕就十個月的……有些事咱男人都懂的。陛下他坐擁天下，又是血氣方剛的年紀，咋就這般委屈自己呢？」

「帝后琴瑟和鳴，實為大昭社稷之福，為天下百姓之福啊！」

另一位大臣看了一眼八卦的大臣，有些鄙視道：「所謂弱水三千只取一瓢，這種美好珍貴的感情，你這等凡夫俗子是不會明白的。陛下如此隆寵，皇后卻仍溫婉賢慧識大體，實屬難得！聽宮裡人說，是她主動求陛下不要倚重外戚的——皇后母家也不張揚，其父鄭國公雖然封了國公，可是在朝中根本就沒實權。」

「哎，這倒也是。不過鄭國公作為國丈，怎麼今日好像沒見他出席陛下的登基大典呢？對了，剛才皇后的冊立儀式也沒看見他。」

「就是啊！鄭國公是太常寺正卿，可太常寺那席今日只來了一個少卿孫大人。」

聽兩人說得熱鬧，這時邊上一個大臣忍不住插嘴道：「你們不知道？我早上聽孫大人說，鄭國公前些日子中風啦！太常寺的事情，老早就交給孫大人他們打理了。」

「哎喲，怎麼會這樣？上個月我還在朝會時見過他呢！那時候還好好的一個人……」

「唉，他倒是生了個好女兒，可就是命裡無福啊！聽我家夫人說，是因為酒色過度，被府上幾個小妖精給弄的……先前鄭國公夫人被氣得回了娘家，現在鄭國公半身不遂，他夫人一回去主持國公府，就把那些鶯鶯燕燕都給一併打發了。」

「嘖嘖嘖，看不出來啊，鄭國公平時那麼正經守禮的一個人……」

「……那皇上知道這事嗎？」

「皇上哪能不知道，只是怕皇后知道了傷心，早吩咐宮內宮外都瞞著皇后呢！」

「哎呀，那咱們別說這個了，小心被皇后聽見。」

幾個大臣緊張兮兮地往殿上偷眼望了望，遠遠地就看見新帝正拿雙金筷替皇后挾菜。

「窈兒，吃一口嘛，妳看，朕都把魚刺給挑乾淨了。」

「妾身待會兒再吃吧。」

禕衣下層層疊疊的朱色素紗裡衣悶得閔窈額頭冒了一層微汗，更不用說禕衣外頭還束著大帶、蔽膝，以及分量不輕的白玉雙珮和玄組雙大綬了……

為了減輕頭上的重量，她只在高聳的髮髻上，戴了一頂鏤空赤金紅寶如意九鳳銜珠冠。可就是這麼一頂鳳冠，上頭鑲寶綴玉的，也足有十幾斤重！

閔窈自清早戴上後直到現在都不敢隨意轉頭，生怕亂了儀容，現在脖子已經又痠又僵，簡直快要折斷了。

再看看東方玹，身上的行頭也不比她輕多少，不過這傢伙卻一點都沒有負擔的樣子，還在大典和儀式間隙時不時偷摸調戲她……要不是礙著這麼多人的面，閔窈真想抓住他的手狠狠地咬上一口！

「哎呀……」閔窈想著想著，忽然腹中傳來一陣痛楚。

東方玹見狀忙扶住她。「窈兒！妳怎麼了?!」

太皇太后錢氏原先在邊上看著小倆口鬧得有趣，這下見閔窈捂著肚子，不由緊張道：「瞧窈兒這肚子也到時候了……這會兒莫不是要生了吧？」

東方玹立即摸上閔窈的脈，片刻之後，殿中大臣們見新帝一把抱起皇后就往殿後走。

「來人！快傳太醫和產婆！」

「哎呀！皇后娘娘要生啦！」

「難道要在朝堂上生？這可真是咱們大昭史上頭一回啊！」

「皇后娘娘肚子這麼大，不知道是皇女還是皇子呢？」

難得在宮中碰到這麼刺激的事，眾臣立即七嘴八舌地在殿中炸開了鍋。

沒一會兒，太醫帶著產婆和醫女們飛速進了後殿，而新帝卻被太皇太后拿著龍頭枴杖，從產房裡直往大殿方向趕。「產房污穢，哪裡是陛下能進的？陛下還是回大殿與眾卿家繼續宴飲，讓哀家在這裡替你看著吧！」

東方玹死也不依。「皇祖母！窈兒她在喊痛啊……不！朕要進去和她一起生！」

「胡鬧！」太皇太后從袖子裡掏出一把粽子糖塞到東方玹手裡，凶著臉哄道：「有皇祖母在，你還有什麼不放心的？今日是你的登基大典，可不能在眾卿家面前失了皇家風範。玹兒乖，去大殿上坐著，等你吃完這把粽子糖，窈兒她就生了。」

說話間，閔窈的痛呼聲又時輕時重地從產房傳出來，東方玹心急如焚，一把將粽子糖全部塞進嘴裡，扭頭就往產房跑。「不！窈兒她很難受……皇祖母，朕不能讓她一個人在裡頭……」

上回媳婦兒生小圓的時候他不在，聽薛夫人說，痛了好長時間才生的，這回他在，說什麼也不能讓她一個人在裡頭受苦！

「來呀！趕緊攔住皇上！」

隨著太皇太后一聲令下，茅輕塵和祥雲十八衛忙飛身撲向東方玹，眾人七手八腳地抱著他的大腿勸道：「陛下，不能進、不能進啊！」

「你們幾個反了不成？趕緊放手，不然可別怪朕手下無情！」

「陛下千萬別衝動啊！要冷靜、冷靜！」

「朕很冷靜，快放開！」

「您聽我們說，女人生孩子都是這樣的，都要痛上一回的呀！」

「可是朕一聽她哭，心裡頭就疼得受不了……」

東方玹沒耐性再和他們說下去了，正要運功甩開這群礙手礙腳的傢伙，突然產房內透出一陣清脆的嬰兒哭聲來。

「哇……哇哇哇……」

嬰兒的哭聲洪亮悠揚，很快有宮人出來跪地報喜。「恭喜太皇太后、恭喜皇上，皇后娘娘為皇上添了一位小皇子！」

東方玹鳳目一顫，滿是驚喜道：「窈兒生了？這麼快？」

「哎呀，這傻小子！沒聽見宮人說窈兒給你生了個小皇子嗎？祖宗保佑，這回是順產哪！」太皇太后登時喜笑顏開。「真是太好了！賞！每個人都重重有賞！」

「朕要去看看窈兒怎麼樣了？」

他身影一閃，眨眼工夫就甩了眾人，急吼吼地奔去產房，想要去看他媳婦兒，不料才剛到產房門口，就被周老太醫不耐煩地推出門外。「急什麼、急什麼？這才剛生了一個，產婆發現娘娘腹中還有一個呢！娘娘在裡頭讓老夫帶句話，說讓陛下別搗亂了。」

「啊？」東方玹滿腹委屈道：「皇后她真這麼說？」

周老太醫笑咪咪地點點頭，須臾之間，又聽產房裡響起另一道嬰兒的哭聲，之前那個宮人再度出來報喜。「恭喜太皇太后！恭喜皇上！皇后娘娘又為皇上添了位小公主！」

「龍鳳胎？哎呀，真是大喜啊！宮中好久都沒有這樣的喜事啦！」

太皇太后與薛夫人兩個笑得眼睛都瞇成了線，互相感嘆著欣慰得不行。太皇太后拄著龍頭枴杖喜氣洋洋道：「賞！李尚宮，快把哀家的庫房打開，今日哀家實在太高興了，哀家要大賞六宮！」

李尚宮領命，笑吟吟帶宮人們退了下去。

百官在大殿得知皇后誕下了龍鳳胎，紛紛跪在殿中高呼萬歲，稱頌這是上天賜予新帝登基的賀禮，龍鳳胎陰陽合璧，寓意龍鳳呈祥，真是天佑我大昭云云……

在乾極宮中一片歡聲笑語中，東方玹終於趁著眾人不注意，偷偷摸進了產房，伸手將他心尖上的人兒小心翼翼地抱進懷裡。

——全書完

番外一

我叫東方恒，今年十七歲，是大昭開國以來最年輕的皇帝。兩歲被立為太子，四歲開蒙，接著父皇手把手地教導了我九年。然後，在我十五歲那年提前舉行冠禮之後，他就讓位給我，心安理得地做了太上皇，並且過沒多久便帶著我母后麻溜地跑了！

跑了……是的！你們沒有看錯，他真的跑了！他揮一揮衣袖，除了母后，啥也沒帶走，把一群年幼的弟弟、妹妹們還有整個大昭，都扔給了我！

這傢伙打著體察民情的名頭，實則摟著母后在全國乃至海外各地遊山玩水，一遊就是兩年。直到最近雲一大叔和我透露，說是因為母后在外奔波，身體有些吃不消，父皇才打算帶母后回來調養一陣。

在這兩年間，母后一直和我保持密切的書信來往，而父皇呢？只偶爾在母后的信箋末尾湊一句「眾兒女，為父安好，勿念」就已經是很難得的事情了。

我想，要是皇太祖母還在的話，看到他這麼任性妄為，一定會用龍頭枴杖揍到他哭的！天御六年時，皇太祖母駕鶴西去，享年七十五歲，算是難得的高壽，可父皇還是悲痛不已，母后安撫了大半年他才緩過來。隔年母后生了三皇妹，父皇給取名東方憶，就是為了紀念皇太祖母。

如今我手底下一共有七個兄弟姊妹。

二弟楚王東方怡和大皇妹東方惟是龍鳳胎，今年都十五歲；三弟晉王東方悅十四歲；四弟齊王東方忻十一歲；二皇妹東方愉十二歲；三皇妹東方憶九歲；五弟魏王東方恬今年六歲。

除了弟弟妹妹們，宮裡還住了個西域小公主伊琳達……哼！說到這個西域小公主我就來氣，她是被她母親西域女王給送過來的。

那年我八歲，伊琳達六歲。

父皇在把她帶來時告訴我。「恒兒，以後她就是你的媳婦兒了，你一定要好好待伊琳達，不然將來你岳母是不會放過你的……對了，你可是咱們大昭皇室第一個有童養媳的太子呢！」

媳婦兒？童養媳？媳婦兒這個詞我大概知道是什麼意思，因為經常聽見父皇這樣喊母后，可是童養媳是什麼鬼?!

於是，八歲的我懵懵懂懂跑去問我小舅舅。

小舅舅閔承澤只比我大一個月，外祖父鄭國公在我很小的時候就去世了，所以小舅舅很小的時候就襲爵當了國公。

當時我忘了他這個十歲不到的鄭國公，其實也只不過是個傻不愣登的小屁孩……不過那會兒我不知怎的，就是非常崇拜他。他住在宮外，經常給我帶很多新奇古怪的玩具，又比我多吃了個把月的糧食……應該是個很有閱歷的孩子吧？

果然，小舅舅知道什麼是童養媳。

小舅舅摸著我的腦袋說：「可憐的小圓，這麼說你長大後只能娶一個老婆了。要是那個伊什麼達長成個醜八怪，你就完蛋了！」

於是我哭著跑去坤儀宮找母后，母后聽完我的哭訴立即眉頭緊皺。當晚我是摟著母后睡的，而父皇……哼哼，他跪了一夜的八卦多寶盒。

第二天上朝的時候，父皇咬牙拉著我的小手去朝堂，因為母后派人在後頭跟著，他不敢對我動手，不過一路上他看我的眼神都是恨恨的——這個小氣鬼，好像我搶了他媳婦兒似的！

喂喂，搞清楚啊，你媳婦兒是我親娘啊！我才八歲，不……或許是我沒出世的時候，你就打算把我賣了啊！

後來，經過父皇和大臣們的商議，為了信守父皇當年在西疆對西域女王阿蓮娜許下的承諾，大家還是決定把伊琳達留在宮中，不過是以鄰國貴客的身分。

母后說了，等我倆長大後，如果互相看對眼就成親，如果不能兩情相悅，那就各自嫁娶。

本來這事就這麼完美地解決了。

伊琳達不用做可憐兮兮的童養媳，而我也可以自由自在地，在身邊眾多的小女孩裡挑選一個最可愛的做我的玩伴。可是我睜大眼睛找啊找的，卻惆悵地發現……宮裡除了嗷嗷待哺的弟弟妹妹們，我身邊就剩一個伊琳達了……

唉，沒辦法，那我只好勉為其難地和她玩一下下吧！畢竟她一個孤零零的小女孩，從萬里之外的西域國來到大昭也不容易。

沒想到這一玩就玩了近十年，後來我登基，父皇帶著母后跑路，伊琳達始終牢牢地陪在我身邊……百折不撓地逼我娶她！

她一個十五歲的小女孩懂什麼叫成親?!雖然她膚白、貌美、長腿，身嬌、體軟、水蛇腰……可是她一點都不愛讀書寫字，只喜歡騎馬、射箭、揮刀、舞劍，也太沒內涵了；且生性單純又好騙，父皇和西域女王隨便給她洗洗腦，她就真以為自己是我的真命天女了？

上個月這小蠢蛋不知受了哪個不安好心的鼓動，居然敢壯著膽子過來給我爬床！幸好我也是在父皇手底下練過的，兩三下就制伏了她，並且痛心疾首地訓了她一頓！一個女孩子，怎麼可以這樣不自愛呢？要來也是應該由我主動……啊呸！我在說什麼?!

她哭著跑了之後，我坐在寢殿一夜無眠。我想，我可能、或許、說不定還是有那麼一點點喜歡她的……

然而第二天，當我鼓足勇氣，打算放棄一切彆扭和抵抗去找她的時候，她不見了。

雲一大叔說，她半夜收拾包袱翻牆出宮，揚言要回西域招駙馬。

好好好，走得好！她終於走了，而我盼這一天也盼很久了！

我什麼話都沒說，扭頭就去上朝了。

小蠢蛋走的第一天，不想她。

小蠢蛋走的第二天，誰想她誰就是小烏龜。

小蠢蛋走的第三天，我……我有一點點想她，指甲蓋那麼大的一點點而已！

……小蠢蛋走的第八天，哼！笨死了，這個路癡，要不是我手下的暗衛悄悄給她引路，她還在洛京城外繞圈呢！

就她這樣的小蠢蛋想回西域國招駙馬？她想得美！這麼蠢，哪個會要她？這世上也就我這樣英俊善良、純真倜儻的人勉強能接受她。再說了，好不容易養大的媳婦兒，花了我多少的心血和糧食？說什麼我都不能讓她就這樣跑了。

唉，不說了，我要出宮接小蠢蛋去了——剛才手下來報，說她出門都不戴冪羅，今天路上已經有好幾個該死的傢伙過來和她搭訕了。

真是要被她氣死！

等父皇、母后回來，我還是早點把大婚的事給辦了，免得小蠢蛋又出去禍害路人……

嗯，我果然是個愛護子民、為國勇於奉獻肉體的好皇帝呀！（兩手扠腰得意臉）

——全篇完

番外二

晚春時節，山間的微風也帶著幾絲洋洋暖意。

驪華山下的數千格臺階如一條蒼灰長龍，蜿蜒盤旋在山體上。這些臺階的盡頭便是山頂那片氣勢磅礴的皇家溫泉行宮——瑤泉宮。

這天天氣晴好，五更剛過，大大小小近十個著統一玄色勁裝的身影就在驪華山的臺階上，不斷來回蹦躂著。

「父皇！孩兒好累呀……能不能歇一下……」

東方恒爬在冷硬的臺階上直喘氣，他吃力地回頭看了看跟在後面的弟弟、妹妹們，只見小屁孩們一個個都累得人仰馬翻，特別是最小的弟弟東方恬，這會兒捏著兩個小拳頭，滿頭大汗的，那小臉憋得簡直跟大紅柿子沒什麼差別。

作為一個疼愛弟妹們的好大哥，東方恒覺得自己有必要提醒一下，最前頭那個極不可靠的領頭人。「父皇，咱們一大早就在山上山下來回跑了三趟啦！不光是年幼的弟弟妹妹們，就是連孩兒也快吃不消了！您快回頭看看五弟，還有三妹……」

「你們這群小兔崽子真是一點苦都吃不得，整天就知道黏著你們母后撒嬌！」

東方玹滿臉嫌棄地回過頭來。想當年他跟著師父偷偷摸摸練武的時候，每天四更不到就起身了。像驪華山這種才幾千格的臺階，他一口氣能來回七、八趟呢！

那時候他也是個十歲不到的孩子啊！他有叫過一聲苦嗎？他有喊過一次累嗎？這群小兔崽子們倒好，平常在宮裡被皇太后小王氏和皇太妃藺氏寵得嬌貴懶散，兩個時辰只跑了三趟就敢跟他嘰嘰歪歪的。

要不是怕媳婦兒生氣，他真想當場把崽子們一個個揍到飛起。

「……歇？」

東方玹邁著大長腿撈起六歲的東方恬和九歲的東方憶，對一群半大的孩子們居高臨下道：「惟兒、愉兒是女孩子，體力不足可以歇一歇——恒兒、怡兒、悅兒、忻兒你們可都是十幾歲的男孩子，不用歇了，趕緊爬！要是你們母后做好了早膳還爬不到瑤泉宮，那今天一個個都別用膳了！」

大小孩子們聞言，全都叫苦不迭，可是礙著他們父皇一貫凶殘，一個個又不敢說什麼，當下幾個小王爺只能拉著他們的皇帝哥哥，愁眉苦臉地往臺階上爬。

幾個公主卻是笑嘻嘻地跑到東方玹身邊，纏著讓他去路邊的樹上給她們摘野果子吃。

「呀！父皇，不知道母后早上會不會做金乳酥呢？」

「有，昨晚她說過要做。」

「父皇……水晶棗泥糕有沒有？」

「有。」

「藕粉玉露糰子呢？」

「都有都有。」

「那咱們還在這裡等什麼？快快快！」

「好餓！都怪父皇，天沒亮就把我們叫起來，現在真是又睏又餓……」

聽說行宮裡有好吃的點心做早膳，孩子們你爭我趕地就往山頂上跑。

東方玹笑咪咪地抱著小兒子跟在她們後頭，等這群大大小小的孩子陸續進了瑤泉宮正殿，就見閔窈正帶著伊琳達在殿門口翹首張望。

雖然如今已是這麼多孩子的母親，可是這些年來她被東方玹保護得極好，幾乎什麼事都不用她操心，是以閔窈一雙杏眼清澈純真得和十五年前沒什麼分別，倒是因為養尊處優多年，身上氣質變得越發清雅華貴。

這會兒天暖，閔窈穿著雲絲開襟齊胸大袖長裙，朦朧單薄的銀線牡丹紋青紗，襯得她通體雪白的肌膚更加水嫩，身段曼妙輕盈，宛如少女。

已是三十五歲的人，面上居然找不出一絲皺紋！瑩潤緊緻的皮膚，讓她跟身邊花骨朵般的伊琳達站在一起也絲毫不遜色，乍一看，準婆媳倆竟彷彿是一對姊妹似的。

「母后！」幾個女兒見到閔窈，熱情歡呼著就撲上去。

到了晚上，山頂居然下了場春雪，雪後烏雲散開，一輪淡黃色的圓月高高掛在夜空。

「媳婦兒，這樣舒服嗎？」

「嗯……舒服，力道再大點……」

「好咧！這樣呢？是不是更舒服了？」

「嗯嗯，就這樣不要停……」

行宮內暖氣蒸騰的露天大溫泉中，東方玹伸出兩隻大手，在他媳婦兒肩背上賣力地揉按著，一邊按，他還一邊甜糯道：「媳婦兒給孩子們和我做了一天的飯，實在太辛苦了，下次有重活、粗活就交給我來做好啦！」

「嗯。」閔窈對他如此積極乖巧的態度表示讚賞，她愜意地趴在溫泉邊，看著四周靜靜堆著的積雪還有天上的明月，不禁微微感嘆道：「這一眨眼，小圓都要成親了……時間過得真快。」

「是呀！」東方玹放慢手上的動作，不動聲色地將閔窈的身子一點一點圈到自己懷中。「窈兒，兒子要成親了，妳是不是覺得很失落？別這樣嘛，妳有了我，難道還愁沒崽子嗎？要不我們今晚再努力努力，爭取早點把小九給生出來……」

「你個老不正經的一邊去！好好給我捏肩膀！」

「什麼？老不正經?!我哪裡老？妳說、妳說！」

「等小圓和伊琳達大婚後，你很快就要當祖父了。都要當祖父的人了，難道不夠老？還整天想著……真是不害臊！」

「哼！看來媳婦兒是覺得我前幾晚太溫柔了，敢嫌我老，現在就讓妳看看我的厲害！」

話音剛落，溫泉中水花四濺，片刻後閔窈嬌哼一聲，羞得伸手直往後撓他。

「不要臉的……孩子們今晚都在呢……哎呀！」

「孩子們早都睡了！」

上一刻還平靜的溫泉面上瞬間波高浪湧，東方玹抵著閔窈一番大起大落後，還不忘壞壞地湊到她通紅的耳邊低聲問：「媳婦兒，妳好好感受一下，我老不老……嗯？」

閔窈死死咬著唇，回頭狠狠地瞪了他一眼。「你！……你個無賴……你不服老，是不是想讓那西域女王來參加小圓婚儀的時候，還像以前一樣看著你，挪不動腳？」

她情動之中媚眼如絲，看得東方玹全身越發炙熱，忍不住低頭吻了吻閔窈紅潤的小嘴，然後得意笑道：「原來窈兒背著我，在心裡藏著一罈十幾年的老陳醋呢！」

「我、我哪有?!」

「真的沒有？那等過幾天阿蓮娜來了，我可要找她敘敘舊。」

「你去好了，誰不讓你去了！」

「真捨得？真捨得的話，幹麼還咬得這麼緊呢……」

「你！」見他如此不要臉，閔窈羞憤不已，奮力想要掙脫他的懷抱，他卻牢牢扣著她再不肯撒手。

溫泉水很快在一陣令人面紅耳赤的聲響中，不斷被晃出池外，漸漸融化了池邊的一圈積雪。清亮的月光下，兩個羞人的影子難捨難分地交纏在一起。

良久之後，溫泉池中才慢慢恢復平靜。

「媳婦兒，今夜月色好美，快睜眼看看！溫泉、雪夜、明月……還有妳，多難得的景致呀！」

「我累，還睏……」

「唉，算了算了，媳婦兒真沒用！下次再看吧，咱們回寢宮。」

閔窈被他折騰到連睜開眼皮的力氣都沒了，此刻在心中萬分後悔答應同他一起泡溫泉。這會兒她只能任由他抱著，腦袋靠在他堅實火熱的胸膛上，聽到那熟悉的心跳聲一下一下在她耳邊有力地響著。

她聽得心頭暖暖，只覺得周圍的一切都是那樣真實而美好。

「媳婦兒，這輩子能遇見妳，真好。」

「……我也是。」

——全篇完

2018年11月出版

春到福妻到

文創風 685~689

重生為罹患癡病的窮農女，
人生境遇再糟也不過如此。
好在她命中帶福，名也帶福，
就是要乘著這福運來個谷底翻身，
博一把逆轉人生，奔向大好「錢」程！

福運當道，情財雙至／灩灩清泉

前世她是個情場失意、一無所有的孤女，
穿越後竟是一個又傻又殘又窮的農女，
這起手設定會不會太坑爹了啊？
幸虧她心理素質好，一沒被賣，二沒餓死，
再加上批命又説她是個有福的人，
她有信心帶領一家老小，脱貧、致富、當地主！
果不其然，一做起生意就是賺得缽滿盆滿，
還在因緣際會下得到富貴人家楚世子的青睞，
直接指派她作自家千金的針線師傅。
為了一生順遂的大好前景，她自是得把握機會抱緊大腿，
不惜使出渾身解數及一身手藝，好好收攏這家主人的心，
只不過她這方算盤打得叮噹響，
孰料，另一方的世子爺也在算計著如何請妻入宅呢……

文創風
692

傻夫有傻福 下

國家圖書館出版品預行編目資料

傻夫有傻福 /木蘭著. --
初版. -- 臺北市 : 狗屋, 2018.11
冊 ; 公分. --(文創風)
ISBN 978-986-328-933-3(下冊 : 平裝). --

857.7 107016161

著作者 木蘭
編輯 林俐君
校對 黃薇霓 簡郁珊
發行所 狗屋出版社有限公司
地址 台北市104中山區龍江路71巷15號1樓
電話 02-2776-5889～0
發行字號 局版台業字845號
法律顧問 蕭雄淋律師
總經銷 知遠文化事業有限公司
電話 02-2664-8800
初版 2018年11月
國際書碼 ISBN-13 978-986-328-933-3

本著作物由北京晉江原創網絡科技有限公司授權出版

定價250元
狗屋劃撥帳號：19001626
網址：love.doghouse.com.tw E-mail：love@doghouse.com.tw